两宋诗词简史

戴建业 著

SPM
南方传媒 广东人民出版社
· 广州 ·

果麦文化 出品

"何曾料到"与"未曾做到"

——写在十卷本"戴建业作品集"出版之前

三年前，我出过一套五卷本的作品系列，书肆上对这套书反响热烈，其中有些书很快便一印再印，连《澄明之境：陶渊明新论》这种学术专著也居于图书畅销榜前列。今年果麦文化慨然为我推出十卷本的"戴建业作品集"，它比我所有已出的著作，选文更严，校对更精，装帧更美。

时下人们常常嘲笑说，教授们的专著只有两个读者——责编和作者。我的学术著作竟然能成为畅销书，已让我大感意外；即将出版的这套"戴建业作品集"，多家文化出版机构竟相争取版权，更让我喜出望外。

我的一生有点像坐过山车。

中学时期我最喜欢的是数学，在1973年那个特殊岁月，我高中母校夫子河中学竟然举办了一次数学竞赛，我在这场两千多名高中同学参与的竞赛中进入了前三名。一个荒唐机缘让我尝到了"当诗人"的"甜头",于是立下宏志要当一名诗人。1977年考上大学并如愿读中文系后,我才发现"当诗人"的念头纯属头脑发昏,自己的志趣既不在当诗人,自己的才能也当不了诗人。转到数学系的希望落空后,我只好硬着头皮读完了中文系,毕业前又因一时心血来潮,误打误撞考上了唐宋文学方向的研究生。何曾料到,一个中学时代的"理科男",如今却成了教古代文学的老先生,一辈子与古代诗歌有割不断的缘分。

从小我就调皮顽劣,说话总是口无遮拦,因"说话没个正经",没少挨父母打骂。先父尤其觉得男孩应当沉稳庄重,"正言厉色"是他长期给我和弟弟做的"示范"表情,一见我嘻嘻哈哈地开玩笑就骂我"轻佻"。何曾料到这种说话方式,后来被我的学生和网友热捧为"幽默机智"。

我长期为不会讲普通话而苦恼,读大学和研究生时,我的方音一直是室友们的笑料,走上大学讲坛后因不会讲普通话,差点被校方转岗去"搞行政"。何曾料到,如今"戴建业口音"上了热搜榜,网上还不断出现"戴建业口音"模仿秀。

1985年元月,研究生毕业回到母校华中师范大学后,为了弄懂罗素的数理逻辑,我还去自学高等数学《集合论》。这本书让我彻底清醒,不是所有专业都能"从头再来",三十而立后再去读数学已无可能。年龄越大就越明白自己的本分,从此便不再想入非非,又重新回到读研究生时的那种生活状态:每天早晨不是背古诗文便是背英文，早餐后不是上课就是读书作文，有时也翻译一点英文小品，这二十多年时光我过得充实而又平静。近十几年来外面的风声雨声使我常怀愤愤，从2011年至2013年底，在三年时间里我写了四百多篇文化随笔和社会评论，因此获得网易"2012年度十大博客（文化历史类）"称号。澳门大学教授施议对先生、《文艺研究》总编方宁先生，先后热心为我联系境外和境内出版社。当年写这些杂文随笔，只想发一点牢骚，说几句真话，何曾料到，这些文章在海内外产生了相当广泛的影响，博得"十大博客"的美名，并在学术论文论著之外，出版了系列杂文随笔集。

或许是命运的善意捉弄，或许是命运对我一向偏心，我的短处常常能"转劣为优"，兴之所至又往往能"歪打正着"，陷入困境更屡屡能"遇难成祥"。大学毕业三十周年时，我没日没夜地写下两万多字的长篇纪念文章，标题就叫《碰巧——大学毕业三十周年随感》。的确，我的一生处处都像在"碰巧"。也许是由于缺少人生的定力，我一生都在命运之舟上沉浮，从来都没有掌握过自己的命运，因而从不去做什么人生规划，觉得"人生规划"就是"人生鬼话"。

说完了我这个人，再来说说我这套作品。

这套"戴建业作品集"由三部分组成：六本学术专著和论文集，两本文学史论，两本文化社会随笔。除海外出版的随笔集未能收录，有些随笔杂文暂不便选录，已出版的少数随笔集版权尚未到期，另有一本随笔集刚签给了他家出版社，部分文献学笔记和半成品来不及整理，有些论文和随笔不太满意，有些学术论文尚未发表，业已发表的文章和出版的专著，只要不涉及版权纠纷，自己又不觉得过于丢脸，大都收进了这套作品集中。

每本书的缘起、特点与缺憾，在各书前的自序或书后的后记都有所交代，这里只谈谈自己对学术著述与随笔写作的期许。

就兴趣而言，我最喜欢六朝文学和唐宋诗词，教学上主要讲六朝文学与唐代文学，学术上用力最多的是六朝文学，至于老子的专著与庄子的论文，都是当年为了弄懂魏晋玄学的副产品，写文献学论文则是我带博士生以后的事情。文学研究不仅应面对作品，最后还应该落实到作品，离开了作品便"口说无凭"，哪怕说得再天花乱坠，也只是瞎说一气或言不及义。我在《澄明之境：陶渊明新论》初版后记中说过："古代文学研究的真正突破应当表现为：对伟大的作家、伟大的作品、重要的文学现象、著名的文学流派和社团，提供了比过去更全面的认识、更深刻的理解，并作出更周详的阐释、更缜密的论述。从伟大的作家身上不仅能见出我们民族文学艺术的承传，而且还可看到我们民族审美趣味的新变；他们不仅创造了永恒的艺术典范，而且表现了某一历史时期精神生活的主流，更体现了我们民族在那一历史时期对生命体验的深度。"虽心有所向，但力有未逮，研究伟大作家和伟大作品，既需要相应的才气，也需要相应的功力，可惜这两样我都不具备。

差可自慰的是，我能力不强但态度好，不管是一本论著还是一篇论文，我都希望能写出点新意，并尽力使新意言之成理，即使行文也切记柳子厚的告诫，决不出之以"怠心"和"昏气"，力求述学语言准确而又优美。

对于文化随笔和社会评论，我没有许多专家教授的那种"傲慢与偏见"。论文论著必须"一本正经"，而随笔杂文可以"不衫不履"；论文论著可以在官方那里"领到工分"，而随笔杂文却不算"科研成果"。因此，许多人从随笔杂文的"无用"，推断出随笔杂文"好写"。殊不知，写学术论文固然少不得才学识，写杂文随笔则除了才学识之外，"还"得有或"更"得有情与趣。仅仅从文章技巧来看，学术论文的章法几乎是"千篇一律"，随笔杂文的章法则要求篇篇出奇，只要有几篇章法上连续重复，读者马上就会掉头而去。

我试图把社会事件和文化事件视为一个文本，并从一个独特的文化视角进行审视，尽可能见人之所不曾见，言人之所未尝言。如几个月前北京大学校长林建华念错字引起网络风波，我连夜写下一万两千多字的长文《"鸿鹄之志"与网络狂欢——一个审视社会心理的窗口》，在见识的深度之外，还想追求点笔墨趣味。近几年我从没有中断过随笔杂文的写作，只是藏在抽屉里自娱自乐，倒不是因为胡说八道而害怕见人，恰是因文章水平偏低而羞于露脸，像上面这篇杂文仅给个别好友看过，没有收进任何一本随笔集里。

我一生都对自己的期望值不高，"何曾料到"最后结局是如此之好，而我对自己的文章倒是悬得较高，可我的水平又往往"未曾做到"。因此，我的人生使我惊喜连连，而我的文章却留下无穷遗憾。

自从我讲课的视频在网上广为流传以来，无论在路上还是在车上，无论是在武汉还是在外地，无论是男性还是女性，地不分南北，人不分老幼，总有粉丝要求与我合影留念。过去许多读者喜欢看我的文章，现在是许多粉丝喜欢听我讲课。其实，相比于在课堂上授课，我更喜欢在书斋中写作，我写的也许比我讲的更为有趣。

我赶上了互联网的好时代，让我的文章和声音传遍了大江南北；我遇上了许多好师友好同事，遇上了许多好同学好学生，遇上了许多好粉丝好网友，还遇上了许多文化出版界的好朋友，让我有良好的成长、学习和工作环境。我报答他们唯一的办法，是加倍地努力，加倍地认真，写出更多更好的作品，录下更多更好的课程，以不负师友，不负此生！

戴建业

2019年4月15日

剑桥铭邸枫雅居

目录

绪论：两宋诗词的发展历程与基本特征

　　自王国维在《宋元戏曲史序》中说"凡一代有一代之文学"以来，楚骚、汉赋、唐诗、宋词、元曲便成了人们的口头禅。可惜，这一正确的共识容易形成人们错误的偏见，譬如，汉赋固然十分好，但汉文汉乐府同样也很妙——即使不说更好的话，如司马迁、班固的文章都妙绝古今；再如，人们一提到宋代就只想到宋词，似乎宋代词之外的文学不值一谈。其实，整个宋代除了柳永、周邦彦、辛弃疾等少数人外，大多数作家的优先选择是做诗人，填词不过是他们的"余事"。以苏轼为例，现存苏诗二千七百多首，苏词只存三百多首，数量上苏诗几乎是苏词的十倍，可见相比于诗文而言，苏轼可以说是"余事作词人"。这里并非要有意作翻案文章，故意说宋词成就不如宋诗，只是要提醒人们——尤其是青年学生——切莫为名言所误。词在宋代因前人染指较少，这种文体较之诗文更少陈词俗套，因而宋代词人更易开疆拓土也更易于艺术创造，并因此成为一代文学的代表。宋诗前面耸立着唐诗这座高峰，宋代诗人只好另辟蹊径，诗技上既能因难见巧，艺术上也能别开生面。这里，我们绝不在宋诗与宋词之间厚此薄彼，而是同时勾勒两宋历史时期诗词的发展轨迹与规律，总结它们各自的艺术特征与成就。

一

两宋诗词独特的艺术风貌孕育于两宋独特的文化语境——经济的高度繁荣和对外关系上的极度软弱；士人生活境况的相当优裕和对他们思想控制的十分严密；文化的十分普及和精神的不断内敛。两宋诗词的特点、优点和缺点，都或直接或间接地与这种语境有关。

"卧榻之侧，岂容他人酣睡"，宋太祖赵匡胤这句十分霸道的名言，后来成了对宋代君臣的一种嘲讽。北宋开国之初，祖宗传下来的北方燕云十六州就成了辽人的地盘，甚至南方骧州也归于越南李朝的版图。到了南宋，赵家王朝更成了偏安一隅的小王朝，龟缩进淮河、秦岭以南的半壁江山，把北方的大片河山拱手让给他人"酣睡"。杨万里《初入淮河四绝句》写尽了宋人扎在灵魂中的屈辱：

　　船离洪泽岸头沙，入到淮河意不佳。何必桑乾方是远，中流以北即天涯！

　　刘岳张韩宣国威，赵张二相筑皇基。长淮咫尺分南北，泪湿秋风欲怨谁？

　　两岸舟船各背驰，波痕交涉亦难为。只余鸥鹭无拘管，北去南来自在飞。

中原父老莫空谈，逢着王人诉不堪。却是归鸿不能语，一年一度到江南。

这哪是"中原父老"对着"王人诉不堪"，分明就是诗人自己诉说着内心的"不堪"。陆游有两首七古名作，标题分别是《九月十六日夜梦驻军河外遣使招降诸城觉而有作》《五月十一日夜且半梦从大驾亲征尽复汉唐故地见城邑人物繁丽云西凉府也喜甚马上作长句未终篇而觉乃足成之》，"驻军河外遣使招降诸城""尽复汉唐故地"，不过是一场"宋代梦"而已，而且仅仅是诗人"夜且半"的美梦，南宋那些苟且偷安的君臣"直把杭州作汴州"，估计他们连这种美梦也不会做。宋代统治者对北方政权，开始还能勉强保住颜面与他们称兄道弟，后来只得屈膝地对他们割地、赔款、纳贡、称臣。诗人对于这种国势无不捶胸顿足，于是，爱国主义便成了两宋诗词的重大主题。从王安石"河北民，生近二边长苦辛。家家养子学耕织，输与官家事夷狄"（《河北民》）的窝囊，到岳飞"怒发冲冠，凭阑处，潇潇雨歇"（《满江红》）的仰天长啸，再到范成大"忍泪失声询使者，几时真有六军来"（《州桥》）的绝望，从北宋到南宋报仇雪恨的呼声一浪高过一浪。"王师北定中原日，家祭无忘告乃翁"（《示儿》），陆游死前还以将断的气息说未了的心事，"从今别却江南日，化作啼鹃带血归"（《金陵驿》），到文天祥就只有"带血"的哀啼了。两宋对外受尽了割地赔款的差辱，使得两宋爱国诗词的创痛呼喊撕心裂肺。宋代君主虽然对外"外行"，但他们对内却很"内行"。这种"内行"既表现在经济建设和文化建设上，也表现在对士人的思想控制和精神诱导上。宋代是一个高度中央集权的王朝，宋太祖"杯酒释兵权"剥夺了武将的权力，使得任何人都不敢觊觎龙椅，尽管造成将不知兵的窘境，致使两宋军事上无比孱弱，但它同时也保持了社会的稳定安宁，社会稳定安宁正是经济繁荣的重要保证。宋代君臣采用了许多政策发展经济，科学技术的进步也提高了农民匠人的生产效率，商品的丰富、纸币的使用又加快了商品的流通和交换的活跃，这一切促进了市民阶层日益壮大，加速了大都市的急速扩张。一幅《清明上河图》描绘了当年汴京的繁华，一首柳永的《望海潮》道出了当年杭州的富庶：

> 东南形胜，三吴都会，钱塘自古繁华。烟柳画桥，风帘翠幕，参差十万人家。云树绕堤沙，怒涛卷霜雪，天堑无涯。市列珠玑，户盈罗绮，竞豪奢。　　重湖叠巘清嘉。有三秋桂子、十里荷花。羌管弄晴，菱歌泛夜，嬉嬉钓叟莲娃。千骑拥高牙。乘醉听箫鼓，吟赏烟霞。异日图将好景，归去凤池夸。

市民阶层的壮大，商业的繁荣，必然带来生活方式与生活观念的转变，大都市的形成也带来了人们对娱乐的渴求。自文人染指以后，词的主要功能就是娱宾侑酒，即欧阳修所谓"因翻旧阕之辞，写以新声之调。敢陈薄伎，聊佐清欢"（《西湖念语》）。大都市正好是宋词滋长兴盛的温床。市井生活不仅提供了新题材，创造了新的生活方式，也创造出适应这种生活的艺术形式、艺术风格。文学作品不过是文学家在用笔向人倾诉衷肠，俗话说"在什么山上唱什么歌，见什么人说什么话"，每个作者下笔之时心中都有一个潜在的倾诉对象，这种潜在的倾诉对象不仅决定词的内容，也决定词的语言、风格和品味。北宋词因受众不同，呈现出不同的艺术风貌——有的是所谓"雅词"，有的是所谓"俗调"。前者取悦的受众是高人雅士，词境只限于闺阁园亭，词风因而也婉约细腻；后者取悦的受众是世俗的市井小民，语言必须直白晓畅，抒情也不能过于含蓄。柳永便是宋代商业文明的宠儿，是城市文明热情的讴歌者，受到市井百姓空前的欢迎，"凡有井水饮处，即能歌柳词"。因而，词发展到柳永才气局一新，他的艳情词尽管时涉低俗，但热情地歌颂了下层人民真挚的爱情，特别是唱出了娼楼妓女的心愿与辛酸，他还为我们展示了一幅幅多彩多姿的都市风情画。

据说宋太祖曾发誓不杀士大夫和言事者，两宋三百多年在这点上还真很少"出尔反尔"，士人大不了流放到僻远的地方赋闲，最极端的情况是蹲一下监狱，读书人很少成为阶下囚，言事者也很少成为刀下鬼。宋代科举制比前朝更加完备，弥封制度使录取也更加公平，录取的名额更是唐代十倍以上，大量寒门子弟有机会走上历史舞台，宋代许多名臣和名文人都出身庶族，如一代文宗欧阳修和苏轼。宋代要走上仕途只能走科举一路，此外很难找到什么"终南捷径"。宋真宗那句"书中自有黄金屋",对于宋代书生来说是"眼见为实"。宋代士人也十分清楚,唐代"入仕之途尚多",本朝"入仕之途"只有一条——"黄金屋"只能在书中寻觅。读书不只是宋代士人最大的爱好,也是他们人生的唯一出路。清人赵翼《廿二史札记·宋制禄之厚》称"恩逮于百官者惟恐其不足",宋代士人生活条件之优渥,会让此前此后的士大夫心生嫉妒。印刷技术的进步使寒门也容易获得书籍,私家藏书之富更令人瞠目,出现了《郡斋读书志》《直斋书录解题》等私家目录,宋代的文化普及绝对是前无古人,宋代士人读书之博也远过前辈。从陆游"呼童不应自生火,待饭未来还读书"(《幽居遣怀三首》其三)自述,可以看到宋人对读书的专一与刻苦,唐人"读书破万卷"更多的还是自高身价,但在宋人可算是名副其实。史称王安石训斥同僚说,"君辈坐不读书耳",唐朝宰相中谁有这种底气?

有一利必有一弊,有所得便有所失。科举向寒门子弟敞开了仕途的大门,寒门子弟却也只能从科举进入仕途之门——敞开一扇门的同时,关上了其他的门。即使处在人生的低谷,盛唐诗人也觉得"大道如青天",他们可以投奔幕府,可以隐居山林,可以从军边塞,也可以干谒求官,而宋代统治者将军事、财政、言路、科举等所有资源集中于朝廷,宋代士人只能过科举这条独木桥。李白在《与韩荆州书》中说:"十五好剑术,遍干诸侯;三十成文章,历抵卿相。虽长不满七尺,而心雄万夫。"宋代诗人谁敢这么张狂?他在《上安州裴长史书》中说:"何王公大人之门不可以弹长剑乎!"宋代诗人谁会像这样撒野？任何"王公大人之门"都不可"弹长剑"，留给宋代书生的只有"华山一条路"，传说柳永只一句"忍把浮名，换了浅斟低唱"，放榜前就被宋仁宗黜落。比起唐代诗人来，宋代诗人要节制得多、规矩得多，他们的生命没有那般激扬，精神没有那般狂放。他们也作草书，但不会像张旭"脱帽露顶王公前"；他们也会痛饮，但不会像李白那样"天子呼来不上船"。所以，宋代哪怕再豪放的诗人，他们的情感也缺乏唐代诗人那种强劲的力度，诗情也难得像唐诗那么豪迈舒张，读来自然也不如唐诗那么痛快舒畅。

宋代诗人行为上的谨慎收敛，源于他们精神上的退缩内敛。他们具有极强的使命感，喊出了"先天下之忧而忧，后乐天下之乐而乐"的强音，同时又具有很强的幻灭感，即使旷达如苏东坡，即使刚正如范仲淹，即使富贵如晏殊，在诗词中也常表现出幻灭、倦怠的情绪。晏殊一生安享尊荣富贵，是当时所有男人都艳羡的"太平宰相"，可他仍然觉得人生"无可奈何"，致慨于"落花伤春"，徘徊于"小园香径"。超脱旷达的苏轼更在诗词中常常喟叹"古今如梦""君臣一梦""人间如梦""休言万事转头空，未转头时皆梦""人生到处知何似，应似飞鸿踏雪泥"。

由于民族和国家受到北方政权的威胁，长期以来自我中心的天下主义遇挫，极端的民族主义开始抬头。人们为了民族的自尊和自存，凸显汉民族的民族优越与文化的优越，北宋出现了石介《中国论》这一类文章。宋代理学兴起与兴盛的原因很复杂，其中也与士人希望凸显自身的生活观念和价值观念有关。由于内向，由于焦虑，由于敏感，宋代士人在现实生活和道德观念中极度高扬道德伦理，强调"存天理，灭人欲""饿死事小，失节事大"这样极端严峻的伦理准则。这造成了人们精神的冲突紧张，也造成了士人人格的普遍分裂。北宋文人通常都觉得词体卑，他们将自认为崇高的情怀写入诗文，将儿女私情填进词里。于是，他们诗文中常常打官腔，在填词时才露真情说真话，结果是他们本人更看重自己的诗文，而读者却更喜欢他们的词作。

较之唐代诗人，宋代诗人的精神结构中，理性的成分大于感性，他们重理智而轻情感。宋诗不如唐诗情韵悠长，却能以思致理趣见胜，哪怕景物诗往往也是因景悟理，反而不是常见的触景生情。如王安石的《登飞来峰》："飞来山上千寻塔，闻说鸡鸣见日升。不畏浮云遮望眼，自缘身在最高层。"苏轼的《题西林壁》："横看成岭侧成峰，远近高低各不同。不识庐山真面目，只缘身在此山中。"理性大于感性的精神结构，再加上十分宽广的知识结构，使得宋代诗人一落笔便议论纵横，而要在诗中说理自然就要采用散文句式，这就是宋代好以议论为诗、以文为诗的由来。

二

宋诗是紧承唐诗而来的，唐诗作为古代诗国的一座高峰，对于宋代诗人来说，既是一笔巨大的财富，也是一种巨大的挑战——前人为自己积累了许多艺术经验，可以在这些经验的基础上更上层楼，但能否翻过这座高峰"一览众山小"，能否在唐人成规之外另开新境？前代诗人积累的艺术经验，不同于前辈留下的物质财富，物质财富可以直接拿来享受，"富二代"大可坐享其成，而艺术经验一方面需要消化吸收，另一方面又必须戛戛独造，陈陈相因就是死路一条。

北宋开国之初六十余年的诗歌几乎是中晚唐诗的回响，前后接踵的"白体""西昆体""晚唐体"三派诗人，分别师法中晚唐的白居易、李商隐、贾岛和姚合。白体诗人模仿白居易的唱酬诗，多以浅易圆熟的语言唱酬消遣，唯王禹偁由效法白居易的唱酬诗进而学习白居易的讽喻诗。西昆体代表诗人杨亿、刘筠、钱惟演等人只猎得李商隐的皮毛，以辞采的浮艳繁富相高。晚唐体诗人林逋、魏野等人的诗歌语言虽归于素淡，但格局又失之细碎小巧。这时的诗歌一味步趋前贤而失去了自家体段，宋初诗歌还没有显露自己的时代特征。

待欧阳修、梅尧臣、苏舜钦登上诗坛进行诗体革新，清除以雕琢饾饤相尚的恶流，宋诗才呈现出不同于唐诗的独特风貌。欧阳修提倡用诗为时代传真留影，用诗"美善刺恶"和渲叙人情；梅尧臣指责宋初诗歌"有作皆言空"（《答韩三子华韩五持国韩六玉汝见赠述诗》），崇尚平淡朴素的艺术境界。欧阳修等人在学习韩愈古文的同时，诗歌创作也受到韩诗的影响，常以古文的章法句法入诗，在创作上"开宋诗一代之面目"（叶燮《原诗》）。

宋诗称盛是在北宋中后期，这时王安石、苏轼、黄庭坚等大家名家争雄于诗坛，"王介甫以工，苏子瞻以新，黄鲁直以奇"（胡仔《苕溪渔隐丛话前集》卷四十二引《后山诗话》语）。

　　王安石早年诗歌以意气的傲兀、议论的犀利、语言的瘦劲称于一时，晚期诗风转为含蓄、深婉、精工。苏轼是宋诗中杰出的大家，他在各种诗体中都能自如地挥洒奇情壮采，笔势奔放驰骤，想象丰富奇特，比喻更是妙语连珠，诗在他手中"有必达之隐，无难显之情"（赵翼《瓯北诗话》卷五）。黄庭坚写诗力避平庸滑熟，在句法音律和布局谋篇上求新出奇，语言老辣苍劲，诗风峭折生新。这三位诗人的政治态度不同，艺术个性各异，但都喜欢在诗中搬弄典故卖弄学问，在诗中以散文化的语言畅发议论，还常常押险韵、用拗句、造硬语。他们的创作和理论代表了也左右了一代诗风。苏轼和黄庭坚对后来的影响尤大，元祐后的诗人率不出苏、黄二家。其中黄庭坚的诗法和诗风极宋诗之变态，他对后来宋诗的影响之大更是无人可及，北宋末和南宋都在他的笼罩之下。他生前已有一大批追随者，死后学其诗者更众，并很快形成阵容浩大的"江西诗派"，甚至像陆游这样的大诗人早年也是黄诗的模仿者，所以宋人承认他"为本朝诗家宗祖"（《刘后村诗话》）。与黄庭坚同出苏门的陈师道，诗学黄庭坚而最后又与黄齐名，其诗运思巉刻，笔力简劲，对南宋诗人也有较大的影响。

　　南北宋之交的重要诗人几乎全属江西诗派：陈与义在宋末被奉为该派的三宗之一，是江西诗派后期的代表作家；吕本中和曾几都以江西诗派的传人自命。不过，他们继承了该派的某些"家法"，也改造了该派的某些弊端。吕本中提出"活法"以反对死守涪翁成法，陈与义也认识到写诗"慎不可有意于用事"（见徐度《却扫编》卷中）。他们都是宋代诗歌史上承前启后的过渡性人物，直接影响到稍后的中兴诗人。

陆游与苏轼在南北宋诗坛上双峰并峙，他又与同时的尤袤、范成大、杨万里并称为"中兴四大诗人"。在南宋前期的抗金斗争中，中兴诗人的诗歌反映了民族的痛苦、愤怒与期盼，深刻地揭示了我们这个民族坚强不屈的灵魂。他们既关注民族的命运和时代的风云，也陶醉于山水清音与田园风俗。中兴诗人都是从江西诗派入手的，但在漫长的创作道路上又都逐渐摆脱了江西诗派的束缚——由枯坐书斋转而面向广阔的社会，由迷信"无一字无来处"转而彻悟"纸上得来终觉浅"，由死守成法转而重视诗兴，最后也就由江西诗派入而不由江西诗派出，形成了各自独特的艺术风貌，创造了宋诗的又一度繁荣。陆游的诗歌集中体现了南宋的爱国主义精神，其诗情豪宕感激，而诗语又清空一气，"看似华藻，实则雅洁，看似奔放，实则谨严"（赵翼《瓯北诗话》卷六）。范成大是田园诗的集大成者，其诗一洗江西诗派的艰涩之态，轻巧自然，明净流美。杨万里以自然风趣的山水诗见称于世，诗风更是轻松活泼，幽默机智，形成了别具一格的"诚斋体"。

南宋末年的"永嘉四灵"和"江湖诗派"作为江西诗派的反拨，他们不约而同地使诗歌回到晚唐，以贾岛、姚合为师，企图以晚唐诗的灵动来救江西诗派的生硬，但他们这时已才气枯竭，加之大部分诗人缩进了自我的小天地，因而诗情既贫薄，诗境也狭小，难免"破碎尖酸"（《四库全书总目提要·芳兰轩集提要》）之讥。南宋灭亡前后，以文天祥为代表的爱国志士表现出坚贞的民族气节，他们合唱的既是激动人心的民族"正气歌"，也是为南宋王朝灭亡哀婉的送终曲。

宋诗虽然不如唐诗那样光芒四射，但也没有为唐诗的光芒所掩；它虽然借鉴了唐诗许多成功的艺术经验，但又摆脱了唐诗已成的套路和故辙；它的整体成就虽然没有超越唐诗，但能在唐诗之外另开新境。就内容而论，宋诗对生活的反映和唐诗同样深广，从军国大事到琐碎闲情都可入咏，甚至某些唐人认为不能或不宜入诗的对象却成了宋诗常用的题材，如品茗尝果、鉴赏古玩、摩挲笔砚、朋友谐谑、知音清谈等等都是宋人的诗料。宋诗既深刻地表现了特定时期的社会心理，也生动地表现了各个诗人的气质个性。就艺术成就而论，唐诗和宋诗各有千秋，"唐诗多以丰神情韵擅长，宋诗多以筋骨思理见胜"（钱锺书《谈艺录》）。因唐诗之长在"丰神情韵"，所以蕴藉空灵，宋诗之胜在"筋骨思理"，所以贵深折透辟。唐诗因情景交融而令人一唱三叹，宋诗则以其深曲瘦劲而让人回味无穷。宋诗在三百多年的发展过程中，流派林立，诗体繁多，仅作家个人风格就有"东坡体""山谷体""王荆公体""陈简斋体""杨诚斋体"等（见严羽《沧浪诗话·诗体》）。

但是，宋诗既然"以筋骨思理见胜"，它就容易在诗中大发议论。严羽早在《沧浪诗活》中就指出宋代诗人好"以文字为诗，以才学为诗，以议论为诗"的特点，宋诗之失往往在于直露、寡味和枯槁；宋人要在唐诗之外求新求生求奇，精于运思而严于洗剥，追求诗境诗句诗韵的奇崛苍劲，结果因其太尖新太瘦削而失去了唐诗那种浑厚的气象、那份自然的神韵。

三

　　唐诗对于宋人来说是一座难以逾越的高峰，而唐五代词留给宋人的则是一片尚待开垦的处女地，宋代词人大可在其中开疆扩境逞才献技，因此宋词比宋诗在艺术上更富于独创性，以致人们常把它作为有宋一代文学的代表而与唐诗相提并论。

　　词兴起于唐代无疑与当时经济的繁荣和燕乐的发达有关。现已发现的敦煌曲子词最早产生于七世纪中叶，除极少数诗客的作品外，其中大部分可能是来自民间的歌唱，词风一般都朴质明快，体式有小令、中调和慢词，内容较后来的《花间集》也要广泛得多："有边客游子之呻吟，忠臣义士之壮语，隐君子之怡情悦志，少年学子之热望与失望，以及佛子之赞颂，医生之歌诀，莫不入调。其言闺情与花柳者，尚不及半。"（王重民《敦煌曲子词集叙录》）中唐诗人如戴叔伦、张志和、白居易、刘禹锡等采用这种体裁进行创作时，体式一色都止于小令，风格还带有民歌的活泼清新。晚唐创作的文人越来越多，他们运用这种体裁的技巧也更熟练，可惜随着词中辞藻愈来愈华丽香艳，它所反映的生活却愈来愈狭窄贫乏，词逐渐成了公子佳人和权贵显要们歌台舞榭的消闲品。在仕途上潦倒失意的温庭筠喜"逐弦吹之音，为侧艳之词"（《旧唐书》本传），他是晚唐填词最多的作家，现存七十多首词的内容"类不出乎绮怨"（刘熙载《艺概·词曲概》），艺术上的主要特色是丽密香软，稍后的花间词派尊他为鼻祖。与温齐名的韦庄所写的题材也不外乎男女艳情，只是词风上变温词的浓艳为疏淡。战乱频仍的五代，只有西蜀和南唐免遭兵燹之灾，宜于簸弄风月的小令便率先在这两个小朝廷繁荣起来。《花间集》中的词人除温、韦外多为蜀人。南唐最著名的词人是李煜，他的早期词风情旖旎、妩媚明丽，晚期词以白描的手法抒发亡国的深哀，对于词的题材和境界是一大突破。王国维在《人间词话》中说："词至李后主而眼界始大，感慨遂深，遂变伶工之词而为士大夫之词。"冯延巳也是南唐的一位重要词人，其词洗温庭筠的严妆为淡妆。

宋初词基本也是花间词的延续：体式仍然以小令为主，题材不出于男欢女爱，词境只限于闺阁园亭，词风因而也婉约细腻。这时最可称述的词人是"二晏"和欧阳修。晏殊、欧阳修都受惠于冯延巳词，前者得冯词之俊，后者得冯词之深（见刘熙载《艺概·词曲概》）；前者词风温润秀雅，后者词风深婉沉着。晏几道的一生前荣后枯，常以哀丝豪竹抒其微痛纤悲，别具低徊蕴藉的艺术效果，其清词俊语更是独步一时。

小令在晚唐五代和宋初是一枝独秀。到北宋中叶，城市的商业经济日趋繁荣，市民的文化生活也随之日益丰富，浓缩含蓄的小令已不适于表现他们的思想情感，铺叙展衍的慢词因而逐渐发展成熟。张先以小令笔法创作了近二十首慢词，明显带有由小令向慢词过渡的痕迹。词发展到柳永才气局一新，他的艳情词尽管时涉低俗，但热情地歌颂了下层人民真挚的爱情，特别是唱出了青楼妓女的心愿与辛酸；羁旅词抒发了词人对功名的厌倦和鄙弃，此外，他还为我们展示了一幅幅多彩多姿的都市风情画。柳永是宋代第一位专业词人。柳词在艺术上的成就更值得称道，他探索了慢词的铺叙和勾勒手法，使词在章法结构上"细密而妥溜"，更能表现复杂丰富的生活内容；他在翻新旧曲的同时，又自度了许多新曲，并且大胆地采用口语俗语入词，使词的语言"明白而家常"（刘熙载《艺概·词曲概》）。不过，柳词大部分仍是为应歌而作，主要为勾栏瓦舍的歌妓立言，词还远没有摆脱"体卑"的地位，他只使慢词与小令平分秋色，并没有使词与诗分庭抗礼、平起平坐。这一重要变革要等到苏轼来完成。胡寅在《向芗林酒边集后序》中说："柳耆卿后出，掩众制而尽其妙，好之者以为不可复加。及眉山苏氏一洗绮罗香泽之态，摆脱绸缪宛转之度，使人登高望远，举首高歌，而逸怀浩气，超然乎尘垢之外，于是《花间》为皂隶，而柳氏为舆台矣。"

　　苏轼开拓了词的题材，丰富了词的表现技巧，开创了影响深远的豪放词，也提高了婉约词的格调，并动摇了词对音乐的依赖关系，使人们发现了曲子词的内在潜力。从此词人乐意用它来抒情言志写景状物，词成了一种"无意不可入，无事不可言"（刘熙载《艺概·词曲概》）的新型诗体，"诗庄词媚"的传统观念被打破，他通过自己的创作给人"指出向上一路"（王灼《碧鸡漫志》）。但时人并不全按他指的路数填词，仍或遵循"花间"老路，或暗中去效仿柳永，连他的门人和友人秦观、贺铸的词风也仍以婉约为主，苏轼还戏谑地把秦观与柳永并称："山抹微云秦学士，露花倒影柳屯田。"（叶梦得《避暑录话》）周邦彦是北宋后期的词坛大家，"词至美成，乃有大宗，前收苏、秦之终，后开姜、史之始；自有词人以来，不得不推为巨擘，后之为词者，亦难出其范围"（陈廷焯《白雨斋词话》），有人甚至把他誉为"词中老杜"（见王国维《清真先生遗事》）。他在柳永的基础上发展了慢词的铺叙技巧，常常打乱时间与空间的顺序，变柳词的直笔为曲笔，深化了词在抒情叙事上的表现力；同时他使词的语言更加典雅浑成，词的音调更加优美和谐，因此成为"格律词派"的开创者。李清照为两宋之际最杰出的女词人，她将"寻常语度入音律"（张端义《贵耳集》卷上），将口语俗语和书面语陶冶得清新自然、明白如话，创造了后来词人广泛仿效的"易安体"。

南宋前期，爱国主义成为词中最震撼人心的主题，辛弃疾就是爱国词人的代表。他梦寐以求的就是抗金复国，正是在这一点上辛词凝集着全民族的意志。他从苏轼的"以诗为词"进而"以文为词"，以其纵横驰骋的才情和雄肆畅达的笔调，在苏的基础上进一步扩大了词的疆域，使其题材更为广阔丰富，意境更为雄豪恢张，想象更为奇幻突兀，手法更为灵活多样。就其词风的相近而言，虽然"苏、辛并称"，但整体成就上"辛实胜苏"(纳兰成德《渌水亭杂识》)。清人周济认为辛弃疾"其才情富艳，思力果锐，南北两朝，实无其匹"(《介存斋论词杂著》)。当时和后来在思想情感和词的风格上受他影响者不少，并形成了辛派词人。

其中与辛同时的有韩元吉、陈亮、刘过等，宋末有刘克庄、戴复古、文天祥、刘辰翁等，他们都喜欢选用长调来抒写磊落悲壮之情，来创造雄奇阔大之境，只是有时失之直露叫嚣。

南宋后期维持了几十年相对平静的局面，格律派词人远绍清真而近崇白石，前期词人那种慷慨悲愤的激情逐渐冷却，词中的情感和语言都归于"醇雅"，律吕字声进一步严格规范。姜夔一反婉约派的柔媚软滑，笔致清空峭拔。吴文英与姜夔并肩而词风与姜相反：姜词清空疏宕，吴词质实丽密。史达祖、王沂孙多以赋物寓兴亡之感，周密、张炎有时直抒家国之哀，情调一色的凄凉悲切，语言无不精致典雅。

宋代词人有的严于诗、词之别，恪守词"别是一家"，强调歌词与曲调要宫商相协；有的则借鉴邻近文体的表现方法，甚至"以诗为词"或"以文为词"，填词时并不"醉心于音律"(王灼《碧鸡漫志》)。这种对词的不同态度导致了各自词风的差异，前者词风多婉约，后者词风多豪放。张綖在《诗余图谱》中指出"词体大略有二：一体婉约，一体豪放""婉约者欲其辞情蕴藉，豪放者欲其气象恢弘"。把词人都归类于两大派虽然不十分恰当，但也有一定的道理。这两派的分流始于柳永、苏轼登上词坛以后，苏轼之前并没有豪放与婉约之分。划分豪放与婉约的关键是曲调和词风，十七八岁女子执红牙板歌"杨柳岸晓风残月"，其情调风格自不同于关西大汉绰铁板唱"大江东去"（见俞文豹《吹剑续录》），显然一偏于柔婉一偏于豪放。当然，这仅是从其大略而言，至于每一个词人，婉约而偶涉粗犷者有之，豪放者常近婉约更为多见。落实到每一首词情况还要复杂，许多词兼有英雄之气与儿女之情。豪放与婉约之分切忌过于拘泥。

词的发展经唐五代至北宋而南宋，词体的兴盛也由小令到中调而至慢词，它终于从小溪曲涧汇成了泱漭巨流，从诗的旁支别流进而与诗齐驱并驾。唐宋诗词同为我国古代文学中璀璨夺目的明珠。

第一章

北宋前期诗歌的革新历程

文学创作并不像改朝换代那样"一朝天子一朝臣",朝代一换诗风也随之大变,相反,它有自身的承袭与惯性。唐初诗歌仍笼罩着齐梁余韵,宋初诗坛同样也回荡着前朝的"唐音"。宋初前后相继的三种诗体——白体、西昆体、晚唐体,基本上都是跟着唐人鹦鹉学舌。欧阳修登上诗坛才唱出了"宋调",发展到王安石宋诗才开出"新局"。

第一节 唐代诗风在宋初的流播

赵匡胤结束了唐末五代以来乱哄哄的政局,但宋代诗人并没有马上结束唐代诗歌的流风余韵,这只要看看宋初六十年前后相续的三个诗体的名称——"白体""晚唐体""西昆体"——就知道当时的诗坛一直被中晚唐的诗风笼罩着，诗人们还没有唱出有别于"唐音"的"宋调"来。

一、白体

尽管宋开国的国势远没有唐那般强大，但开国后的一统天下仍然是一片歌舞升平，这使宋初的几任皇帝得以以太平天子自居，朝政之余常常舞文弄墨，每逢庆典宴会便宣示御诗让侍臣们唱和，以诗酬唱便逐渐成为士人的一种时髦。这样，白居易等人次韵相酬的"元和体"，自然就成了当时诗人模仿的样板，因而就形成了宋初的所谓"白体"。

白体诗人包括李昉、徐铉、徐锴、王奇、王禹偁等，其中徐铉、李昉是五代过来的旧臣，也是白体诗的首创者。徐铉的诗歌语言像白诗一样浅切流畅，如《送王四十五归东都》"想忆看来信，相宽指后期。殷勤手中柳，此是向南枝"，又如《梦游三首》其一"魂梦悠扬不奈何，夜来还在故人家。香蒙蜡烛时时暗，户映屏风故故斜"。白体诗诗人多用浅俗而又圆熟的语言唱酬消遣，抒写自己闲适自足的心态，诗风平易、浅近、闲雅。如徐铉的《晚归》：

暑服道情出，烟街薄暮还。风清飘短袂，马健弄连环。
水静闻归橹，霞明见远山。过从本无事，从此涉旬间。

这派诗人中只有王禹偁在艺术上独辟蹊径，出于白体而能超越白体。王禹偁（954—1001），字元之，济州巨野（今山东巨野）人，出身于一个兼营磨坊的农家；三十岁中进士，官至翰林学士，三次被贬，后死于贬所黄州齐安（今湖北黄冈），世称王黄州；有《小畜集》《小畜外集》传世。

王禹偁从小就喜爱白居易诗，其诗歌创作是以模仿白居易的唱和诗开始的，早年的《酬安秘丞见赠长歌》称："迩来游宦五六年，吴山越水供新编。还同白傅苏杭日，歌诗落笔人争传。"中进士前与济州从事毕士安多有唱和，中进士后外任地方长官时又与各地的同僚频繁唱酬。不过，王禹偁是一位既有政治抱负又富于同情心的诗人，他学习白体诗并没有像其他白体诗人那样只停留在白居易的唱和诗上，而是由白的唱和诗进而学习白的讽喻诗。三十五岁任左拾遗时就写出了著名的《对雪》，将自己生活的闲适富足与下层人民和边塞士兵的贫困艰难进行对比，引起诗人深切的自责和内疚：自己"不耕一亩田"而又无"富人术"，有愧于忍饥挨饿的"河朔民"；自己不持一只矢而又乏"安边议"，有愧于在边塞抛头颅洒热血的"边塞兵"；自己既不是"良史"又算不上"直士"，而是尸位素餐的社会蠹虫。这首诗在艺术上也深得白居易讽喻诗的神髓，以平易朗畅的语言夹叙夹议，将情感抒写得淋漓尽致，初露宋诗议论化和散文化的端倪。

谪居商州以后，他的诗歌更接近白居易的新乐府和讽喻诗，或鞭挞贪官污吏，或同情下层人民，比较深刻地反映了北宋初期的社会现实，代表作有《感流亡》《畲田词》《金吾》《乌啄疮驴歌》《对雪示嘉祐》等。他很少以旁观者的身份来同情劳动人民，人民的苦难使他有一种沉重的负罪感。《感流亡》说"峨冠蠹黔首，旅进长素餐"，《对雪示嘉祐》更毫不掩饰地说："胡为碌碌事文笔，歌时颂圣如俳优。一家衣食仰在我，纵得饱暖如狗偷。"这种对人民生死祸福无限关切的情怀，自然而然地使他接近了杜甫。他不仅高度肯定杜诗里程碑的价值——"子美集开诗世界"（《日长简仲咸》），而且明确提出"诗效杜子美"（《送丁谓序》）。后期诗歌平易的语言与和畅的风调，固然还可见出白诗影响的痕迹，但很少前期诗中那种轻飘飘的闲适心态，即使是写景诗也不是轻松地流连光景，如《村行》：

> 马穿山径菊初黄，信马悠悠野兴长。万壑有声含晚籁，数峰无语立斜阳。棠梨叶落胭脂色，荞麦花开白雪香。何事吟余忽惆怅？村桥原树似吾乡。

"马穿山径"和"信马悠悠"看上去的确闲适，"万壑有声"和"数峰无语"也很清幽，如"胭脂色"的棠梨叶，似"白雪香"的荞麦花，更叫人乐而忘返，不料尾联陡然一转："何事吟余忽惆怅？"原来"村桥原树似吾乡"，他乡的美景给诗人献愁供恨，惹起他去国怀乡的情怀。语言的畅达近于白居易，诗情的郁闷又近于杜甫。他的《新秋即事三首》其一更流露了杜诗影响的痕迹："露莎烟竹冷凄凄，秋吹无端入客衣。鉴里鬓毛衰飒尽，日边京国信音稀。风蝉历历和枝响,雨燕差差掠地飞。系滞不如商岭叶,解随流水向东归。"
虽然其诗情还不似杜诗那般沉郁,诗境还不似杜诗那般壮阔,但诗
语的精工、音节的顿挫、对仗的整饬都与杜诗相近。另一首名作《寒
食》也有同样的特点:

> 今年寒食在商山,山里风光亦可怜。稚子就花拈蛱蝶,
> 人家依树系秋千。郊原晓绿初经雨,巷陌春阴乍禁烟。副
> 使官闲莫惆怅,酒钱犹有撰碑钱。

清人吴之振虽然认为他"学杜而未至",但又肯定他"独开有宋
风气"(《宋诗钞·小畜集钞》)。无论就其创作成就来看,还是就其
开时代的风气之先来看,王禹偁都不失为宋初诗坛上一位优秀诗
人。后来林逋在《读王黄州诗集》中称赞他说:"放达有唐唯白傅,
纵横吾宋是黄州。"

二、晚唐体

白体诗风行不久,宋初许多诗人就开始对它不满,于是他们把
眼光投向贾岛和姚合,力图以精巧的构思和素淡的语言矫白体诗的
浅俗,这样就形成了所谓的"晚唐体"。

晚唐体诗人主要有林逋、潘阆、寇准、魏野、魏闲及"九僧"等,
而以林逋、寇准、魏野为代表。至于"九僧",欧阳修就已记不起
他们的姓名,司马光偶然见到一本《九僧诗集》,这才得知"九僧"

包括哪些诗僧（见《温公续诗话》）。他们当中惠崇工诗善画，其他诸人与当时诗坛名宿多有唱和。这派诗人除寇准外，都是在野的隐士和僧人，他们以不接人事和超尘脱俗相高。其诗主要写隐士的孤怀、徜徉山水的乐趣、品茗博弈的闲情，缺乏广阔的现实内容和深厚的情感体验。笔致素淡而轻巧，诗境清寒而狭窄。进入他们诗中的意象不外是古寺、闲云、野鹤、腊梅、幽径、孤鸟、寒流、奇石等，即使位极人臣的寇准也不例外，如他的名作《春日登楼怀归》：

> 高楼聊引望，杳杳一川平。野水无人渡，孤舟尽日横。
> 荒村生断霭，古寺语流莺。旧业遥清渭，沉思忽自惊。

即使春天里他的眼光也不投向那艳丽的鲜花和青翠的树叶，而只盯着"野水""孤舟""荒村""断霭""古寺"，渲染一种荒凉凄清的情调。

晚唐体诗人中以林逋的名声最大。林逋（967—1028）字君复，钱塘（今浙江杭州市）人。史书称他结庐西湖孤山，二十年间足不入城市，终身不娶不仕而友梅侣鹤。他的几首咏梅诗极受时人和后人称道：

> 众芳摇落独暄妍，占尽风情向小园。疏影横斜水清浅，暗香浮动月黄昏。霜禽欲下先偷眼，粉蝶如知合断魂。幸有微吟可相狎，不须檀板共金樽。
>
> ——《山园小梅》

吟怀长恨负芳时，为见梅花辄入诗。雪后园林才半树，水边篱落忽横枝。人怜红艳多应俗，天与清香似有私。堪笑胡雏亦风味，解将声调角中吹。

——《梅花二首》其一

对梅花的描写可谓生动传神，遣词下字也精细工巧，神韵更清高脱俗，一尘不染，谁见了都会击节赞赏其精美绝伦。然而这种美是一种盆景式的美：玲珑精致却细碎小巧。林逋这两首诗代表了晚唐体的全部优点和缺点。

三、西昆体

西昆体是由杨亿编的《西昆酬唱集》而得名的。该集共收十七位作者的二百五十首五、七言近体诗。此派诗人的代表是杨亿、刘筠、钱惟演，他们三人的唱和诗占了《酬唱集》的五分之四强。

西昆体诗人虽然与晚唐体活跃的时间相同，但晚唐体诗人多为在野隐士和僧人，而西昆体诗人全是朝中显贵。晚唐体诗人将用事称为"点鬼簿"（杨慎《升庵诗话》），忌用事而重白描；而西昆体则重用事而轻白描，一部《西昆酬唱集》几乎全是堆砌故实、雕章绘句。这样又带来二者另一差异，晚唐体追求诗风的淡雅脱俗，西昆体则崇尚金碧辉煌、华艳富贵。我们来看看他们以《泪》为题的两首七律：

锦字梭停掩夜机，白头吟苦怨新知。谁闻陇水回肠后，更听巴猿拭袂时。汉殿微凉金屋闭，魏宫清晓玉壶攲。多情不待悲秋气，只是伤春鬓已丝。

——杨亿

含酸茹叹几伤神，呜咽交流忽满巾。建业江山非故国，灞陵风雨又残春。虞歌诀别知亡楚，燕酒初酣待报秦。欲诉青天销积恨，月蛾嫱独更愁人。

——刘筠

他们写泪全用典故并且绝不重复，读者只惊叹作者学养的渊博深厚，却不至于为这些泪水所动情。因为诗人只罗列一串有关泪的故实，诗人自己本身则绝无悲伤的泪水可流，辞藻固然华美繁富，情感却苍白贫乏。他们只猎得李商隐属对工巧和敷色秾丽的外形，缺少李诗中深沉幽怨缠绵动人的情感力量。

由于西昆体诗人在政坛和诗坛上的地位，影响所及，宋初诗人竞以浮艳相高，以侈靡相尚，以致稍后的诗歌革新者都是以攻击西昆体开始他们诗歌创作的。

第二节　诗歌革新的领导者欧阳修

白体、晚唐体、西昆体的诗人都忙着步趋中晚唐诗人的后尘，没有显露出自己的时代特征，待欧阳修登上诗坛后才自拔于流俗，团结一大批优秀诗人进行诗歌革新，赋予宋诗以不同于"唐音"的独特风貌，我国诗歌的发展又进入了一个新的历史时期。

欧阳修（1007—1072），字永叔，号醉翁，晚年又号六一居士，庐陵（今江西吉水）人。出身于一个小官吏家庭，四岁丧父，母用荻梗代笔在沙地上教其学书，少年的孤贫生活和母亲严格的教育为他后来的成长奠定了良好的基础。十几岁时一次偶然的机会，他在邻家的破筐里发现了韩愈文集，便如获至宝似的借回家研读揣摩。天圣八年（1030）举进士，次年到洛阳任西京留守推官，当时的留守是西昆诗派代表之一钱惟演。在那儿他结识了一批富于才华的文学青年，如梅尧臣、尹洙等，他们在一起以诗相唱和，并写古文来议论时事，开始了影响深远的北宋诗文革新。

在施行庆历新政期间，他始终支持范仲淹改革弊政。新政失败后贬知滁州，三年后移知扬州、颍州。至和元年（1054）回京拜翰林学士，嘉祐二年（1057）知礼部贡举，他利用这一机会以新的文风作为考生文章的取舍标准，录取了像曾巩、苏轼、苏辙这些后来的文坛诗坛巨擘。他通过自己的理论和创作实践，团结了一大批诗人、散文家，成功地完成了北宋的诗文革新。他不仅是北宋前期的文坛盟主，也是北宋第一个在诗、文、词各方面都卓有成就的作家。

就其诗歌创作而论，他遏阻了西昆体以声病对偶雕刻联缀是务的逆流，要求用诗来传达时代的心声，认为"美善刺恶"（《诗本义·本末论》）是写诗的目的之一，同时，诗于社会既能"道其风土性情"（《书梅圣俞稿后》），于个人又必须能曲传细微复杂的生活体验。他特别激赏韩愈能用诗"资谈笑、助谐谑、叙人情、状物态，一寓于诗，而曲尽其妙"的本领（《六一诗话》），也十分称道梅尧臣"本人情，状风物，英华雅正，变态百出"（《书梅圣俞稿后》）的功夫。他的诗歌创作实践了自己的诗歌理论：逼真地反映现实生活，细腻地抒发个人情怀。

前者如《食糟民》《边户》等，一针见血地揭示造成人民苦难的根源：要么是最高统治者懦弱无能，对外屈膝求和导致对内加倍盘剥，如《边户》所说的"自从澶州盟，南北结欢娱。虽云免战斗，两地供赋租"；要么是各层吸血鬼贪婪榨取，如《食糟民》所说的"田家种糯官酿酒，榷利秋毫升与斗"。这种反映既不像杜甫与人民的苦难息息相关，也不像白居易那样站在客观的立场上向天子如实报告下情，而是将自己置于当政者一方，在人民的苦难面前进行自责与反省。所以他的感情不像杜甫那样一腔热肠，也不像白居易那般满腔愤慨，而是掺杂着愧疚与怜悯，全诗总是伴随着反躬自问式的议论。

欧阳修大部分诗作是抒写个人对官场和日常生活的情感体验，包括对仕途沉浮的痛苦与超脱、对诸如茶酒饮食的品评、对古玩器具的鉴赏等等，它们更直接地表现了诗人的个性、气质、趣味、追求和人生态度。如《啼鸟》通过"花深叶暗耀朝日，日暖众鸟皆嘤鸣"时节各种鸟声的描写，抒发贬谪后的无奈心情与旷达态度；《菱溪大石》通过对"南轩旁列千万峰，曾未有此奇嶙峋"的描绘，抒写自己不同流俗的磊落胸襟；《尝新茶呈圣俞》通过描写"停匙侧盏试水路，拭目向空看乳花"的品茗细节，展示自己平易近人的生活情趣；《丰乐亭游春三首》通过"鸟歌花舞太守醉，明日酒醒春已归"的铺叙，表现自己对人生的热爱、对自然的留恋和与民同乐的喜悦；《别滁》表现了滁州的人情与风物，也流露了诗人宽厚豁达的品性：

花光浓烂柳轻明，酌酒花前送我行。我亦且如常日醉，莫教弦管作离声。

在他抒写个人情怀的诗篇中，他自己最为得意同时也最为人传诵的大概要数《戏答元珍》了：

春风疑不到天涯，二月山城未见花。残雪压枝犹有橘，冻雷惊笋欲抽芽。夜闻归雁生乡思，病入新年感物华。曾是洛阳花下客，野芳虽晚不须嗟。

诗写于贬谪峡州夷陵令的时候，清新秀美的诗风在当时一新人的耳目，情感苦闷却能归于坦然，语言工巧而不失其流动，很能代表他的艺术个性。

方东树在《昭昧詹言》中说："学欧公作诗，全在用古文章法。"这里的"古文章法"主要指结构剪裁，如《庐山高赠同年刘中允归南康》《啼鸟》《食糟民》等，尽管其中有的诗其笔致的跳荡奔放似李白，但其脉络的连贯和结构的紧凑都近古文。以古文章法入诗是他诗歌散文化的表现之一。

他诗歌的散文化还表现为以议论入诗。《和王介甫明妃曲二首》都融入了大量的议论：

胡人以鞍马为家，射猎为俗。泉甘草美无常处，鸟惊兽骇争驰逐。谁将汉女嫁胡儿，风沙无情貌如玉。身行不遇中国人，马上自作思归曲。推手为琵却手琶，胡人共听亦咨嗟。玉颜流落死天涯，琵琶却传来汉家。汉宫争按新声谱，遗恨已深声更苦。纤纤女手生洞房，学得琵琶不下堂。不识黄云出塞路，岂知此声能断肠！

——其一

汉宫有佳人，天子初未识。一朝随汉使，远嫁单于国。绝色天下无，一失难再得。虽能杀画工，于事竟何益？耳目所及尚如此，万里安能制夷狄！汉计诚已拙，女色难自夸。明妃去时泪，洒向枝上花。狂风日暮起，飘泊落谁家。红颜胜人多薄命，莫怨春风当自嗟。

——其二

第一首几乎全是以议代叙,纵横辩博的议论中贯注着跌宕腾挪的诗情,使诗篇别具佳趣,如"谁将汉女嫁胡儿,风沙无情面如玉。身行不遇中国人,马上自作思归曲"四句,既是议论也是叙事,这种手法是典型的"亦叙亦议"。"推手为琵却手琶,胡人共听亦咨嗟。玉颜流落死天涯,琵琶却传来汉家"四句,前二句叙多于议,后二句则议多于叙。第二首的议论由小见大,如"虽能杀画工,于事竟何益?耳目所及尚如此,万里安能制夷狄",议论精警而又感叹多情。"红颜胜人多薄命,莫怨春风当自嗟"等,有的议论成为升华全诗主题的警策,可惜有些观念略嫌陈腐。他的绝句《画眉鸟》其意不在描绘鸟形或鸟声,而是通过它在林中自在啼叫来表达诗人对自由的渴望:

百啭千声随意移,山花红紫树高低。始知锁向金笼听,不及林间自在啼。

他诗歌的散文化也表现在诗歌语言的句法上。句法的散文化在他的古体诗中容易被人发现,如"胡人以鞍马为家,射猎为俗"(《和王介甫明妃曲二首其一》),"上不能宽国之利,下不能饱民之饥"(《食糟民》),又如"吾嗟人愚不见天地造化之初难"(《吴学士石屏歌》),在他的近体诗中则往往被忽略。唐代近体诗一般省略了虚词,意象高度浓缩密集,正常语序遭到破坏,诗歌的脉络隐而不明,呈现给读者的是平行叠加的意象，诗人的思想情感一如严羽所言："羚羊挂角，无迹可求"（《沧浪诗话》）。欧阳修的近体诗重又召回被唐代诗人放逐了的虚词，如"残雪压枝犹有橘，冻雷惊笋欲抽芽""曾是洛阳花下客，野芳虽晚不须嗟"（《戏答元珍》），"楚人自古登临恨，暂到愁肠已九回""行见江山且吟咏，不因迁谪岂能来"（《黄溪夜泊》）。虚词是散文语言的重要组成部分，以虚词入诗便让诗歌的意象变得疏朗，诗的脉络也因而变得通畅，诗句也像散文一般流畅自然。诗人对"春风疑不到天涯，二月山城未见花"二句十分自负，说"若无下句，则上句不见佳处，并读之，便觉精神顿出"（《苕溪渔隐丛话前集》卷三十）。由于这两句打破了唐诗一句一义或一句数义的惯例，像散文一样两句一义，前因后果，只有"并读之"才能见到妙处。

以古文章法、散文句法和议论入诗，使欧阳修的诗风平易畅达，体势自由流动，所以清人贺裳认为"宋之诗文至庐陵始一大变"（《载酒园诗话》）。欧阳修为宋诗的发展开辟了新路，但过多议论和散文化的引入，诗的脉络固然显豁了，可诗意也因而直露了，诗的意象固然疏朗了，可诗味也随之稀释了。

第三节 诗歌革新的主将梅尧臣、苏舜钦

清人叶燮在《原诗》中说："开宋诗一代之面目者，始于梅尧臣、

苏舜钦二人。"梅、苏同为欧阳修所敬重的诗友,同为反对西昆体和革新诗歌的主将。

梅尧臣(1002—1060),字圣俞,宣城(今安徽宣城)人,宣城旧称宛陵,故世称宛陵先生。沉沦于州县十余年,因官场上坎坷失意,他倾全力于诗歌创作。他走上诗坛之际正是浮靡浓艳的西昆体风行之时,针对西昆体内容上"有作皆言空"的弊端,他提出"我于诗言岂徒尔,因事激风成小篇"(《答裴送序意》);针对西昆体诗风的堆垛浮艳,他提出"作诗无古今,唯造平淡难"(《读邵不疑学士诗卷杜挺之忽来因出示之且伏高致辄书一时之语以奉呈》)的主张。

梅尧臣是一位具有广博同情心和强烈正义感的诗人,加之一生没有隔断与下层社会的联系,所以有许多诗揭露社会贫富的尖锐对立,如"陶尽门前土,屋上无片瓦;十指不沾泥,鳞鳞居大厦"(《陶者》);有的真实反映人民生活的苦难,如《汝坟贫女》《田家》;有的揭露上层统治者的无能和乡村土豪的强暴,如《故原战》《村豪》。《小村》以朴实的字句刻画灾后农村萧条、荒凉和破败的惨象,近人陈衍称此诗"有画所不到者"(《宋诗精华录》):

淮阔州多忽有村,棘篱疏败谩为门。寒鸡得食自呼伴,老叟无衣犹抱孙。野艇鸟翘唯断缆,枯桑水啮只危根。嗟哉生计一如此,谬入王民版籍论。

梅尧臣诗歌的题材十分广泛:从抨击弊政到畅叙友情,从品诗论文到描写山水，从抒发恬淡之情到描述琐屑的家居生活……其中最为人称道的是他的写景诗，如《鲁山山行》：

> 适与野情惬，千山高复低。好峰随处改，幽径独行迷。霜落熊升树，林空鹿饮溪。人家在何许，云外一声鸡。

在"千山""幽径""空林"的背景下，熊升树、鹿饮溪、人独行，结句"人家在何许，云外一声鸡"，它们共同构成了一种幽深淡远的意境，细致入微地表现了诗人闲适恬淡的情怀，典型体现了他"以深远闲淡为意"（欧阳修《六一诗话》）的艺术特色。《闲居》《东溪》两诗也有近似的特点，如《东溪》：

> 行到东溪看水时，坐临孤屿发船迟。野凫眠岸有闲意，老树着花无丑枝。短短蒲茸齐似剪，平平沙石净于筛。情虽不厌住不得，薄暮归来车马疲。

这首诗边叙边议，写景兼写意，诗境清幽，诗情恬淡，在行文上多转折而又不失其流畅，深得古文用笔的神髓。由于诗语洗尽了脂粉铅华，读来别有一种"老树着花"的美感。

梅尧臣也工于言情，如他的《悼亡三首》，"结发为夫妇，于今十七年。相看犹不足，何况是长捐""每出身如梦，逢人强意多。归来仍寂寞，欲语向谁何？窗冷孤萤入，宵长一雁过"。以平淡之语抒浓烈之情，堪称悼亡诗中的杰作。《书哀》也是"最为沉痛"（陈衍《宋诗精华录》）的文字："天既丧我妻，又复丧我子，两眼虽未枯，片心将欲死。"他以平淡来矫西昆体的浮艳，可惜有时矫枉过正，使诗歌流于质木无文或笨重干燥。

苏舜钦（1008—1048），字子美，祖籍梓州铜山（今四川中江县），生于开封一个官宦家庭。景祐元年（1034）中进士，历官蒙城和长垣县令、大理评事、集贤殿校理。庆历新政失败后，因事被削职为民，退隐苏州筑沧浪亭以自适，后被命为湖州长史，卒于官。

欧阳修称他状貌奇伟，早年慷慨有大志。他在《览照》中给自己自画像说："铁面苍髯目有棱，世间儿女见须惊。心曾许国终平虏，命未逢时合退耕。"他至死时还"致君事业堆胸臆"，最后却落得个"却伴溪童学钓鱼"（《西轩垂钓偶作》）的下场。景祐年间对西夏用兵丧师辱国的惨局使他大为震怒：

国家防塞今有谁？官为承制乳臭儿。酣觞大嚼乃事业，

何尝识会兵之机？

——《庆州败》

《城南感怀呈永叔》写城南郊外"十有七八死，当路横其尸。犬豝咋其骨，乌鸢啄其皮"，而城中朱门里"高位厌粱肉，坐论搀云霓"，权贵的高谈阔论和奢侈成性，不正是下层人民"当路横其尸"的原因吗？《吴越大旱》描写了大旱年间"三丁二丁死，存者亦

乏食"的惨象，还进一步挖掘了造成这种惨象的根源：它表面上属"大旱千里赤"的天灾，本质上则是"暴敛不暂息"的人祸。

他的诗"笔力豪隽，以超迈横绝为奇"（欧阳修《六一诗话》），其诗感情奔放粗犷，想象奇特夸张，语言刚健有力。如《大风》："秋半收获登郊原，欹侧小屋愁夕眠。是夜大风拔树走，吹倒南壁如崩山……披衣抱枕欲避去，去此乃是旷野田。况时风怒尚未息，直恐泾渭遭吹翻。"《杨子江观风浪》描写江中的风浪说："日落暴风起，大浪得纵观。凭凌积石岸，吐吞天外山。霹雳左右作，雪洒六月寒……大舰失所操，翻覆如转丸。高山虽有路，辙险马足酸。"

他的近体诗也同样具有"超迈横绝"的特色，如：

嘉果浮沉酒半醺，床头书册乱纷纷。北轩凉吹开疏竹，卧看青天行白云。

——《暑中闲咏》

浩荡清淮天共流，长风万里送归舟。应愁晚泊喧卑地，吹入沧溟始自由。

——《和淮上遇便风》

这两首诗笔致灵动而轻快，诗情恣纵而酣畅，充分表现了他豪放不羁的个性。《过苏州》本属流连光景的闲淡之作，但在闲淡中也散发着轩昂俊快之气："万物盛衰天意在，一身羁苦俗人轻。无穷好景无缘住，旅棹区区暮亦行。"《淮中晚泊犊头》是他的名篇：

春阴垂野草青青，时有幽花一树明。晚泊孤舟古祠下，
满川风雨看潮生。

从诗语到诗境都脱胎于韦应物的《滁州西涧》，韦、苏二诗都闲
淡秀朗，但苏诗比韦诗境界阔大，闲淡处仍不失其豪纵本色。

梅、苏都是宋诗的开路人，自然难免有开路者不成熟的地方：
梅尧臣的古淡有时滑入干涩，苏舜钦的粗犷又往往邻于粗糙。

第四节 宋诗新格局的开创者王安石

即使对王安石的政治主张多有挑剔的人，对他的文学尤其是在
诗歌上的创作成就也无不由衷折服。不过，要真正理解和评价他的
诗歌创作，就不得不了解他的政治主张和政治生涯。

王安石（1021—1086），字介甫，晚号半山，封荆国公，世称
王荆公；卒谥文，又称王文公。生于抚州临川（今江西临川）一个
中下层家庭，青少年时代随同父亲游历各地，早年就有"矫世变俗
之志"（《宋史》本传），立下了"材疏命贱不自揣，欲与稷契遐相希"
（《忆昨诗示诸外弟》）的抱负。

从二十二岁中进士到四十岁以前，除了短暂入京任群牧司判官
外，他不钻进繁华的京城而宁可去偏远省份任职，历任扬州、鄞

县、常州、饶州等地的地方官，广泛接触社会和锻炼自己的政治才干，嘉祐三年（1058）还在地方任上时，他就写出了洋洋万言的《上仁宗皇帝言事书》，系统地阐述了改革弊政的主张。言事书虽没有引起仁宗的重视，但他在地方上的斐然政绩，在学术上的造诣和文学上的成就，使他在朝野都深得人望，一时的名公巨卿诸如文彦博、欧阳修等交口荐誉。嘉祐五年（1060）入朝为三司度支判官，神宗即位后被任为参知政事，他开始了历史上著名的熙宁变法。由于新法触动了大官僚的既得利益，引起了保守派的强烈反对，王安石一度被迫辞职，后不到一年又复职，但很快又在顽固势力的围攻下离职，此后退居江宁。元丰八年神宗逝世后，旧党代表人物司马光为宰相，新法尽废，元祐元年王安石在忧愤中离开人世。

王安石以通过政治来献身国家、造福社会相期许，并不满足于仅以诗文名世。当他三十出头会见欧阳修时，欧阳修曾在《赠王介甫》一诗中将他比为当世的李白、韩愈：

翰林风月三千首，吏部文章二百年。老去自怜心尚在，

后来谁与子争先。

王安石在酬答诗中却似自谦而实自负地说："欲传道义心犹在，强学文章力已穷。他日若能窥孟子，终身何敢望韩公？"（《奉酬永叔见赠》）他的诗文创作既是欧阳修诗文革新的进一步展开，也是他个人政治事业的一个有机部分。他在理论上强调包括诗歌在内的

一切文学创作"务为有补于世""要之以适用为本，以刻镂绘画为之容"(《上人书》)，因此严厉指责西昆体以"粉墨青朱"相高的浮靡恶习，甚至对韩愈过分重视语言技巧的倾向也大为不满，认为他的创作是"力去陈言夸末俗，可怜无补费精神"(《韩子》)。他早中期写了大量的政治诗，以诗来反映社会现实，抒写自己的政治抱负；晚期改革流产以后，写了大量的写景诗和禅理诗，又以诗来抚慰那颗宁折不弯的心灵。

他的政治诗对社会的各个方面都作了深刻的反映。《河北民》写与辽夏交界的边境人民深受民族压迫和官僚剥削的双重苦难：

> 河北民，生近二边长苦辛。家家养子学耕织，输与官家事夷狄。今年大旱千里赤，州县仍催给河役。老小相携来就南，南人丰年自无食。悲愁白日天地昏，路旁过者无颜色。汝生不及贞观中，斗粟数钱无兵戎！

《感事》揭露那些"自谓民父母"的官僚，其实是压榨人民的"奸桀"；《秃山》通过猴子坐吃山空讽刺北宋当权者蠹国害民、贪婪苟且的本性；《出塞》《入塞》谴责了上层统治者对外屈膝求和的卖国行径。这些诗展示了北宋内外交困的可怕现实，他后来推行的变法就是这一现实的必然要求。他变法的目的是要使北宋出现"斗粟数钱无兵戎"的贞观盛世。写于晚期的《后元丰行》旨在歌颂变法的辉煌成果："吴儿踏歌女起舞，但道快乐无所苦。老翁堑水西南流，杨柳中间杙小舟。乘兴敧眠过白下，逢人欢笑得无愁。"诗人因政治的需要对村民生活多少有些美化，但让人民生活得甜滋滋乐融融却是他毕生的心愿。

他还写有大量的怀古诗和咏史诗寄托自己的政治理想和人生态度。《桃源行》抹去了王维、韩愈同题诗中的"仙气"，直抒"虽有父子无君臣"的社会理想。著名的《明妃曲》二首一问世就被人们广为传诵：

明妃初出汉宫时，泪湿春风鬓脚垂。低徊顾影无颜色，尚得君王不自持。归来却怪丹青手，入眼平生几曾有。意态由来画不成，当时枉杀毛延寿。一去心知更不归，可怜着尽汉宫衣。寄声欲问塞南事，只有年年鸿雁飞。家人万里传消息，好在毡城莫相忆。君不见咫尺长门闭阿娇，人生失意无南北。

——其一

明妃初嫁与胡儿，毡车百辆皆胡姬。含情欲语独无处，传与琵琶心自知。黄金捍拨春风手，弹看飞鸿劝胡酒。汉宫侍女暗垂泪，沙上行人却回首。汉恩自浅胡自深，人生乐在相知心。可怜青冢已芜没，尚有哀弦留至今。

——其二

梅尧臣、欧阳修、司马光等都有和作，它之所以引起轰动不仅在于"意态由来画不成，当时枉杀毛延寿"这一类议论的耸人听闻，也不仅在于它描绘了"低徊顾影无颜色，尚得君王不自持"这样一位楚楚动人的美女形象，而且还在于它从习见的题材中发掘出了深刻的主题，"君不见咫尺长门闭阿娇，人生失意无南北""汉恩自浅胡自深，人生乐在相知心"。通过王昭君的遭遇讽刺了最高统治者的昏朽，也流露了自己怀才不遇的感伤和自己在政治斗争中难觅知音的孤独。他的另一首咏史诗《贾生》，把希望君臣遇合之意表现得更明白：

　　一时谋议略施行，谁道君王薄贾生？爵位自高言尽废，古来何曾万公卿！

　　虽然在政坛叱咤风云，虽然为人强悍霸气，但王安石的感情丰富细腻，他表现儿女情长的诗歌深沉动人，如为人传诵的《示长安君》：

　　少年离别意非轻，老去相逢亦怆情。草草杯盘供笑语，昏昏灯火话平生。自怜湖海三年隔，又作尘沙万里行。欲问后期何日是，寄书应见雁南征。

　　诗中的"长安君"即诗人的大妹王文淑、工部侍郎张奎之妻，封长安县君。"草草杯盘供笑语，昏昏灯火话平生"，可想见兄妹相聚的温馨亲密；"自怜湖海三年隔，又作尘沙万里行"，更表现大丈夫与妹妹分别时的"怆情"，又不得不以事业为重的雄心。

他早中期诗歌喜欢用散文句式铺张议论，有时选用奇险硬挺的韵脚和词汇，诗风瘦劲而又雄直，进一步扫清了西昆体柔弱浮靡的余风。晚年罢相退居江宁以后，换了一种新的生活环境和心境，诗情和诗风也随之发生了变化。辞去相位虽是对旧党的妥协，但罢相以后新法仍在继续推行，他在一定程度上仍可左右政局，这样，一方面摆脱了政坛冗事的纠缠，另一方面又遂了赏爱大自然的夙愿，他精神上多少有点功成身退的安慰和平衡。《雨过偶书》就是这种心态的坦露："谁似浮云知进退，才成霖雨便归山。"晚期诗歌中警世惊俗的议论明显减少了，抒情味则越来越浓，诗风深婉而简淡，含蓄且有韵致，尤其是那些短小的绝句，"真可使人一唱而三叹"（胡仔《苕溪渔隐丛话前集》卷三十五）。如：

　　京口瓜洲一水间，钟山只隔数重山。春风又绿江南岸，明月何时照我还？

——《泊船瓜洲》

　　水际柴门一半开，小桥分路入青苔。背人照影无穷柳，隔屋吹香并是梅。

——《金陵即事三首》其一

茅檐长扫静无苔，花木成畦手自栽。一水护田将绿绕，
两山排闼送青来。

——《书湖阴先生壁二首》其一

北山输绿涨横陂，直堑回塘滟滟时。细数落花因坐久，
缓寻芳草得归迟。

——《北山》

投身于大自然的怀抱中，诗人显得那般恬静闲散，看他"细数
落花"那般旷逸，"缓寻芳草"那般从容，有人因此认为他晚期的诗
作"有工致，无悲壮"（见吴之振《宋诗钞·临川诗钞序》）。其实，
这只是他晚年精神生活的一个侧面，退隐绝非出于他的主观意愿，
何况他本来就不是一位安于投闲置散的老人，哪怕面对令人心醉的
美景，也往往掩饰不住他的人生迟暮之感，悲壮即寓于闲淡之中：

午枕花前簟欲流，日催红影上帘钩。窥人鸟唤悠扬梦，
隔水山供宛转愁。

——《午枕》

一陂春水绕花身，花影妖饶各占春。纵被东风吹作雪，
绝胜南陌碾成尘。

——《北陂杏花》

黄庭坚说："荆公暮年作小诗，雅丽精绝，脱去流俗，每讽味之，便觉沉瀣生牙颊间。"（引自胡仔《苕溪渔隐丛话前集》卷三十五）严羽《沧浪诗话·诗评》中列有"王荆公体"，并在其后注道："公绝句最高，其得意处，高出苏、黄、陈之上，而与唐人尚隔一关。"可见"王荆公体"主要是就其晚年绝句而言的。罢相后无官一身轻，王安石得以倾全力在诗歌艺术上惨淡经营，下字极尽锤炼而又浑融无迹，檃栝前人诗句却像出于己创，引典用事毫无獭祭之嫌，显示了他的才情、学养和驱遣语言的能力，真正做到了"意与言合，言随意遣，浑然天成"（叶梦得《石林诗话》卷上）。

　　王安石的诗风是在不断发展变化中形成的。早中期的诗歌以意气自许，以语言的瘦劲和气势的雄健取胜，警拔犀利的议论英气逼人；晚年的诗歌褪尽了锋芒，"始尽深婉不迫之趣"（叶梦得《石林诗话》卷中）的诗风一变而为深婉含蓄、精工绝妙。把他的诗歌创作作为一个整体来看，以散文式的语言畅发议论，好点化前人的诗句和引用典实，喜欢造硬语押险韵，体现了宋诗的某些基本特征，并导后来"江西诗派"的先路。

第二章

宋初词坛与柳永的变革

　　宋初词坛承续晚唐五代的词风，写景大多是闺阁亭园，言情也不离伤春怨别，体裁也仍然以小令为主，其中只有晏殊、晏几道、欧阳修等能在艺术上继承前人而有所创新。范仲淹在词境上突破"花间"，张先于词体上突破小令，但词至柳永才称得上"声色大开"，从所抒写的情感意绪，到用来抒写的语言、结构和体裁，无不令人耳目一新。首先他使慢词成为与小令双峰并峙的文学样式，其次他探索了慢词铺叙承接的结构手法，最后柳词的语言"明白而家常"。

第一节　五代词风的承续与发展

　　宋初，词基本是花间词的延续——体裁主要还是小令，格调仍然细腻婉约，题材照样多属艳情。其间能承续五代词风并加以发展的只有晏殊、晏几道和欧阳修。

一、"温润秀洁"的《珠玉词》

晏殊（991—1055），字同叔，江西临川人。真宗景德二年（1005）以神童召试赐同进士出身，成年后更是仕途通达，位至宰辅。虽然他既饱于学问也不乏才情，可政治上既无大的风波也无大的建树，官场生涯实在是平静甚至平淡。史书说他未尝一日不宴饮，绮筵公子和绣幌佳人陪伴他一生。身为北宋所谓"太平盛世"的宰相，高官、显位、尊严、富贵、利禄……当时士子梦寐以求的一切他无不享有。然而，他那一百三十多首《珠玉词》中没有一点向上的冲动，没有一丝火热的激情，没有任何美妙的憧憬，甚至没有半点功成名就的得意。他反而常借惜别、伤春等题材来表现自己对个人生死的无奈，对世事盛衰的感伤，对功名事业的幻灭，如"劝君看取利名场，今古梦茫茫"（《喜迁莺》），"一场愁梦酒醒时，斜阳却照深深院"（《踏莎行》），"一霎好风生翠幕，几回疏雨滴圆荷。酒醒人散得愁多"（《浣溪沙》）。再看看他的两首代表作：

> 一曲新词酒一杯，去年天气旧亭台，夕阳西下几时回？　无可奈何花落去，似曾相识燕归来，小园香径独徘徊。
>
> ——《浣溪沙》

槛菊愁烟兰泣露，罗幕轻寒，燕子双飞去。明月不谙
离恨苦，斜光到晓穿朱户。　　昨夜西风凋碧树，独上高楼，
望尽天涯路。欲寄彩笺兼尺素，山长水阔知何处？

——《蝶恋花》

他感伤但不过分凄厉，幽怨又不至于痛苦，处处能见出他的明
智与理性，能感到他的爽朗与旷达，不过，这些都是以失去执着为
代价的，既然"今古梦茫茫"，何必又那么认真呢？"满目山河空念
远，落花风雨更伤春。不如怜取眼前人"（《浣溪沙》），"不如怜取眼
前人，免更劳魂兼役梦"（《木兰花》），他不可能有"为伊消得人憔
悴"的一往情深，只是笼罩着一层淡淡的忧郁而已，所以他以羡慕
的笔调描写少女们的淳朴天真：

燕子来时新社，梨花落后清明。池上碧苔三四点，
叶底黄鹂一两声，日长飞絮轻。　　巧笑东邻女伴，采桑
径里逢迎。疑怪昨宵春梦好，元是今朝斗草赢，笑从双
脸生。

——《破阵子》

把他的词集名为《珠玉词》与他的词风倒很切合，王灼《碧鸡漫
志》称其词"温润秀洁"。的确，它们都透出一种雍容典雅的贵族气
派，但又没有丝毫铺金叠绣的俗气，温婉、朗润、秀雅、清丽，像
圆润晶莹的珠玉一样迷人。

二、"措词婉妙"的《小山词》

晏几道（1030—1106？），字叔原，号小山，晏殊的第七子。这位宰相的贵公子为人很有个性，黄庭坚在给他的词集《小山词》写的序言中说："余尝论叔原固人英也，其痴亦自绝人。爱叔原者，皆慍而问其目。曰：仕宦连蹇，而不能一傍贵人之门，是一痴也。论文自有体，不肯一作新进士语，此又一痴也。费资千百万，家人寒饥而面有孺子之色，此又一痴也。人百负之而不恨，己信人终不疑其欺己，此又一痴也。"他父亲是北宋前期一代显宦，富弼、范仲淹、欧阳修、宋祁、王安石皆出其门，但他自己宁可一辈子"陆沉于下位"，也"不能一傍贵人之门"。他为人傲兀而又天真，个性疏放而又有点迂阔，生活态度上鄙薄世务，过日子又拙于生计，这使他走向社会后吃尽了苦头。早年享尽贵族公子的豪华，晚年饱尝人生的艰辛与世态的炎凉。

他的词大多通过情人的聚散离合，表现人生的飘忽和世事的无常，调子凄苦哀怨："今感旧、欲沾衣。可怜人似水东西。回头满眼凄凉事，秋月春风岂得知！"（《鹧鸪天》）"谁知错管春残事，到处登临曾费泪。此时金盏直须深，看尽落花能几醉？"（《玉楼春》）"兰佩紫，菊簪黄，殷勤理旧狂。欲将沉醉换悲凉，清歌莫断肠。"（《阮郎归》）由于极盛而衰的家世，他自己早年的诗酒风流与晚年的落魄潦倒形成巨大的反差，所以，他的词多回味宴席上的衣香人影，重温昔日的春梦秋云，陶醉于桃花扇影前的歌声，魂系于楼台月下的妙舞，可这一切过去的甜蜜只衬得今日更为孤独悲凉：

小令尊前见玉箫，银灯一曲太妖娆。歌中醉倒谁能恨？唱罢归来酒未消。　春悄悄，夜迢迢，碧云天共楚宫遥。梦魂惯得无拘检，又踏杨花过谢桥。

——《鹧鸪天》

梦后楼台高锁，酒醒帘幕低垂。去年春恨却来时。落花人独立，微雨燕双飞。记得小蘋初见，两重心字罗衣。琵琶弦上说相思。当时明月在，曾照彩云归。

——《临江仙》

彩袖殷勤捧玉钟，当年拼却醉颜红。舞低杨柳楼心月，歌尽桃花扇底风。　从别后，忆相逢，几回魂梦与君同？今宵剩把银红照，犹恐相逢是梦中。

——《鹧鸪天》

晏几道与李后主都曾有过前荣后枯的身世，两人都用词抒写盛衰无常的感伤，所以有人将他比之于李煜，但晏几道并未经历李后主那种国破家亡的创痛，只是家道中衰、晚景堪哀而已，所以李后主不加雕饰，直抒天苍地老的沉哀，晏几道则以清词俊句来抒写前尘似梦的悲切。晏几道受乃父的影响也较大，词坛上有"二晏"之称，但二者的经历、气质、个性和学养全然不同，所以词风也判然有别。同样是怀人，晏殊说："不如怜取眼前人，免更劳魂兼役梦。"

（《木兰花》）晏几道则说："衾凤冷，枕鸳孤。愁肠待酒舒。梦魂纵有也成虚，那堪和梦无？"（《阮郎归》）同样是感时，晏殊说："乍雨乍晴花自落，闲愁闲闷日偏长。"（《浣溪沙》）晏几道则说："留春不住，费尽莺儿语。满地残红宫锦污，昨夜南园风雨。"（《清平乐·春晚》）相对于小晏牵肠挂肚的痴情，大晏现实得邻于世故、旷达得不近人情。晏几道当然不可能有乃父那份雍容闲雅的气度，但比乃父要执着纯真，抒情也比他更细腻动人。他善于以曲笔来抒情写意，造成一种蕴藉低徊的艺术效果，陈廷焯称其"措词婉妙，则一时独步"（《白雨斋词话》卷一）。

三、疏隽深婉的《六一词》

欧阳修是北宋一代儒宗和文宗，立朝刚正不阿，论道俨然不苟，德业文章无不叫人肃然起敬。可他现存的《六一词》和《醉翁琴趣外篇》两词集中的两百四十多首词，仍然承续五代词风，写景大多是闺阁亭园，言情也不离伤春怨别，如：

> 庭院深深深几许？杨柳堆烟，帘幕无重数。玉勒雕鞍游冶处，楼高不见章台路。　雨横风狂三月暮。门掩黄昏，无计留春住。泪眼问花花不语，乱红飞过秋千去。
>
> ——《蝶恋花》

这首词于境则深邃，于情则深挚，是《六一词》深婉缠绵的代表作。它一度混入冯延巳的《阳春集》中，后经李清照指出才"物归原主"，由此可见欧词的渊源所在。他像冯延巳一样喜欢用清丽的语言来写柔婉的情怀：

> 候馆梅残，溪桥柳细，草薰风暖摇征辔。离愁渐远渐无穷，迢迢不断如春水。　寸寸柔肠，盈盈粉泪，楼高莫近危阑倚。平芜尽处是春山，行人更在春山外。
>
> ——《踏莎行》

这些极尽妩媚风韵的小词与诗文中所见的欧阳修的面孔大不一样，害得那些迂腐的卫道者以为它们"当是仇人无名子所为"（陈振孙《直斋书录解题》卷二十一）。当然不能排除有些猥亵鄙俗之作是混入他人的作品，但不能说《六一词》中所有艳词全是"仇人无名子"所为。

封建社会后期，士人的精神结构中潜伏着深刻的矛盾，他们一方面追求治国平天下的功名，另一方面又日益沉湎于风花雪月的享乐。欧阳修宥于宋人所谓诗文体尊而词体卑的成见，在诗文中不苟言笑地发议论，在词中则无所顾忌地坦露风月绮怀。何况他本来就既有刚正严肃的一面，也有细腻多情的一面，笔记野史屡有他私生活中风流韵事的记载（见《侯鲭录》《尧山堂外纪》）。他甚至常以俚俗活泼的语言，生动而又大胆地表现沉醉于爱情之中的少女少妇既羞怯又撒娇的情态，如《南歌子》：

凤髻金泥带，龙纹玉掌梳。走来窗下笑相扶，爱道画眉深浅入时无。　　弄笔偎人久，描花试手初。等闲妨了绣工夫，笑问双鸳鸯字怎生书。

诗文中的欧阳修与词中的欧阳修都是真实的，各自表现了他精神结构的不同侧面。当然也有少数词所抒写的情感，可与其诗文相互吻合。如《采桑子》十三首与散文《醉翁亭记》、诗歌《丰乐亭记》都生动地表现了他遣玩的豪兴，还有些词真实地抒发了他心灵深处的矛盾，下面是《采桑子》中的二首：

画船载酒西湖好，急管繁弦。玉盏催传，稳泛平波任醉眠。　　行云却在行舟下，空水澄鲜，俯仰留连，疑是湖中别有天。

——其三

群芳过后西湖好，狼籍残红。飞絮蒙蒙，垂柳阑干尽日风。　　笙歌散尽游人去，始觉春空。垂下帘栊，双燕归来细雨中。

——其四

对仕途浮沉和人世沧桑的深切感叹，丝毫不影响他"挥毫万字，一饮千钟"（《朝中措》）的豪情；明明感到"笙歌散尽游人去，始觉春空"的空寂，可还是兴致勃勃地"稳泛平波任醉眠"；何曾不知道"富贵浮云，俯仰流年"，但这丝毫不妨碍他"兰桡画舸悠悠去，疑是神仙。返照波间，水阔风高扬管弦"（《采桑子》）的旷达洒脱。他的词风词境兼具超旷豪宕之气和深婉沉着之情，这两方面都对后来的词人产生了影响，"疏隽开子瞻，深婉开少游"（冯煦《宋六十一家词选》例言）。

第二节 继往开来的范、张词

与晏、欧同时而能使词别开生面的是范仲淹和张先。范仲淹于词境上突破"花间"，张先于词调上突破小令，他们上继五代而下开苏、柳，在词的发展史上具有桥梁的作用。

范仲淹（989—1052），字希文，为北宋一代名臣，以"先天下之忧而忧，后天下之乐而乐"自励，并不想以翰墨为勋绩，更不想以词曲名后世，但他仅存的几首小词自成一格，在后世产生了较大的影响。从"花间"到晏、欧，词几乎离不开风月闺情，调子大多柔婉甜腻，到范仲淹才唱出声震穷塞的《渔家傲》：

> 塞下秋来风景异，衡阳雁去无留意。四面边声连角起，千嶂里，长烟落日孤城闭。　　浊酒一杯家万里，燕然未勒归无计。羌管悠悠霜满地。人不寐，将军白发征夫泪！

景物为"千嶂孤城""长烟落日"，人情则"白发将军""勒功燕然"，秋塞的辽阔苍茫之景与将军慷慨悲壮的报国之情和谐统一，使全词"苍凉悲壮，慷慨生哀"（彭孙遹《金粟词话》），实为苏东坡"大江东去"的先声。他善于抒壮志也工于写柔情，如：

> 碧云天，黄叶地。秋色连波，波上寒烟翠。山映斜阳天接水，芳草无情，更在斜阳外。　黯乡魂，追旅思，夜夜除非，好梦留人睡。明月楼高休独倚，酒入愁肠，化作相思泪。
>
> ——《苏幕遮》

这首词不像《渔家傲》那样昂首高歌，它的主题不外是去国怀乡，上片多为秾丽之语，下片纯写悱恻之情，风味仍与南唐、晏欧相近，但情虽缠绵，景却辽阔。

张先（990—1078），字子野，乌程（今浙江湖州市）人，四十一岁举进士及第，晏殊知永兴军时辟他为通判，七十二岁时为都官郎中，晚年优游乡里，往来于杭州与湖州之间。他为人"善戏谑，有风味"（苏轼《东坡题跋》），享高寿而又极风流，八十五岁还纳一小妾，苏轼曾以"诗人老去莺莺在，公子归来燕燕忙"相谑。他至老还如此沉溺声伎，填词又哪离得了风月艳情？不是描摹女郎的衣着，便是赞赏佳人的容貌，自然更少不了儿女闲愁。不过，他的过人之处是对景物的感受细腻入微，并能用同样精妙入微的语言传达出这种感受，如他特别善于表现不易表现的"影"，并被人称为"张三影"，现在看看他的代表作：

> 《水调》数声持酒听，午醉醒来愁未醒。送春春去几时回？临晚镜，伤流景，往事后期空记省。　沙上并禽池上暝，云破月来花弄影。重重帘幕密遮灯，风不定，人初静，明日落红应满径。
>
> ——《天仙子》

> 乍暖还轻冷，风雨晚来方定。庭轩寂寞近清明，残花中酒，又是去年病。　楼头画角风吹醒，入夜重门静。那堪更被明月，隔墙送过秋千影。
>
> ——《青门引》

"暖"而说"乍"，"冷"而言"轻"；风吹影动以"弄"字来刻画，风吹角响以"醒"字来形容，体物既微妙，下字更精细，抒情也含蓄有味。不过，它们虽然"味极隽永"，但写法上已初露"清出处，生脆处"（周济《宋四家词选·目录序论》）：随着时序变迁和景物转换，层层叙写自己的情感体验，大不同于温、韦、晏、欧的浑融蕴藉，而且一洗晚唐五代"花间"的铅华，刘熙载称"张子野始创瘦硬之体"（《艺概·词曲概》）。

张先与晏、欧同时而略早，得以在小令上与他们一争短长，又由于他独享八十九岁的高寿，而且至老视听还很精敏，这使他又有机会在慢词上成为柳永的先导。北宋的都市商业日趋繁荣，市民的文化生活日益丰富，自五代以来为文人雅士"聊佐清欢"的词逐渐又回到市井平民中，成为他们所喜爱的文学样式。张先迷恋于市井的风月生涯，自然熟悉市井传唱的流行乐调，他自己也娴于声律，晚年创作了近二十首慢词，如《宴春台慢》《山亭宴慢》《卜算子慢》《满江红》等。《谢池春慢·玉仙观道中逢谢媚卿》一词是当时盛传的名作：

> 缭墙重院，时闻有、啼莺到。绣被掩余寒，画阁明新晓。朱槛连空阔，飞絮知多少？径莎平，池水渺。日长风静，花影闲相照。　尘香拂马，逢谢女、城南道。秀艳过施粉，多媚生轻笑。斗色鲜衣薄，碾玉双蝉小。欢难偶，春过了。琵琶流怨，都入相思调。

上片写户外融融意春和自己偶偶寻春，下片写遇艳后两心相许的激动及不能接近的怅惘。虽为慢词但用小令笔法，有所铺叙而又不失其含蓄，明显带有由小令向慢词过渡的痕迹，夏敬观认为他的"长调中纯用小令作法，别具一种风味"（引自龙榆生《唐宋名家词选》）。

张先是晏、欧与柳、苏之间的一位过渡性词人，在词的发展史上具有承前启后的作用。陈廷焯在《白雨斋词话》卷一指出："张子野词，古今一大转移也。前此则为晏、欧，为温、韦，体段虽具，声色未开；后此则为秦、柳，为苏、辛，为美成、白石，发扬蹈厉，气局一新，而古意渐失。子野适得其中，有含蓄处，亦有发越处。但含蓄不似温、韦，发越亦不似豪苏腻柳，规模虽隘，气格却近古。"所谓"规模虽隘"，是指张词没有后来秦、柳、苏、辛那种铺张扬厉、淋漓尽致的格局；所谓"气格却近古"，是指他采用慢词形式又保留了小令含蓄隽永的遗韵。

第三节 "变一代词风"的柳永

词发展到柳永才真正"声色大开"，从所抒写的情感意绪，到用来抒写的语言、结构和体裁，无不令人耳目一新。自此而后，精致玲珑的小令就不能独领风骚了，春云舒卷的慢词开始与它平分秋色；语言不再一味的含蓄典雅，也可以通俗浅显明白如话；结构不再是半藏半露的浓缩蕴藉，而是如瓶泻水似的铺叙描摹。

可惜，这样一位在文学史上具有重要地位的词人，生前却没有什么社会地位，以致他的生平没有正史的可靠记载。我们仅知道，柳永（987？—1054？），原名三变，字耆卿，排行第七，故又称柳七。他出生于福建崇安县一个官宦人家，父亲柳宜在南唐时为监察御史，入宋后于太宗雍熙二年（985）登进士第，官至工部侍郎。这种家庭出身决定柳永必须像父兄那样走科举入仕的道路，但不幸的是他连考三次进士都以失利告终，痛苦之余写了一首《鹤冲天》发牢骚：

> 黄金榜上，偶失龙头望。明代暂遗贤，如何向？未遂
> 风云便，争不恣狂荡？何须论得丧。才子词人，自是白衣
> 卿相。　烟花巷陌，依约丹青屏障。幸有意中人，堪寻访。
> 且恁偎红翠，风流事，平生畅。青春都一饷。忍把浮名，
> 换了浅斟低唱！

柳永考进士之前就在汴京"多游狭邪"，还"好为淫冶讴歌之曲"，并以其"风流俊迈闻于一时"（见曾敏行《独醒杂志》等）。考试接二连三的失利不仅没有使他收敛，反而更傲然以"白衣卿相"自居，以"浅斟低唱"的浮荡来鄙弃封官晋爵的"浮名"，甚至还半是得意半是解嘲地说："平生自负，风流才调。口儿里、道知张陈赵。唱新词，改难令，总知颠倒。解刷扮，能唵哰，表里都峭……遇良辰，当美景，追欢买笑。"（《传花枝》）仕途越蹭蹬他就越放纵和消沉，纵游于秦楼楚馆勾栏瓦舍，毫无顾忌地与那些绮年玉貌的佳人厮混在一起。他的《乐章集》中第一个重要内容就是描写艳情和爱情。

柳永不只是了解和熟悉市井平民，而且是市井平民生活的参与者，因此他的艳情词或爱情词别具风味：

> 自春来，惨绿愁红，芳心是事可可。日上花梢，莺穿
> 柳带，犹压香衾卧。暖酥消，腻云嚲，终日厌厌倦梳裹。

无那！恨薄情一去，音书无个。早知恁么。悔当初，不把雕鞍锁。向鸡窗，只与蛮笺象管，拘束教吟课。镇相随，莫抛躲。针线闲拈伴伊坐。和我。免使年少，光阴虚过。

——《定风波》

伫倚危楼风细细。望极春愁，黯黯生天际。草色烟光残照里，无言谁会凭阑意。拟把疏狂图一醉。对酒当歌，强乐还无味。衣带渐宽终不悔，为伊消得人憔悴。

——《蝶恋花》

这两首词在语言上虽然有雅俗之分，但二者表达的方式都决绝直率。据北宋张舜民《画墁录》载，晏殊对"针线闲拈伴伊坐"公开鄙薄，想来他对"为伊消得人憔悴"也会皱眉。因为柳永以前，文人的艳情词是封建士大夫理想化的产物，词中的人物优雅清高一尘不染，从情感到格调都抹上了一层浓厚的贵族色彩，而柳词中的人物却是实实在在的市井小民。男的既没有不凡的器宇，也没有宏伟的抱负；女的谈吐既不高雅，感情也较平庸，有时甚至低俗浅薄。但他们不知道什么是矫揉造作，更不去故作斯文卖弄风骚，而是热情地品味人生的苦乐，真率地享受世间的男欢女爱。"镇相随，莫抛躲。针线闲拈伴伊坐"是纯真朴实的夫妻恩爱，"衣带渐宽终不悔，为伊消得人憔悴"更是执着专一的爱情，这些词真实地唱出了市井平民的心声。

景祐元年（1034）柳永才考中进士，那时他已经是四十八岁的老头了。中进士前他一直在江、浙、湘、鄂等地浪游，中进士后也长期过着奔波漂泊的游宦生活，先后做过睦州团练推官、定海晓峰场盐官，十几年后才得磨勘为京官，仕至屯田员外郎，后来人们称他为柳屯田。他的仕途既十分坎坷，他对游宦自然非常厌倦，因而，《乐章集》第二个重要的内容就是描写宦情羁旅。

这类题材的词多属于柳永中进士以后的作品，几乎占了他词作的一半，其中名作迭出：

寒蝉凄切。对长亭晚，骤雨初歇。都门帐饮无绪，留恋处，兰舟催发。执手相看泪眼，竟无语凝噎。念去去千里烟波，暮霭沉沉楚天阔。　多情自古伤离别，更那堪冷落清秋节。今宵酒醒何处？杨柳岸，晓风残月。此去经年，应是良辰好景虚设。便纵有千种风情，更与何人说？

——《雨霖铃》

对潇潇暮雨洒江天，一番洗清秋。渐霜风凄紧，关河冷落，残照当楼。是处红衰翠减，苒苒物华休。惟有长江水，无语东流。　不忍登高临远，望故乡渺邈，归思难收。叹年来踪迹，何事苦淹留？想佳人、妆楼颙望，误几回，天际识归舟。争知我，倚阑干处，正恁凝愁。

——《八声甘州》

长安古道马迟迟。高柳乱蝉嘶。夕阳岛外，秋风原上，目断四天垂。　归云一去无踪迹，何处是前期？狎兴生疏，酒徒萧索，不似少年时。

——《少年游》

他的宦情羁旅词表现了对官场生活的厌倦，对功名利禄的淡漠，他在《凤归云》中感叹道："驱驱行役，苒苒光阴，蝇头利禄，蜗角功名，毕竟成何事，漫相高。"他常常惆怅"游宦成羁旅"(《安公子》)，甚至不断追问"游宦区区成底事"(《满江红》)。就是那些认为他艳词冶荡低俗的人对他的宦情羁旅词也不敢小看，如对柳永颇有微词的苏轼就称赞"渐霜风凄紧，关河冷落，残照当楼"三句"不减唐人高处"(赵令畤《侯鲭录》)。他这类词中气象阔大高远、感情深挚悲凉之作不止这几句，除上面引词中的"念去去千里烟波，暮霭沉沉楚天阔""夕阳岛外，秋风原上，目断四天垂"外，《乐章集》边幅宽远而境界阔大的佳作不在少数，如：

冻云黯淡天气，扁舟一叶，乘兴离江渚。渡万壑千岩，越溪深处。怒涛渐息，樵风乍起。更闻商旅相呼。片帆高举。泛画鹢、翩翩过南浦。　望中酒旆闪闪，一簇烟村，数行霜树。残日下、渔人鸣榔归去。败荷零落，衰杨掩映，岸边两两三三，浣沙游女。避行客，含羞笑相语。　到此因念，绣阁轻抛，浪萍难驻。叹后约丁宁竟何据！惨离怀、空恨岁晚归期阻。凝泪眼、杳杳神京路。断鸿声远长天暮。

——《夜半乐》

陇首云飞，江边日晚，烟波满目凭阑久。一望关河萧索，千里清秋，忍凝眸？　杳杳神京，盈盈仙子，别来锦字终难偶。断雁无凭，冉冉飞下汀洲，思悠悠。　暗想当初，有多少、幽欢佳会，岂知聚散难期，翻成雨恨云愁？阻追游。每登山临水，惹起平生心事，一场消黯，永日无言，却下层楼。

——《曲玉管》

就其飞扬的神采、劲健的音节、阔大的境界而论，它们都"不减唐人高处"。郑文焯曾十分精到地说："屯田则宋专家，其高浑处不减清真，长调尤能以沉雄之魄，清劲之气，写奇丽之情，作挥绰之声。"（《大鹤山人词话》）

与他对市井爱情的肯定、对游宦生涯的厌倦紧密相连的，是他对都市文明的热情歌颂，这是他词作的第三个重要内容，它们在数量上占《乐章集》的四分之一。从汴京"银塘似染，金堤如绣"（《笛家弄》）的富丽堂皇，到杭州"市列珠玑，户盈罗绮"（《望海潮》）的豪奢富庶；从苏州"万井千闾"（《瑞鹧鸪》）的繁华喧闹，到扬州"酒台花径仍存，凤箫依旧月中闻"（《临江仙》）的美丽风流，这里或人欲横流打情骂俏，或水戏舟动笛怨歌吟，或狂欢豪饮分曹射猎，他为我们展示了一幅幅新鲜刺激的都市风情画。《望海潮》是这类词的代表作：

> 东南形胜，三吴都会，钱塘自古繁华。烟柳画桥，风帘翠幕，参差十万人家。云树绕堤沙，怒涛卷霜雪，天堑无涯。市列珠玑，户盈罗绮，竞豪奢。　重湖叠巘清嘉。有三秋桂子、十里荷花。羌管弄晴，菱歌泛夜，嬉嬉钓叟莲娃。千骑拥高牙。乘醉听箫鼓，吟赏烟霞。异日图将好景，归去凤池夸。

　　人们总是把柳永的艳情词称为"俗调"，把他的宦情词尊称为"雅词"，并把这二者完全割裂开来。其实二者在他身上具有深刻的内在联系：它们都来自词人对封建正统价值观的怀疑和否定，对传统的"读书—做官"这种人生模式的反叛。他追求和神往的不是治国齐家、扬名千古，不是跃马疆场、立功塞外，而是娼楼酒馆的温柔与销魂。在北宋最繁荣的时期，知识分子没有理想没有追求，把全副本领都使在花巷柳陌中，甚至以"风流才调"和"追欢买笑"自负，这不仅说明北宋社会潜伏着深刻的危机，也表明整个封建社会的思想基础已失去了维系人心的活力，这就是柳永词思想内容深刻的社会意义之所在。

　　当然，柳词在文学史上的地位主要还是由它的艺术价值奠定的。首先，他使慢词成为与小令双峰并峙的一种成熟的文学样式，在将旧曲翻新的同时，他还自制了许多新的词调，如《戚氏》《笛家弄》《夜半乐》等，使词能表现更丰富复杂的生活内容。他自创的新调多为慢词，《笛家弄》为125字，《夜半乐》144字，而《戚氏》竟长达212字，《夜半乐》和《戚氏》二调都为三片，如《乐章集》中的最长之调《戚氏》：

晚秋天，一霎微雨洒庭轩。槛菊萧疏，井梧零乱惹残烟。凄然。望乡关。飞云黯淡夕阳间。当时宋玉悲感，向此临水与登山。远道迢递，行人凄楚，倦听陇水潺湲。正蝉吟败叶，蛩响衰草，相应喧喧。　孤馆度日如年。风露渐变，悄悄至更阑。长天净，绛河清浅，皓月婵娟。思绵绵。夜永对景，那堪屈指，暗想从前。未名未禄，绮陌红楼，往往经岁迁延。　帝里风光好，当年少日，暮宴朝欢。况有狂朋怪侣，遇当歌对酒竟留连。别来迅景如梭，旧游似梦，烟水程何限！念名利、憔悴长萦绊，追往事、空惨愁颜。漏箭移、稍觉轻寒。渐呜咽画角数声残。对闲窗畔，停灯向晓，抱影无眠。

蔡嵩云在《柯亭词论》中说："《戚氏》为屯田创调"，"用笔极有层次"。第一片从庭轩所见之景写悲秋之情，第二片从永夜逆馆之孤写"未名未禄"时"绮陌红楼"之乐，第三片接写"当年少日"与"狂朋怪侣"的"暮宴朝欢"，以反衬眼下"停灯向晓，抱影无眠"的孤客之恨，抒写他对自己为名利"长萦绊"的厌倦情怀。像《戚氏》《夜半乐》这一类他自创的长调，"章法大开大合，为后起清真、梦窗诸家所取法，信为创调名家"（蔡嵩云《柯亭词论》）。

其次，他探索了慢词铺叙承接的结构手法。周济在《宋四家词选》中指出："柳词总以平叙见长，或发端，或结尾，或换头，以一二语句勾勒提掇，有千钧之力。"他的词在结构上"细密而妥溜"（刘熙载《艺概·词曲概》），片与片之间的承接转换紧凑绵密，尤其善于用领字来勾勒与点染。如《八声甘州》（"对潇潇暮雨洒江天"）一词，开端用"对"字领起一个七言句和一个五言句，接着又用一个"渐"字顶住上面两个单句，领起下面三个四言偶句，中间连用"是处""不忍""望""叹"字领起，使词意层层转深，最后由一个"想"字领起结尾的七句一贯到底，词的整个句法宛转相生，行文一气呵成。这首词在片与片的承接转换上也极见功力，上片的秋江暮雨、关河冷落、残照当楼、红衰翠减，本来是词人登高所见，下片换头处却说"不忍登高临远"，"不忍"在章法上是承上传下，在情感的抒发上则委婉曲折。

最后，柳词的语言极少用典，前期词常用市民的口语俗语，如上文引到的《定风波》中"是事可可""厌厌""无那""无个""恁么""镇相随""抛躲"，《锦堂春》中"认得""诮譬""恁地""争忍""敢更"，还有《法曲第二》中"偷期""草草""怎生向""自家"等，都是当时的口语俚语；后期词也多用朴素精练的白话，如《戚氏》中"度日如年""暗想从前，未名未禄"，《望海潮》中"三秋桂子，十里荷花"等，难怪刘熙载称赞柳词的语言"明白而常家"（刘熙载《艺概·词曲概》）了，柳词的字面通俗平易又和谐悦耳。

柳永积累的这些艺术经验，沾溉了当时和后来的许多词人，秦观和贺铸直接借鉴过它，周邦彦明显受惠于它，就是苏轼又何尝没有受过它的影响呢？

第三章

苏轼的诗词成就

　　苏轼是我国文学史上一位罕见的文艺全才：其文可比肩韩、柳，诗可步武李、杜，词媲美辛弃疾，书法与黄庭坚、米芾、蔡襄并称为四大家……创作上不管是拓展前人（如诗文），还是独自开宗立派（如词），在每一领域里都取得了第一流的成就。

　　苏轼是继李、杜而后的诗坛大家，无论是才华还是成就，他在两宋诗人中都无可与肩。他的诗论强调有感才写诗，鄙弃有意而为诗；与注重内在体验相联系，艺术上提倡自然天成。他的诗歌以其内容的深广和手法的多样，展示了诗人精神世界的广博与丰富。他的诗风也丰富多彩，奔放而宛转，新奇而自然。其代表作无不放笔快意、气势纵横，既一意倾泻又宛转曲折，既恣意挥洒又舒卷自如。

　　苏轼同时也是一位与辛弃疾并称的词坛高手，在词史上的地位更可以说是前无古人后启来者。他借用某些诗的表现手法作词，拓宽了词的题材，升华了词的境界，丰富了词的表现技巧，特别是开创了豪放词，提高了婉约词的格调，使词体在艺术上进一步走向成熟，成为一种"无意不可入，无事不可言"的特殊抒情文学体裁。

这里我们将分别阐述苏轼的诗歌理论与诗词创作。

第一节　坎坷人生与磊落襟怀

苏轼（1037—1101），字子瞻，号东坡居士，于宋仁宗景祐三年诞生在眉州眉山（今属四川）一个文学世家。父亲苏洵晚年文名震天下，后来名列"唐宋八大家"之一，他那积极进取的人生态度和纵横开合的文风深深影响了苏轼后来的生活与创作。苏轼的青少年时代是在宁静而又紧张的求学中度过的，他在《送安惇秀才失解而归》中说："我昔家居断还往，著书不复窥园葵。"二十岁时就已博通经史，下笔琳琅。

嘉祐元年（1056），苏轼随着父亲和弟弟苏辙来到汴京。苏洵把自己不同流俗的文章和两位不同凡响的儿子，一起送到了当时文坛盟主欧阳修面前，次年，苏轼与弟弟双双及第，顷刻苏氏父子名动京师。嘉祐六年（1061）苏轼参加了秘阁的制科考试，考取贤良方正能直言极谏科。在制科考试前后，他连续写了《进策》二十五篇、《进论》二十五篇、《礼以养人为本论》等六篇，系统地分析了当时的经济、政治、军事各方面的弊端，并探究了造成这种弊端的病根："臣窃以为当今之患，虽法令有所未安，而天下之所以不大治者，失在于任人，而非法制之罪也。"(《策略三》)他认为改革的关键不是变法而是任人，这大不同于王安石在嘉祐三年(1058)上仁宗万言书中所提出的变法主张，与王安石这种认识上的差异影响了他后来整个人生的道路。

中制科后，苏轼被任命为大理评事，出任凤翔府判官，这是他政治生涯的开始。治平三年(1066)四月苏洵病故，他扶柩归蜀服丧。服丧期满回朝时，王安石领导的变法浪潮席卷朝野，上层社会内部急速分化，原来十分赏识王安石的欧阳修、富弼等元老，从庆历革新的支持者一变而为熙宁变法的反对派，形成了以司马光为代表的保守集团。苏轼本来就只提任贤人而不提变法制，加之与反对这场变法的元老关系密切，因而他立即站在保守派这一边，反对王安石大刀阔斧的激进变革。这样他不得不离京外任，先后通判杭州，知密州、徐州、湖州。

新法实施过程中难免产生种种流弊，变法派中任非其人更造成了变法的负面效应，对变法本有抵触情绪的苏轼只看到变法结下的苦果，就写诗揭露新法扰民蠹国，这酿成了后来有名的"乌台诗案"。元丰二年(1079)七月，王安石已经退出政治舞台，变法已经失去了原来的意义，变法派中的新进以苏轼讽刺时政的诗歌为把柄，必欲置他于死地。朝野许多元老纷纷上书营救，王安石也上书神宗说情，神宗本人对苏轼并无恶感，苏轼才幸免于杀身之祸，被贬为黄州团练副使。

黄州四年，苏轼的思想、情感发生了深刻的变化，他的思想和个性原本就很复杂，早年以"济世""功业"自期的是他，"早岁便怀齐物意"（《和柳子玉过陈绝粮次韵二首》）的也是他。经过"乌台诗案"这一沉重打击，他需要寻求心灵的安慰，思想中早已存在的释、道思想有所发展，儒家的积极进取、道家的因任自然、释家的自我解脱同时出现于这一时期的诗词中。释、道对他难免有一些消极影响，但在他的精神生活中也获得了某种肯定的意义：这使他既忧国又忧民又旷达自若，既透悟人生又一腔热肠，才吟罢"长恨此身非我有"（《临江仙》），又开始高唱"大江东去"（《念奴娇》）；刚才还悲叹"多情应笑我早生华发"，马上又哼起"休将白发唱黄鸡"（《浣溪沙》）；哪怕明知"万事到头都是梦"（《南乡子》），但仍有滋有味地去品味"一点浩然气，千里快哉风"（《水调歌头》）。他进入了一种新的精神境界。

元丰八年（1085）神宗病逝，年仅九岁的哲宗继位，朝局地覆天翻，保守派重新回朝掌权，不久苏轼回京任翰林学士、知制诰。司马光偏执地废除一切新法，保守派又要使朝纲恢复仁宗那种沉闷因循的旧观。苏轼不同意旧党"专欲变熙宁之法，不复校量利害，参用所长"（《辩试馆职策问札子二首》）的做法，这样，旧党执政他也不能安于朝。从元祐四年（1089）起，他先后出知杭州、颍州、扬州、定州。苏轼受到新旧两党夹攻，主要是由于他磊落的襟怀和无私的品德，他从来不以个人仕途的升降为怀，而以国政的兴衰成败为念。他早年反对王安石变法是因为他与王对时局的认识和救弊的措施不同，不愿违心附和执政的新党谋取高位；司马光执政他又不愿违心尾随这位温公以自固。元祐八年（1093）哲宗亲政，重新起用章惇、吕惠卿等新党人，苏轼以讥斥先朝的罪名贬知英州，接着再贬惠州安置，此时，他是已近六十的老翁了。绍圣四年（1097）朝廷又加重了对元祐党人的惩罚，他又被贬到海南岛的儋州。那时海南岛的生存环境比惠州更糟，去海南岛时"子孙恸哭于江边，已为死别"（《到昌化军谢表》）。所幸他那开朗坦荡的胸怀，那任真逍遥的禀性，那随缘自适的态度，使他得以战胜恶劣的环境和阴险的迫害。元符三年（1100）遇赦北还时，他不无自豪地写道："九死南荒吾不恨，兹游奇绝冠平生！"（《六月二十日夜渡海》）第二年三月，苏轼由虔州出发，经南昌、当涂、金陵，五月抵达真州（今江苏仪征市），六月由润州抵常州，七月诗人病逝于常州。死前两月在真州游金山龙游寺时留下名作《自题金山画像》，凝练地概括了一生曲折悲惨的遭遇：

心似已灰之木，身如不系之舟。问汝平生功业，黄州惠州儋州。

近一千年来，不仅苏轼的作品一直是骚人墨客模仿的标本，苏轼其人也一直是普通大众崇拜的偶像，他的门人李廌在祭文称颂他说："皇天后土，鉴一生忠义之心；名山大川，还万古英灵之气。"文人更仰慕苏轼"无所不可"的文学才华，普通大众更喜欢苏轼"一蓑烟雨任平生"的人生态度。

第二节　苏轼论诗歌创作

作为一个杰出的诗人，苏轼强调有感才写诗，鄙弃有意而为诗，他在《江行唱和集叙》中说："夫昔之为文者，非能为之为工，乃不能不为之为工也。山川之有云雾，草木之有华实，充满勃郁而见于外，夫虽欲无有，其可得耶？自少闻家君之论文，以为古之圣人有所不能自已而作者，故轼与弟辙为文至多，而未尝敢有作文之意。"诗歌是诗人生命体验的产物，只有当诗人"有不能自已"时才能摛管挥毫，闭门觅句固然已属下乘，为诗造情就更令人生厌。这一方面要求诗人向外丰富自己的见闻阅历，一方面向内体味咀嚼生活的真意，"欲令诗语妙，无厌空且静。静故了群动，空故纳万境。阅世走人间，观身卧云岭。咸酸杂众好，中有至味永"（《送参寥师》）。如果没有"观身卧云岭"的透悟，"阅世走人间"就可能流于走马观花，永远不能品味出生活中深永的"至味"，"阅世"并不必然带来体验，没有体验的诗则必然空泛浮浅。

与注重内在的体验相联系，艺术上苏轼提倡自然天成。要做到自然天成就得有使人无所顾忌的环境与心态。他讨厌禁锢诗人的外在框框，为此他批评了王安石"好使人同己"（《答张文潜县丞书》）的毛病。诗人自己也必须破除内心的禁忌和束缚，要有"冲口出常言，法度去前轨"（《诗颂》）的气度。情感上力戒字雕句琢，"诗画本一律，天工与清新"（《书鄢陵王主簿所画折枝二首》）。在情感与艺术上都绝不牵强，抒情则"冲口出常言"，行文则"行于所当行，常止于所不可不止"（《答谢师民书》），这样就能达到"天工与清新"的创作佳境。

艺术趣味的单调与视野的狭窄，不可能成就苏轼这样的大家。苏轼的视野开阔且趣味广泛，他从上自《诗经》下至当代的诗人那儿吸取营养，其诗风的豪放飘逸似李白，体物入微似杜甫，畅发议论又近韩愈，冲淡高旷近于陶渊明。壮年他追求豪迈奔放，他在《王维吴道子画》一诗中说："道子实雄放，浩如海波翻。当其下手风雨快，笔所未到气已吞。"他的诗歌创作恰似石苍舒的草书："兴来一挥百纸尽，骏马倏忽踏九州。"（《石苍舒醉墨堂》）像李白一样，他也欣赏那种"兴酣落笔摇五岳"的创作方式，同样也激赏并追求那种豪迈奇纵的诗风。

素数晚年转而看重平淡悠远的韵味："大凡为文，当使气象峥嵘，五色绚烂，渐老渐熟，乃造平淡。"（周紫芝《竹坡诗话》）显然，他认为与"气象峥嵘，五色绚烂"相比，平淡是一种更成熟的艺术境界。他在《书黄子思诗集后》中也表达了类似的思想：

> 苏、李之天成，曹、刘之自得，陶、谢之超然，盖亦至矣。而李太白、杜子美以英玮绝世之姿，凌跨百代，古今诗人尽废；然魏晋以来，高风绝尘，亦少衰矣。李、杜之后，诗人继作，虽间有远韵，而才不逮意。独韦应物、柳宗元发纤秾于简古，寄至味于澹泊，非余子所及也。

苏轼虽然肯定李、杜"英玮绝世""凌跨百代"的雄才，但更向往魏晋那种"高风绝尘"的神韵，更喜欢"外枯而中膏，似澹而实美"（《评韩柳诗》）的趣味，因而他崇敬李、杜，但更仰慕陶渊明；佩服"豪放奇险"的韩退之，但更亲近"温丽靖深"的柳子厚（《评韩柳诗》）。平淡简素而又韵味无穷是他最推崇的艺术境界，而这种艺术境界的典范就是陶诗，所以他老来说："吾于诗人无所甚好，独好渊明之诗。"（苏辙《子瞻和陶渊明诗集引》）。晚年受尽人生的颠簸和政治的迫害，他需要在精神上实现对现实苦难的超越，陶渊明那种萧散冲旷的风姿、那份恬淡静穆的心境正是他所企盼的。

第三节　苏轼诗歌的艺术风貌

给苏轼这样的大家勾画其诗歌的艺术风貌，比起品评那些诗歌名家来要困难得多。苏轼诗歌就像"连山到海隅"的群峰，有的雄奇，有的淡远，有的清幽，有的秀丽……它们呈现出绚丽多彩的风姿，并以其内容的深广和手法的多样展示了诗人精神世界的广博与丰富。

苏轼为人最突出的特点是：既超脱旷达，又忧国忧民。他一生四处颠沛流离，多次遭受政治迫害和流放，但始终没有放弃儒家兼济的理想，终生关注着国家的兴衰和政治的风云，他开始对新法的指责和后来对旧党尽弃新法的批评，都是出于坚守自己的政治信念和为了国家的强大兴旺。他有些揭露时弊关怀民瘼的诗篇，饱含着自己强烈的政治激情。他为讽刺新法而作的诗歌虽暴露了诗人政治上的偏见，但也真实地揭露了新法实施过程中的流弊，在一定程度上反映了下层社会的真实面貌，如《吴中田妇叹》借一农妇的口说：

今年粳稻熟苦迟，庶见霜风来几时。霜风来时雨如泻，把头出菌镰生衣。眼枯泪尽雨不尽，忍见黄穗卧青泥！茅苫一月陇上宿，天晴获稻随车归。汗流肩赪载入市，价贱乞与如糠粞……

在这种如泣如诉的调子中寄寓了诗人的一腔同情。又如他的《山村五绝》也真实地反映了新法给百姓生活造成的困难：

老翁七十自腰镰，惭愧深山笋蕨甜。岂是闻韶解忘味？迩来三月食无盐。

——其三

他有些与新法无关的诗对现实的反映更客观、更深刻：

十里一置飞尘灰，五里一堠兵火催。颠坑仆谷相枕藉，

知是荔支龙眼来。飞车跨山鹘横海，风枝露叶如新采。宫
中美人一破颜，惊尘溅血流千载……

这是《荔支叹》的开头一节，接着它由唐代谄媚帝妃转向对"争
新买宠"的当朝权贵的抨击，由古代向妃子贡荔枝落实到向当今皇
帝贡新茶和牡丹，诗人讥刺的锋芒是那样犀利。

苏轼对国事的成败忧心忡忡，对人民的祸福无限关切，而对他
自己却忘怀得失、不计沉浮，这使他具有一种豁达的胸怀，一种高
于常人的人生境界；这也使他能坦然地对待仕途坎坷，平静地迎接
人生的风风雨雨，并超越他所处的那种复杂而又肮脏的人际关系。
我们从他一些诗歌中能见到他的人格之美和境界之高，如：

参横斗转欲三更，苦雨终风也解晴！云散月明谁点缀，
天容海色本澄清。空余鲁叟乘桴意，粗识轩辕奏乐声。九
死南荒吾不恨，兹游奇绝冠平生！
——《六月二十日夜渡海》

诗人在海南岛流放的三年中，"食饮不具，药石无有"（苏辙《亡
兄子瞻端明墓志铭》），在生活和精神上受尽了煎熬折磨，但他对自
己多年的磨难一笑了之，对政敌的迫害不屑一顾。"九死南荒吾不
恨"，老人是这样宽厚、开朗、幽默而又超然。除了反映社会现实
和表现自己的精神境界外，他还常常用诗来慨叹人生。由于所处的

特殊时代和个人的特殊经历，苏轼比一般诗人更敏锐地感受到了世事的无常、人生的飘忽和生命的偶然，在他人生的旅途上不时发出"吾生如寄"的喟叹（见《过淮》《和陶拟古》等），如他刚刚走向社会就感叹道：

人生到处知何似？应似飞鸿踏雪泥。泥上偶然留指爪，
鸿飞哪复计东西？老僧已死成新塔，坏壁无由见旧题。往
日崎岖还记否？路长人困蹇驴嘶。

——《和子由渑池怀旧》

对人生的空幻通常都来自于那些饱经风霜的老人，而这里竟然出自一个二十四岁的青年！不过，尽管他似乎彻悟了生命，尽管他常说"人生如梦"，尽管他常有某种空漠感，但他并未由于感到空漠就从而冷漠，他对人生、友情、自然的热情至老不衰，并未由于了悟生命而就此颓唐，而是洒脱乐观地拥抱生活：

十日春寒不出门，不知江柳已摇村。稍闻决决流冰谷，
尽放青青没烧痕。数亩荒园留我住，半瓶浊酒待君温。去
年今日关山路，细雨梅花正断魂。

——《正月二十日往岐亭，郡人潘、古、
郭三人送余于女王城东禅庄院》

东风未肯入东门，走马还寻去岁村。人似秋鸿来有信，事如春梦了无痕。江城白酒三杯酽，野老苍颜一笑温。已约年年为此会，故人不用赋《招魂》。

——《正月二十日，与潘、郭二生出郊寻春，

忽记去年是日同至女王城作诗，乃和前韵》

乱山环合水侵门，身在淮南尽处村。五亩渐成终老计，九重新埽旧巢痕。岂惟见惯沙鸥熟，已觉来多钓石温。长与东风约今日，暗香先返玉梅魂。

——《六年正月二十日，复出东门，仍用前韵》

这三首同韵的七律写作时间分别为元丰四年（1081）、元丰五年（1082）、元丰六年（1083），地点分别是今天湖北麻城市岐亭和贬所黄州。即使处在人生的困境，作者仍然能感受到"江柳摇村"的春意——"尽放青青没烧痕"，仍然能感受到"半瓶浊酒待君温"的人际温暖。明知世事人生只如一场缥缈的春梦，时过境迁会泯灭一切痕迹，但他仍然保持着浓厚的生活兴致——"走马还寻去岁村"，仍然还看重人间的友情——"野老苍颜一笑温"，友谊、人情给他那颗敏感的心灵以温暖和慰藉。哪怕是被贬于"乱山环合"的"淮南尽处村"，仍旧对未来充满希望——"长与东风约今日"，在苏轼的人生字典中从来没有冷漠、悲观、绝望这类字眼。

因而，他诗歌中另一突出的主题是抒写对人生的热爱、对乡土

的眷恋、对友情的珍视、对自然的迷恋，他在这种眷恋、珍视和热爱中执着地寻求生活的意义和存在的价值，寻求对现实的解脱与超越。《游金山寺》抒发了他浓郁的乡思：

　　我家江水初发源，宦游直送江入海。闻道潮头一丈高，天寒尚有沙痕在。中泠南畔石盘陀，古来出没随涛波。试登绝顶望乡国，江南江北青山多。羁愁畏晚寻归楫，山僧苦留看落日。微风万顷靬文细，断霞半空鱼尾赤。是时江月初生魄，二更月落天深黑。江心似有炬火明，飞焰照山栖鸟惊。怅然归卧心莫识，非鬼非人竟何物？江山如此不归山，江神见怪惊我顽。我谢江神岂得已，有田不归如江水！

　　这首诗写于熙宁四年（1071）诗人外调杭州时，通过在金山寺的远眺之景，抒写自己在政治上受到打击后的迷惘和抑郁心情，并借江神的显灵流露出惆怅而又浓郁的乡情。诗的结尾说"有田不归如江水"，然而苏轼一辈子沉浮宦海，不断地被政敌贬往各地，后来再没有回过他魂牵梦萦的故乡，于是他就把对乡土的眷恋升华为对贬所的挚爱：

　　未成小隐聊中隐，可得长闲胜暂闲。我本无家更安往，故乡无此好湖山。

　　　　　　　　——《六月二十七日望湖楼醉书五绝》其五

罗浮山下四时春，卢橘杨梅次第新。日啖荔支三百颗，
不辞长作岭南人。

——《食荔支》

雨洗东坡月色清，市人行尽野人行。莫嫌荦确坡头路，
自爱铿然曳杖声。

——《东坡》

他热爱自然，一块奇石，一朵梅花，一株海棠，一棵松树，一
尾小鱼，都能引起他浓厚的兴趣，有时甚至达到了痴情的地步。他
的山水诗在对自然的新奇感受中，融进了诗人自己洒脱旷达的个
性，所创造的意境优美动人：

水光潋滟晴方好，山色空蒙雨亦奇。欲把西湖比西子，
淡妆浓抹总相宜。

——《饮湖上初晴后雨二首》其二

黑云翻墨未遮山，白雨跳珠乱入船。卷地风来忽吹散，
望湖楼下水如天。

——《六月二十七日望湖楼醉书》

东风袅袅泛崇光，香雾空蒙月转廊。只恐夜深花睡去，
故烧高烛照红妆。

——《海棠》

他也热爱艺术，自己不仅是绘画和书法名家，也是绘画和书法
的鉴赏家、评论家，为我们留下了大量优美的题画诗和品书法诗。
《石鼓歌》宏阔整练，《王维吴道子画》奇纵浏亮，《书韩幹〈牧马图〉》
浑厚遒劲，而《惠崇春江晚景》与《书李世南所画秋景二首》（其一），
前者清新别致，后者疏旷淡远，如：

竹外桃花三两枝，春江水暖鸭先知。蒌蒿满地芦芽短，
正是河豚欲上时。

——《惠崇春江晚景》

野水参差落涨痕，疏林敧倒出霜根。扁舟一棹归何
处？家在江南黄叶村。

——《书李世南所画秋景二首》其一

热爱自然也好，热爱艺术也好，珍视友情也好，它们都源于诗
人热爱生活、热爱人生，哪怕是处在最艰难的时刻，哪怕是身在最
荒凉落后的地方，诗人总能咀嚼出生活深永的美来。下面两首诗一
写于贬所黄州，一写于流放地儋州（今海南岛西部）：

扫地焚香闭阁眠，簟纹如水帐如烟。客来梦觉知何
处？挂起西窗浪接天。

——《南堂五首》其五

寂寂东坡一病翁，白须萧散满霜风。小儿误喜朱颜在，
一笑那知是酒红。

——《纵笔三首》其一

苏诗的风格丰富多彩，奔放而宛转、新奇而自然是其风格的主
要特征。这种诗风在他的七言长篇中得到了充分的体现，代表作有
《王维吴道子画》《石鼓歌》《游金山寺》《戏子由》《书王定国所藏〈烟
江叠嶂图〉》等。这些诗无不放笔快意，气势纵横驰骤，意境雄奇
壮阔，既一意倾泻又宛转曲折，既恣意挥洒又舒卷自如，他对吴道
子画的两句赞语——"出新意于法度之中，寄妙理于豪放之外"——
可以现成地拿来评价他自己的诗歌。就苏轼的气质个性和艺术创造
而言，只有七言古诗这种体裁才能自由挥洒他的奇情壮采，让他的
奇语快句与警言妙句如瓶泻水。他的律、绝近体诗也像不假思索冲
口而出，不屑于在字法句法中苦心翻奇斗巧，和他的七言古诗一样
一气舒卷豪放不羁，但笔力所到别具清新天然的神韵。

他豪放驰骤的才情也表现在他想象的丰富奇幻上。人们常赞美
苏诗比喻新奇别致，喜欢用一连串五颜六色的形象来比喻同一对

象，弄得读者眼花缭乱、应接不暇，而这种比喻的丰富新奇正来于他想象的丰富新奇，如《百步洪二首》，其一写水势的迅急汹涌：

> 长洪斗落生跳波，轻舟南下如投梭。水师绝叫凫雁起，
> 乱石一线争蹉磨。有如兔走鹰隼落，骏马下注千丈坡。断
> 弦离柱箭脱手，飞电过隙珠翻荷。四山眩转风掠耳，但见
> 流沫生千涡……

头四句写长洪陡落的迅猛气势，舟行其中就像投掷梭子般急速，连驾船的老手也吓得惊叫，连见惯了急流的野鸭也吓得惊飞。接下来四句或写水势之猛或写船行之疾，七个妙语连篇而下：水势如狡兔疾走、鹰隼猛落，如骏马奔千丈险坡，轻舟行水如断弦离柱、飞箭脱手、飞电过隙，如荷叶上翻滚的水珠，真个把轻舟疾流形容得穷形尽相。《读孟郊诗二首》（其一）接连用一连串形象的比喻来描写读孟诗时独特的审美感受："夜读孟郊诗，细字如牛毛。寒灯照昏花，佳处时一遭。孤芳擢荒秽，苦语余诗骚。水清石凿凿，湍激不受篙。初如食小鱼，所得不偿劳。又似煮彭蚏，竟日持空螯。"这些比喻新颖奇妙又贴切自然。

他那豪放驰骤随意挥洒的才情，又表现在畅达流利的语言和精警俏皮的议论中。由于学识渊博宏富，他往往在诗中信手拈来许多典故、佛语、道书、小说和俚语俗语，畅发议论，嬉笑怒骂，以文为诗。这一方面使他的诗歌汪洋恣肆、风调流利，另一方面又使他

的诗歌伤于刻露、伤于冗散，诗人有时只顾自己矜才炫学而忘了兼顾诗歌自身的含蓄蕴藉。

与议论化相关是他诗中的理趣，苏轼有诗人的热烈豪宕，也有哲人的敏锐机锋，几番风雨的摧折促使他静观世事与人生，加之与僧人道士的频繁接触，对释典道经的沉潜玩味，他喜欢从自然风物与社会事件中去发现、去领悟人生的价值与生活的意义，像前文引过的《和子由渑池怀旧》，又如《题西林壁》：

横看成岭侧成峰，远近高低各不同。不识庐山真面目，只缘身在此山中。

这类诗主要不是以意境的优美耐人回味，而是以浓烈的机锋令人叫绝，别具一种似在情理之中又出人意料之外的机智。当然，苏诗也有由理趣堕入理障的时候，时露枯燥、粗率、敷衍的败笔。

苏轼晚年随着环境与心境的变化，审美趣味也随之发生了变化。由仰慕陶渊明为人的高风进而偏嗜陶渊明平淡的诗风，他自己的诗歌风格变得朴素平淡。他写了一百多首和陶诗，比较著名的有《和陶止酒》《和陶归园田居》等，还写了不少模仿陶诗的作品。他的门人黄庭坚称赞说："彭泽千载人，东坡百世士。出处虽不同，风味乃相似。"（《跋子瞻和陶诗》）

这类诗中固然不乏真朴隽永的名篇，但散缓、木质的浅易之作也不少，因为苏轼那种豪放俊迈的气质与陶渊明毕竟相差太远。

苏轼的诗歌是宋诗艺术革新的完成，代表北宋诗歌的最高成就，后世常将他与李、杜并称，有人还认为他兼有李、杜之长（见袁宏道《答梅客生开府》）。他的诗情没有李白的雄强刚挚，但比李白更豁达、更超旷；没有杜甫的深沉博大，但比杜甫更风趣、更灵动，因而，理所当然赢得了历代诗人的崇拜和广大读者的喜爱。

第四节　东坡词的创作成就

相对于他的诗、文创作，苏轼对词的用力较少，但苏词的成就和在词史上的影响至少和他的诗文同样巨大——也许可以说比后二者更大些。苏诗不能说超越了李、杜，苏文也不能说超越了韩、柳，而苏词在词史上的地位却可说前无古人、后启来者。

词在晚唐五代以后，逐渐由民间走向了"花间"，成了达官贵人在歌筵酒席上侑酒娱宾和"析酲解愠"的工具（晏几道《小山词》自序），欧阳修就直截了当地说他填词是为了"聊佐清欢"（《西湖念语》）。填词大多专为"应歌而作"，由于内容和娱乐的需要，词写得语娇声颤、柔婉妩媚，"男子而作闺音"成为填词的普遍倾向，一代名臣晏殊也多作"妇人语"（胡仔《苕溪渔隐丛话前集》卷二十六）。大部分词作者并没有想用它来抒情言志，只是用它来"簸弄风月"（张炎《词源·赋情》）而已，因此词人真正的思想情感在词中得不到反映。这一方面形成了词风的千人一面，如晏殊、欧阳修、晏几道的词往往相混，晏、欧词也与《阳春》《花间》词难分，因为这些词并不是词人个性人格的真实表现，词作本身也就缺乏鲜明的个性特征；另一方面又使诗与词表现不同的心境、不同的人格。作家板起面孔来写诗文，卸下面具来填词曲，诗文中是以德业文章自命的伟丈夫，词中却是打情骂俏的浪荡子。只范仲淹和王安石等人才偶尔在词中露出"穷塞主"和政治家的真面目。词发展到柳永才有一些新的变化，举凡山村水驿、夕阳残照、吴都帝会、悲秋客子、幽怨佳人，无一不谱进他的乐章，但他的大部分词也是为应歌而作，主要仍为倚门卖唱的歌妓立言。在《煮海歌》一诗中痛切反映盐民生活贫苦的柳永，在词中则主要以一个风流浪子的面貌出现。等到苏轼登上词坛，词的创作才进入新的里程碑，东坡词完成了词史上的重要变革。

摆脱歌词对音乐的依赖关系，是苏轼变革词体的重要标志。他认为词是"诗之裔"（《祭张子野文》），以创作诗的态度来创作词，使人发现了歌词这种特殊诗体的内在潜力。它可以通过句法、字声和韵调的安排来适应音乐曲调，成为一种合乐可歌的歌词，也可以按自身的格式变化发展成为一种独立的抒情诗体。苏轼以词抒情言志突破了"诗尊词卑""诗庄词媚"的传统观念，确立了词作为一种独立抒情诗体的地位，正如胡寅在《向芗林酒边集后序》中所说的："词曲者，古乐府之末造也。……文章豪放之士，鲜不寄意于此者，随亦自扫其迹，曰谑浪游戏而已也。……柳耆卿后出，掩众制而尽其妙，好之者以为不可复加。及眉山苏氏一洗绮罗香泽之态，摆脱绸缪宛转之度，使人登高望远，举首高歌，而逸怀浩气，超然乎尘垢之外，于是《花间》为皂隶，而柳氏为舆台矣。"

苏轼以写诗的态度并借用某些写诗的方法作词，因而拓展了词的题材，提高了词的境界，丰富了词的表现技巧，使词体在艺术上走向全面和成熟，成为一种"无意不可入，无事不可言"（刘熙载《艺概·词曲概》）的特殊抒情诗体。自此而后，词不仅能言情说爱、伤离怨别，也像诗一样能议政言事、悟道参禅、感旧怀古、言志抒怀；词景不再只限于珠帘翠幕、闺阁亭园，也像诗一样能写大漠穷秋、崇山峻岭、长江大河，如：

明月几时有？把酒问青天。不知天上宫阙，今夕是何年，我欲乘风归去，又恐琼楼玉宇，高处不胜寒。起舞弄清影，何似在人间！　转朱阁，低绮户，照无眠。不应有恨，何事长向别时圆？人有悲欢离合，月有阴晴圆缺，此事古难全。但愿人长久，千里共婵娟。

——《水调歌头》

大江东去，浪淘尽、千古风流人物。故垒西边，人道是，三国周郎赤壁。乱石崩云，惊涛裂岸，卷起千堆雪。江山如画，一时多少豪杰！　遥想公瑾当年，小乔初嫁了，雄姿英发。羽扇纶巾，谈笑间、樯橹灰飞烟灭。故国神游，多情应笑我，早生华发。人生如梦，一尊还酹江月。

——《念奴娇·赤壁怀古》

前者写于熙宁九年知密州时，词前小序说："丙辰中秋，欢饮达旦，大醉，作此篇，兼怀子由。"中秋对月怀人这个古代诗文中常见的主题，在苏轼笔下却顿成奇逸。首句破空而来，"明月几时有"问得突兀奇崛。接下来写眺望中秋明月，时而涌现"乘风归去"的异想，转而又担心那琼楼玉宇的高寒；时而责怪明月偏照无眠的寡情，忽而又生人月命运相同的自慰；寻求解脱而希望飘然远引，终因抛舍不下家园亲友还是留在现实人间，词境既超绝尘凡又亲切温暖，用笔层层转折而又一气贯注，难怪人们惊叹它是"天仙化人"（先著《词洁》）之笔了。后首于元丰五年作于黄州贬所，它一开篇就高唱入云，把人带进一个惊心动魄的雄奇境界，万里东去的大江与千古风流人物，美丽如画的江山与雄姿英发的豪杰，彼此交相辉映。下片的换头处续写三国英雄儒雅倜傥的风姿、从容镇定的大将风度，结尾部分虽然写到岁月悠悠而人生有限，英雄已矣壮志成虚，但词人很快以旷达之笔驱走衰飒之情。气度之恢宏，境界之阔大，襟怀之超旷，笔致之跌宕，在词史上都属前所未有。

苏轼入仕之初"奋厉有当世志"，自杭州赴密州途中寄赠弟弟苏辙的《沁园春》说："当时共客长安，似二陆初来俱少年。有笔头千字，胸中万卷，致君尧舜，此事何难！"此时尽管在仕途上受到挫折，他的自负与豪情仍不减当年，《江城子·密州出猎》大有"横槊赋诗"的气概：

老夫聊发少年狂。左牵黄，右擎苍，锦帽貂裘，千骑卷平冈。为报倾城随太守，亲射虎，看孙郎。　酒酣胸胆尚开张，鬓微霜，又何妨！持节云中，何日遣冯唐？会挽雕弓如满月，西北望，射天狼。

上面这一类词的确"新天下耳目"，为词坛开了豪放词的先河。不过，苏轼对婉约词的贡献同样不可低估。《东坡乐府》中大部分仍属婉约词，可他突破了婉约词专写儿女私情的樊笼，让它也能够展示丰富多彩的现实生活：从山林到政坛，从悼亡到伤别，从抒写爱情到慨叹人生，生活的般般在在林林总总尽收笔底，在诗风上展示了东坡词韶秀的一面：

莫听穿林打叶声，何妨吟啸且徐行。竹杖芒鞋轻胜马，谁怕？一蓑烟雨任平生。　料峭春风吹酒醒，微冷，山头斜照却相迎。回首向来萧瑟处，归去，也无风雨也无晴。

——《定风波》

照野弥弥浅浪，横空隐隐层霄。障泥未解玉骢骄。我欲醉眠芳草。　可惜一溪明月，莫教踏碎琼瑶。解鞍欹枕绿杨桥。杜宇一声春晓。

——《西江月》

夜饮东坡醒复醉，归来仿佛三更。家童鼻息已雷鸣。敲门都不应，倚杖听江声。　长恨此身非我有，何时忘却营营？夜阑风静縠纹平。小舟从此逝，江海寄余生。

——《临江仙·夜归临皋》

山下兰芽短浸溪，松间沙路净无泥。萧萧暮雨子规啼。　谁道人生无再少？门前流水尚能西！休将白发唱黄鸡。

——《浣溪沙·游蕲水清泉寺》

这四首词一写他那坦荡的生活态度，一写他那洒脱的人生境界，一写他那超逸的襟怀，一写他永远年轻的乐观心态，它们生动地展露了他精神世界的不同侧面，反映了词人对存在体验的深度。在世的沉沦使他无法占有自己，所以引起"长恨此身非我有"的痛苦，所以有"小舟从此逝"的欲求，可是，小舟能逝向哪里呢？江海也在人世的天罗地网之中，世事固多虚伪，人生难免凄凉，然而现实既无法超脱又不能舍弃，与其徒劳地"江海寄余生"，还不如坦然地去迎接和拥抱生活，还是"一蓑烟雨任平生"的态度更豁达也更现实一些。所以，东坡先生并没有挂服江边"拏舟长啸"而去，而仍然躺在人声嘈杂的江边"鼻鼾如雷"（叶梦得《避暑录话》卷上），仍然在贬所黄州蕲水上"解鞍欹枕绿杨桥"。即使是处在人生的最低潮，即使已经人过中年，他仍然坚信"谁道人生无再少？

门前流水尚能西！休将白发唱黄鸡"。因而，《东坡乐府》就像东坡的诗歌一样，主要表现对现实的人际关怀、对生活的依恋、对自然的热爱，甚至对乡村生活也兴致勃勃，如《浣溪沙》六首：

旋抹红妆看使君，三三五五棘篱门。相排踏破蒨罗裙。　　老幼扶携收麦社，乌鸢翔舞赛神村，道逢醉叟卧黄昏。

——其二

籁籁衣巾落枣花，村南村北响缫车。牛衣古柳卖黄瓜。　　酒困路长惟欲睡，日高人渴漫思茶。敲门试问野人家。

——其四

软草平莎过雨新，轻沙走马路无尘。何时收拾耦耕身？　　日暖桑麻光似泼，风来蒿艾气如薰。使君元是此中人。

——其五

久旱的春天忽降甘霖，作者在徐州谢雨道上见到的是一幅幅喜气洋洋的画面："旋抹红妆看使君"的村姑，道边"卧黄昏"的醉叟，古柳上"卖黄瓜"的村民，"光似泼"的桑麻，"气如薰"的蒿艾，词中的一切都散发着泥土的清香。词人不是以自命不凡的文人雅士，也不是以高高在上的太守，而是以一个村民的身份来体验这场甘霖的，所以能准确地理解并真切地传达出农民心底的喜悦和欢快。格调明朗、朴素、清新，是北宋少有的田园词杰作，为词的题材开辟了新的领地。

苏轼还提高了情词——爱情与艳情词的境界。晚唐五代以来男女恋情一直是词的专利，但这类词大多带有浓厚的脂粉气，有的甚至格调低俗尘下，而苏轼的爱情词却别开生面：

　　十年生死两茫茫。不思量，自难忘。千里孤坟，无处话凄凉。纵使相逢应不识，尘满面，鬓如霜。　夜来幽梦忽还乡。小轩窗，正梳妆。相顾无言，惟有泪千行。料得年年肠断处，明月夜，短松冈。

　　　　　　　　——《江城子·乙卯正月二十日夜记梦》

词人对亡妻的思念可谓刻骨铭心，感情真挚凝重，语调呜咽低沉，意境凄凉悲切，堪称悼亡词中的绝唱。他的艳情词也绝不轻浮艳俗，就是写美人也脱尽脂粉，别具高远飘逸的情致，如：

　　乳燕飞华屋。悄无人、桐阴转午，晚凉新浴。手弄生绡白团扇，扇手一时似玉。渐困倚、孤眠清熟。帘外谁来推绣户，枉教人、梦断瑶台曲。又却是，风敲竹。　石榴半吐红巾蹙。待浮花、浪蕊都尽，伴君幽独。秾艳一枝细看取，芳心千重似束。又恐被、秋风惊绿。若待得君来向此，花前对酒不忍触。共粉泪，两簌簌。

——《贺新郎》

冰肌玉骨，自清凉无汗。水殿风来暗香满。绣帘开，一点明月窥人，人未寝，欹枕钗横鬓乱。　起来携素手，庭户无声，时见疏星渡河汉。试问夜如何？夜已三更，金波淡，玉绳低转。但屈指西风几时来，又不道流年暗中偷换。

——《洞仙歌》

人则绰约多姿，境则清幽澄静，虽然写了蜀主与花蕊夫人帘内倚枕月下携手，但词的格调清婉超绝而不涉淫猥。

苏轼的咏物词也备受人称道，他很少对对象描头画脚，而是遗貌取神，"性情之外不知有文字"（元好问《新轩乐府引》）。《水龙吟·次韵章质夫杨花词》被张炎誉为压倒今古的咏物杰作（张炎《词源》），它通篇似在咏杨花又好像在写思妇，妙在"似花还似非花"之间，"幽怨缠绵，直是言情，非复赋物"（沈谦《填词杂说》），词如下：

似花还似非花，也无人惜从教坠。抛家傍路，思量却是，无情有思。萦损柔肠，困酣娇眼，欲开还闭。梦随风万里，寻郎去处，又还被、莺呼起。　　不恨此花飞尽，恨西园、落红难缀。晓来雨过，遗踪何在，一池萍碎。春色三分，二分尘土，一分流水。细看来，不是杨花，点点是离人泪。

苏轼对词的主要贡献是：开拓了词的表现题材，丰富了词的表现技巧，特别是开创了豪放词，同时也提高了婉约词的格调。《东坡乐府》中不管是响遏行云的豪放词，还是蕴藉韶秀的婉约词，它们都是苏轼性情和人格的真实写照。与欧阳修等人诗与词表现出二重人格不同，苏词的词境与苏诗的诗境可以相互映衬和补充。他的豪放词开出了南宋以辛弃疾为代表的豪放派，婉约词也洗去了猥亵低俗的情调，词从此摆脱了"体卑"的地位，士大夫乐意用它来抒情言志，宋词遂从涓涓小溪汇成滂滂洪流，它不仅可以与宋诗分庭抗礼，甚至成为有宋一代文学的代表，而且与光芒四射的唐诗并称。这与苏轼通过自己填词实践向时人和后人"指出向上一路"，并使人"登高望远"是分不开的。

苏轼是我们这个文化积淀深厚的民族土壤中长就的一棵参天大树。他留下的丰富浩瀚的文学遗产不仅承续着历史，也沾溉着现代，并将流惠于未来。

第四章

北宋后期的诗词创作

　　活跃在北宋后期诗坛的诗人大多是苏轼的门人或友人，不过，苏氏对他们的影响主要限于创作态度和艺术眼界，而不是诗词风格或写作技巧。他那"行于所当行，常止于所不可不止"的创作方式，叫那些比他才气褊狭的门人无可措手，而他厌恶强行"使人同己"的宽容大度，则又激励了门人充分发展自己的创作个性，因此，这时的诗词创作异彩纷呈，黄庭坚、张耒、晁补之、秦观、贺铸、陈师道、周邦彦各不相袭。其中，最重要的作家是黄庭坚与周邦彦。黄诗尽宋诗之变，并成为江西诗派的奠基者；周词上集唐五代至北宋词艺之大成，下开格律词派。黄诗周词同为宋代诗词发展的转捩点，过去一任性情驱使的诗词创作，逐渐让位于全由技巧的研练、思索与安排。

　　北宋后期诗坛是江西诗派的天下，黄庭坚虽出苏轼之门，其诗歌主张和诗歌创作都不同于苏轼，其诗歌和诗论的突出特点就是寻求诗歌语言的"陌生化"。为了避免语言的熟滑庸腐，他破弃声律，颠倒平仄，押险韵，造硬语，以使诗语夭矫生新，形成一种奇崛拗峭的诗风。他生前就有一大批追随者，并逐渐形成影响深远的江西诗派。

秦观将婉约词提高到一个新的高度，其艺术特点是笔轻、语丽、情柔。贺铸的《东山词》中虽不乏风云豪气，但更多的还是写儿女柔情，词风仍以婉约为主。

周邦彦集唐五代至北宋词艺之大成，唐宋词法"至此大备"，被前人誉为"词中老杜"。这种艺术上的集大成主要表现在：结构的细密曲折，语言的典雅浑成，音调的和谐优美。

第一节 黄庭坚与"江西诗派"

黄庭坚（1045—1105），字鲁直，号山谷道人，晚年又号涪翁，洪州分宁（今江西修水）人。他出身于书香门第，父亲黄庶是专学杜甫、韩愈的诗人，两位岳父孙觉和谢景初也是饱学之士，谢景初写诗同样崇尚杜甫。他的舅父李常是诗人兼藏书家。他从少年起就博览群书，除熟读儒家经典外，还广泛涉猎老庄著作、释道经典、稗史小说。良好的家庭环境和个人的勤奋好学造就了他的多才多艺，成为一代著名的诗人、词人和书法家。

黄庭坚于宋英宗治平四年（1067）登进士第，不久任汝州叶县县尉，神宗熙宁五年（1072）任北京国子监教授。元丰三年（1080）出知吉州太和县，赴任途中游三祖山上的山谷寺，因喜其胜境，便自号为山谷道人。哲宗元祐元年（1086）以秘书省校书郎为《神宗实录》检讨官，迁著作佐郎。这期间，苏轼兄弟为朝廷清要，他与张耒、晁补之等在苏轼周围往返唱酬。绍圣元年（1094）以修实录不实的罪名外贬涪州别驾，因而又自号涪翁。宋徽宗崇宁二年（1103）再谪宜州，两年后卒于宜州贬所。

　　虽然他对王安石个人十分崇敬，认为他是"视富贵如浮云"的"一世之伟人"（《跋王荆公禅简》），对王安石的经学造诣也倾心折服，称其"妙处端不朽"（《奉和文潜赠无咎篇末多见及以既见君子云胡不喜为韵》其七），对变法的态度也比较客观，旧党后来全部废弃新法时他还深为惋惜，但作为苏轼的门人，他在政治上与苏轼一直共沉浮，一生从未官居要职却频遭打击与压抑。所幸的是，他在政坛上虽屡经贬斥，在诗坛上却备受推崇，其诗最后与苏轼并称"苏黄"，并以鲜明的诗风和系统的诗论，吸引了一大批崇拜者和模仿者，形成后来影响深远的江西诗派。

　　黄庭坚追求艺术上的戛戛独造，创作上从不俯仰随人，虽然是"苏门四学士"之一，但"山谷诗每与东坡相抗"（王若虚《滹南遗老集》卷四十五），他自己也强调"随人作计终后人，自成一家始逼真"（《以右军书数种赠邱十四》）。他诗歌和诗论的突出特点就是寻求诗歌语言的"陌生化"，破弃声律，颠倒平仄，押险韵，搜僻典，造硬语，无非是要力避语言熟滑庸腐的套数，使诗语夭矫生新，形成一种奇崛、拗峭的诗风，以立异求奇来新人耳目。他是通过什么途径来实现这一目的的呢？

首先，是那著名的"点铁成金""脱胎换骨"法。"点铁成金"说见于他的《答洪驹父书》：

> 自作语最难。老杜作诗，退之作文，无一字无来处，盖后人读书少，故谓韩、杜自作此语耳。古之能为文章者，真能陶冶万物，虽取古人之陈言入于翰墨，如灵丹一粒，点铁成金也。

从肯定的意义上说，这段话主张大量积累融汇前人的语言，并在此基础上推陈出新。语言具有相对的稳定性，学习古人的语言是积累丰富自身词汇的重要渠道之一，取古人的陈言入自己的翰墨，只要不简单抄袭而是活用变化，也不失为继承文学遗产的一种手段。任何诗人不可能凭空自造一套语汇，因而，从这种意义上看，"点铁成金"无可厚非。由此出发，他强调作诗必须读书"精博""长袖善舞，多钱善贾"（《与王观复书》），又告诉别人说："要读《左氏》《前汉》精密，其佳句善字，皆当经心，略知某处可用，则下笔时源源而来矣。"（《答曹荀龙》）运用古人的警言、"佳句"、"善字"来给自己的作品增色生辉，这在理论和创作上都说得过去。"成金"并没有什么不好，问题是如何"点铁"，这就引申出了"换骨夺胎"说。

惠洪《冷斋夜话》卷一载："山谷云：诗意无穷，而人之才有限，以有限之才追无穷之意，虽渊明、少陵不得工也。然不易其意而造其语，谓之换骨法；窥入其意而形容之，谓之夺胎法。"所谓换骨法，就是用自己的语言表达前人的诗意，也就是与前人的诗歌意同而语异，如他的《寄家》诗："近别几日客愁生，固知远别难为情。梦回官烛不盈把，犹听娇儿索乳声。"诗的后句就本于韩愈《此日足可惜一首赠张籍》："骄女未绝乳，念之不能忘。忽如在我前，耳若闻啼声。"黄诗把韩诗的四句浓缩在最后一句里，袭其诗意而异其诗语。夺胎法就是点窜前人诗句或采用前人诗意而稍加变化，使之与自己的诗境融合，如他的《夜发分宁寄杜涧叟》：

> 阳关一曲水东流，灯火旌阳一钓舟。我自只如常日醉，满川风月替人愁。

诗的后二句就是从欧阳修《别滁》的后二句化出的："我亦且如常日醉，莫教弦管作离声。"这就由对前人的借鉴变成了对前人的借用，由陶冶古今的艰苦劳作变成了偷懒取巧的小聪明。王若虚曾尖锐地指出："鲁直论诗，有夺胎换骨、点铁成金之喻，世以为名言，以予观之，特剽窃之黠者耳。"(《滹南诗话》)

其次是运用拗格和喜押险韵。黄庭坚最忌的是诗语卑弱庸俗，主张"宁律不谐，而不使句弱；用字不工，不使语俗"(《题意可诗后》)，他自己写诗大量使用拗句拗律。拗律就是破坏规定的平仄格式，拗句就是打乱正常的语法顺序，或者省去一些句子成分。如《题落星寺岚漪轩》其三：

> 落星开士深结屋，龙阁老翁来赋诗。小雨藏山客坐久，长江接天帆到迟。宴寝清香与世隔，画图妙绝无人知。蜂房各自开户牖，处处煮茶藤一枝。

诗中八句的平仄都不合律，颈联"宴寝清香与世隔，画图妙绝无人知"，出句连用三仄声收尾，对句也相应地连用三平声作结。又如另一首名诗《次韵裴仲谋同年》：

> 交盖春风汝水边，客床相对卧僧毡。舞阳去叶才百里，贱子与公俱少年。白发齐生如有种，青山好去坐无钱。烟沙篁竹江南岸，输与鸬鹚取次眠。

颔联"舞阳去叶才百里，贱子与公俱少年"，出句第六字应用平声，可"百里"这一客观事实又不便改动，只得保留仄声"百"字，于是对句当用仄声的第五字改用平声"俱"字以救上句之拗。诗人在这些地方煞费苦心，以获得一种拗折的声调。他诗中拗句的例子就更多，如："风雨极知鸡自晓，雪霜宁与菌争年"（《再次韵寄子由》），"心犹未死杯中物，春不能朱镜里颜"（《次韵柳通叟寄王文通》）。为了追求奇险的艺术效果，他有意押险韵，如《子瞻诗句妙一世，乃云效庭坚体，盖退之戏效孟郊、樊宗师之比，以文滑稽耳，恐后生不解，故次韵道之》押"降""扛""双""庞"一类的险韵。他通过这些技巧上的功夫，的确收到了矫滑熟避平庸的功效，他的诗歌语言也因之而拗峭生新、挺拔健举。

最后是用奇字僻典，造语奇崛瘦硬。由于黄庭坚学识广博，有本钱"资书以为诗"，求奇的趣尚又使他抛开人们习见的典故字面，拣那些生冷的字和偏僻的典入诗，典故的来源从经史一直到小说，从远古一直到近代，从儒家一直到释道，读他的诗就像在满是石头的路上行车，要不时停下来扫清这些故典的障碍。学识的广博反而造成他诗语的偏狭，追求生新却落得了生涩。不过，他的诗歌语言的确有别开生面的地方，许多诗句文气跌宕、硬语盘空。如"清坐一番春雨歇，相思千里夕阳残"（《和答登封王晦之登楼见寄》），"诗酒一言谈笑隔，江山千里梦魂通"（《夏日梦伯兄寄江南》），"管城子无食肉相，孔方兄有绝交书"（《戏呈孔毅父》），它们别具傲兀奇崛之趣。

从总体上看，黄庭坚的诗论虽然主张写诗要自成一家，但它强调的是旧料翻新而不是真正的艺术创造，它只注意到了"左准绳右规矩"（《跋书柳子厚诗》）的诗法，而忽略了诗歌创作是一种艺术创造的本质特征，在一定程度上把诗当作了一种工艺，因而其诗论不可避免地带有匠气。尽管他在避免诗句滑熟上提供了一些有益的法门，但没有抓住诗歌创作的核心：诗语的生新来源于诗人感受和体验方式的更新。

幸好他的诗论并没有使他作茧自缚，在创作实践中他仍不失为一个艺术上独树一帜的优秀诗人。在句法韵律和布局谋篇上刻意出奇，形成了他自己特有的艺术风貌；抒情写意透过数层，深折而透辟；炼句琢字一洗腥腴，老辣而苍劲；押韵造语尽弃平熟，拗峭而奇险。苏轼誉其诗"格韵高绝，盘飧尽废"（苏轼《书黄鲁直诗后二首》其二）。

他的集中各体诗都有佳构。七古《次韵子瞻题郭熙画秋山》命意曲折，行文于排奡中见妥帖，处处以逆笔作顿宕勾勒，既跌宕恣肆又法度谨严。《书磨崖碑后》更是大气包举，宏肆的议论出之以高峻的声调，用笔纵横捭阖又意脉流贯，前人认为其笔法绝似司马迁的《史记》。当然，他更拿手的还是近体诗，如：

> 我居北海君南海，寄雁传书谢不能。桃李春风一杯酒，江湖夜雨十年灯。持家但有四立壁，治病不蕲三折肱。想得读书头已白，隔溪猿哭瘴溪藤。
>
> ——《寄黄几复》

> 痴儿了却公家事，快阁东西倚晚晴。落木千山天远大，澄江一道月分明。朱弦已为佳人绝，青眼聊因美酒横。万里归船弄长笛，此心吾与白鸥盟。
>
> ——《登快阁》

投荒万死鬓毛斑，生入瞿塘滟滪关。未到江南先一笑，
岳阳楼上对君山。

——《雨中登岳阳楼望君山二首》其一

满川风雨独凭栏，绾结湘娥十二鬟。可惜不当湖水面，
银山堆里看青山。

——《雨中登岳阳楼望君山二首》其二

　　这些诗不管是写景物还是抒情怀，无不曲尽其妙。采《左传》
《史记》中的典故和语言入诗不但不流于晦涩，反而给近体诗平添
了许多古朴的风味，如《寄黄几复》；"移太白歌行于律诗"（转引自
方东树《续昭昧詹言》卷七），开合顿挫又一气盘旋，如《登快阁》；
以挺拔的文辞写雄奇的境界，极迁想妙得之观，如《雨中登岳阳楼
望君山》二首。他有些咏物诗既洗净陈言又平易晓畅，如《咏雪奉
呈广平公》：

连空春雪明如洗，忽忆江清水见沙。夜听疏疏还密密，
晓看整整复斜斜。风回共作婆娑舞，天巧能开顷刻花。正
使尽情寒至骨，不妨桃李用年华。

　　此诗写春雪真是形神兼备，由听觉（"夜听"）而视觉（"晓看"）
而触觉（"寒至骨"），从多种角度写尽了春雪的意态，难怪苏轼对

此诗"极口称重"了，并说三四句"正是佳处"。

综观黄庭坚的诗歌创作，他是一个文雅渊博的学者型诗人，对语言形式美十分敏感，凭艺术上的独创得以与苏轼齐名，但他既没有苏轼那种飘逸迷人的个性，也没有苏轼那种大江奔涌的才情，更没有苏轼那种对生活与生命细腻的感受与深微的透悟。为了在创作上自成一家，他不惜在艺术技巧上走偏锋，因而缺乏苏轼那种包罗万汇的大家气度。虽然他一生四处颠簸，有不少机会接触下层社会，可是除《流民叹》《送范德孺知庆州》等极少数篇章反映人民生活和社会的紧迫问题以外，他的体验和感受范围没有超出他所交往的社交圈子，社会生活的许多方面没有进入他的视野，他的诗歌大部分是与朋友知己之间的次韵相酬或题诗品画。他学习杜甫只在语言上剥落浮华削肤存液，失去了杜甫那种博大浑厚的气象；他"死力造句，专在句上弄远，成篇之后，意境皆不甚远"（方东树《昭昧詹言》卷十二），有时甚至弄得干涩枯窘。当然，这只是把黄庭坚作为一个影响一代诗风的大师来要求时才暴露的某些不足，这种种缺陷并不足以否定他是一位富于奇才奇思奇气的杰出诗人。

他对宋代诗坛的影响之大无人可及，北宋末期和南宋都在他的笼罩之下，刘克庄在《刘后村诗话》中称他是"本朝诗家宗祖"，连高才如苏轼也写过"效庭坚体"，陆游这样的大诗人早年也是他诗歌的爱好者和效仿者。生前，他周围就有一大批追随者，死后不久吕本中就提出了"江西诗派"的名称，并把他尊为江西诗派之祖，还曾作《江西诗社宗派图》，原书已佚。《苕溪渔隐丛话前集》卷四十八载："吕居仁近时以诗得名，自言传衣江西，尝作《宗派图》，自豫章以降，列陈师道、潘大临、谢逸、洪刍、饶节、僧祖可、徐俯、洪朋、林敏修、洪炎、汪革、李錞、韩驹、李彭、晁冲之、江端本、杨符、谢薖、夏倪、林敏功、潘大观、何觊、王直方、僧善权、高荷，合二十五人以为法嗣，谓其源流皆出豫章也。"这二十五人中江西籍作家只有十一人，主要是由于创始人是江西籍所以才命名为江西诗派。南宋程叔达编有《江西宗派诗集》一百一十五卷，曾巩的族侄曾纮编有《江西续宗派诗集》两卷。杨万里在《江西宗派诗序》中说："江西宗派诗者，诗江西也，人非皆江西也。"

列入江西诗派的诗人，其创作态度和方法与黄庭坚十分接近或大体一致。宋末元初的方回在《瀛奎律髓》卷二十六说："古今诗人，当以老杜、山谷、后山、简斋四家为一祖三宗。"一祖就是江西派诗人尊为典范的杜甫，三宗指黄庭坚、陈师道、陈与义。这一提法进一步明确了该诗派的渊源、承传与代表作家。北宋末年江西诗派的前期诗人中以陈师道为代表，南宋时期诗人中以陈与义为代表。

陈师道（1053—1102），字履常，一字无己，号后山居士，徐州彭城（今江苏徐州市）人。早年从曾巩学为文，后从苏轼游，成为"苏门六学士"之一。陈师道对黄庭坚的诗歌倾慕不已，他们虽然同出苏门，但他在《赠鲁直》一诗中说："陈诗传笔意，愿立弟子行。"由此可以想见他自己的诗歌创作受黄庭坚的影响之深。

陈师道终身与贫穷作伴，有时贫困到寄食求衣的程度。为人耿介孤直，不愿与世沉浮随人俯仰，一生的寄托和追求就在文学辞章，特别是"少好之，老而不厌"的诗歌创作，所以他写诗的态度十分严肃认真，据说每一诗成就"揭之壁间，坐卧哦咏，有窜易至月十日乃定，有终不如意者，则弃去之"（徐度《却扫编》卷中）。他的精神生活谈不上丰富，个人的兴趣也比较狭窄，艺术上属于偏至之才。诗歌的主要内容是咀嚼贫困，并回味贫困中夫妇、父子、师友等人情的温暖，对自己所亲历的生活体验深至，长于用朴素的字句抒真挚的情怀：

去远即相忘，归近不可忍。儿女已在眼，眉目略不省。
喜极不得语，泪尽方一哂。了知不是梦，忽忽心未稳。

——《示三子》

岁晚身何托？灯前客未空。半生忧患里，一梦有无中。
发短愁催白，颜衰酒借红。我歌君起舞，潦倒略相同。

——《除夜对酒赠少章》

书当快意读易尽，客有可人期不来。世事相违每如此，
好怀百岁几回开？

——《绝句四首》其四

这些诗笔力简劲，运思巉刻，朴实古拙中寓清新奇峭，很能代表他的艺术个性。如"儿女已在眼，眉目略不省。喜极不得语，泪

尽方一哂"，写久别归家见到儿女后喜极而泣，真可谓"曲尽人情"。
"半生忧患里，一梦有无中"概括自己一生的艰辛，"书当快意读易
尽，客有可人期不来"，更写尽了失落与遗憾。字字都简洁瘦劲，
句句都奇特生新。他学黄庭坚而能与黄庭坚齐名，艺术上二人各有
其至处，但总的成就和影响不及黄庭坚。

陈与义的诗歌创作留待下章论及。

第二节　秦观与贺铸的词作

苏轼首先以词来抒写自己的逸怀浩气，一洗晚唐五代以来的
"绮罗香泽之态"，为词人"指出向上一路"，但时人还是沿袭"花间"
和晏、欧的旧路，或者宁可暗中去效法柳永也不愿按东坡指的路数
填词。他的门人陈师道甚至直言不讳地说苏词"虽极天下之工，要
非本色"（《后山诗话》）。他另外两个以词名世的门人与友人秦观、
贺铸，词风也以幽微婉约为主。

一、"情韵兼胜"的《淮海词》

秦观（1049—1100），字太虚，后改字少游，号淮海居士，扬
州高邮（今江苏高邮）人。史称他年轻时志强气盛，可惜在科举中
很不顺利，"淹留场屋几二十年"（《淮海集》卷三十二《登第后青
词》），直到三十七岁才考取进士。元祐初，因苏轼等的推荐除太学

博士，兼国史院编修官。绍圣初新党当权后，他先后贬杭州、郴州、横州、雷州等地，放还途中死于藤州。《淮海词》中存词七十二首，近人龙榆生补辑二十八首。他的词在题材上沿袭"花间"，十之八九是描写男欢女爱春恨秋愁，但他提高了这类词的格调，除极少数作品涉于猥亵轻浮外，他以词赞美天长地久的纯洁爱情：

> 纤云弄巧，飞星传恨，银汉迢迢暗度。金风玉露一相逢，便胜却人间无数。　柔情似水，佳期如梦，忍顾鹊桥归路。两情若是久长时，又岂在朝朝暮暮。
>
> ——《鹊桥仙》

秦词中的女性多是些歌妓舞女，她们很难享受到《鹊桥仙》中这种天仙般的爱情，等待她们的命运常常是被玩弄、被抛弃。倚门卖笑是由于生活的逼迫，并不是她们本性水性杨花，在秦词中她们对幸福的爱情更渴望、更执着、更专注，如《调笑令》中的歌妓灼灼和盼盼说："妾愿身为梁上燕，朝朝暮暮长相见，莫遣恩迁情变。"他还以怜惜的笔触来表现青楼女子被遗弃的痛苦和辛酸：

> 枝上流莺和泪闻。新啼痕间旧啼痕。一春鱼鸟无消息，千里关山劳梦魂。　无一语，对芳尊。安排肠断到黄昏。甫能炙得灯儿了，雨打梨花深闭门。
>
> ——《鹧鸪天》

他在赋情恨别的情词中融进了仕途的失意和人生的感伤，"将身世之感，打并入艳情"（周济《宋四家词选》）的结果，使词的意蕴更为丰富，词的意境更为凄婉，如《水龙吟》："玉佩丁东别后，怅佳期参差难又。名缰利锁，天还知道，和天也瘦。花下重门，柳边深巷，不堪回首。"他饱尝了官场的险诈便更留恋爱情的温柔，因而他赋情千回百转，一往情深，如：

梅英疏淡，冰澌溶泄，东风暗换年华。金谷俊游，铜驼巷陌，新晴细履平沙。长记误随车。正絮翻蝶舞，芳思交加。柳下桃蹊，乱分春色到人家。　　西园夜饮鸣笳，有华灯碍月，飞盖妨花。兰苑未空，行人渐老，重来是事堪嗟。烟暝酒旗斜。但倚楼极目，时见栖鸦。无奈归心，暗随流水到天涯。

——《望海潮》

山抹微云，天连衰草，画角声断谯门。暂停征棹，聊共引离樽。多少蓬莱旧事，空回首、烟霭纷纷。斜阳外，寒鸦数点，流水绕孤村。　　销魂！当此际，香囊暗解，罗带轻分。谩赢得青楼、薄幸名存。此去何时见也？襟袖上、空惹啼痕。伤情处，高城望断，灯火已黄昏。

——《满庭芳》

秦观天性敏锐易感，早年为人志强气盛，后来当这种强志盛气受到压抑和摧残时，他没有苏轼在同样情况下那种"一蓑烟雨任平生"（苏轼《定风波》）的旷达，也没有黄庭坚那种"风流犹拍古人肩"（黄庭坚《定风波》）的傲岸，所以他易感的心灵就更易于受到伤害，一陷逆境便心断望绝，词境由凄婉一变而为凄厉，调子也由柔婉一变而为哀怨，如：

　　碧桃天上栽和露，不是凡花数。乱山深处水萦回，可惜一枝如画为谁开。　　轻寒细雨情何限？不道春难管。为君沉醉又何妨，只怕酒醒时候断人肠。

——《虞美人》

　　水边沙外，城郭春寒退。花影乱，莺声碎。飘零疏酒盏，离别宽衣带。人不见，碧云暮合空相对。　　忆昔西池会，鹓鹭同飞盖。携手处，今谁在？日边清梦断，镜里朱颜改。春去也，飞红万点愁如海。

——《千秋岁·谪处州日作》

　　雾失楼台，月迷津渡，桃源望断无寻处。可堪孤馆闭春寒，杜鹃声里斜阳暮。　　驿寄梅花，鱼传尺素，砌成此恨无重数。郴江幸自绕郴山，为谁流下潇湘去？

——《踏莎行·郴州旅舍》

后两首词写于他接连贬谪之后，无一不调苦、情悲、辞怨。

他长于以清丽之笔抒柔婉之情，很少套用陈词或卖弄典故，用自然清新的语言写自己那细腻幽微的感受，词风以纤柔清丽见称，《四库全书总目提要》称其词"情韵兼胜"。《浣溪沙》是他的代表作之一：

漠漠轻寒上小楼，晓阴无赖似穷秋，澹烟流水画屏幽。　　自在飞花轻似梦，无边丝雨细如愁，宝帘闲挂小银钩。

"寒"绝非刺骨如冰，只是"轻"而已；"阴"也并不晦暗，只是"晓阴"罢了；"飞花"如"梦"那样"轻"，"丝雨"似"愁"那样"细"；"流水"见自"画屏"，因而为"幽"；"宝帘"已被"挂"起，所以是"闲"。全篇的字面细而且柔，用笔轻而不重，生动地传出了词人那精微深婉的体验。笔轻、语丽、情柔，典型地体现了秦观的艺术个性。

二、"解作江南断肠句"的贺铸

贺铸（1052—1125），字方回，卫州（今河南卫辉市）人。他为人豪侠仗义，对现实中的是非曲直敢于放胆直言，从不回避当世权要。虽然他娶宗室赵克彰之女，自己又是孝惠后的族孙，但他一生只做过右班殿直及泗州通判一类小官，在仕途上郁郁不得志。晚年退居苏、杭一带，自号庆湖遗老、北宗狂客。

史称贺铸"长七尺，面铁色，眉目耸拔"(《宋史·文苑传》)，陆游在《老学庵笔记》中也说"方回状貌奇丑"，但他的铮铮铁骨却裹着一副温柔心肠，"奇丑"的状貌更不妨碍他写出艳丽照人的辞章。他的内心世界原本复杂丰富，为人也常叫人不可捉摸：驰马嗾狗时像头脑简单的赳赳武夫，在窗下写牛毛小楷时又像一介恬静书生；饮酒使气时大似剑客，轩裳角逐时又怯如处女（见程俱《贺方回诗集序》）。两百多首《东山词》真实地反映了他性格的多面性："盛丽如游金、张之堂；而妖冶如揽嫱、施之祛；幽洁如屈、宋；悲壮如苏、李。"（张耒《东山词序》）《东山词》中固然不乏风云豪气，但更多儿女柔情，词风仍以婉约为主：

> 凌波不过横塘路，但目送，芳尘去。锦瑟年华谁与度？月桥花院，琐窗朱户，只有春知处。　碧云冉冉蘅皋暮，彩笔新题断肠句。试问闲愁都几许？一川烟草，满城风絮，梅子黄时雨。
>
> ——《横塘路》

> 淡妆多态，更的的频回眄睐。便认得琴心先许，欲缩合欢双带。记画堂风月逢迎，轻颦浅笑娇无奈。向睡鸭炉边，翔鸳屏里，羞把香罗暗解。　自过了烧灯后，都不见踏青挑菜。几回凭双燕，丁宁深意，往来却恨重帘碍。约

何时再？正春浓酒困，人闲昼永无聊赖。厌厌睡起，犹有花梢日在。

——《薄幸》

　　这两首词写情缠绵却不轻浮，宛转而又深厚，用笔同样都是因情布景，融景以入情。《横塘路》为词人晚年寓居苏州横塘时作，因所慕佳人的凌波微步不过横塘路，他痴情地目送芳尘远去，并呆立到蘅皋暮云渐合，想象佳人在琐窗朱户的深闺之中，这才挥动彩笔写下叫人断肠的词句。外为"月桥花院"，内则"琐窗朱户"；其人正值"锦瑟年华"，其情多似"一川烟草""满城风絮""梅子黄时雨"，赋情可谓深婉，用字也堪称绮丽，最后三句博喻尤为新奇，词人因此博得了"贺梅子"的美名。《薄幸》同属怀念情人之作，上片的合欢为他们二人所共，下片的无聊为他一人所独，全词以昔日欢会的快乐反衬今天独处的难熬。

　　从"淡妆多态"到"风月逢迎"，从"轻颦浅笑"再到"暗解香罗"，极尽情侣妩媚可人的风韵；从"不见踏青挑菜"的望眼欲穿，到叮咛"双燕"的深情厚意，再到"厌厌睡起"的百无聊赖，备写自己思念的刻骨铭心，笔势一气贯注，铺叙委曲详尽，情思缠绵深挚，为贺铸言情词的代表作之一。

　　也有小部分词写得神采飞扬，表现了他侠义仗气的一面，如《六州歌头》：

少年侠气，交结五都雄。肝胆洞，毛发耸。立谈中，死生同。一诺千金重。推翘勇，矜豪纵。轻盖拥，联飞鞚，斗城东。轰饮酒垆，春色浮寒瓮，吸海垂虹。闲呼鹰嗾犬，白羽摘雕弓，狡穴俄空。乐匆匆。　似黄粱梦。辞丹凤，明月共，漾孤篷。官冗从，怀倥偬，落尘笼，簿书丛。鹖弁如云众，供粗用，忽奇功。笳鼓动，渔阳弄，思悲翁。不请长缨，系取天骄种，剑吼西风。恨登山临水，手寄七弦桐，目送归鸿。

这首词抒写了词人"报国欲死无战场"的苦闷，文辞是雄文劲采，声调为急管繁弦，感情则抑塞磊落，表现出豪壮纵恣不可一世的气概。"不请长缨，系取天骄种，剑吼西风"的激昂呼号，实为岳飞、辛弃疾等人爱国词的先声。

由于贺铸兼有豪迈之气与柔婉之情，所以他常以健笔写柔情。如《伴云来》本来写悲秋怀人的孤寂情怀，但以"烟络横林，山沉远照，迤逦黄昏钟鼓"这样的健语喝起，朱孝臧评为"横空盘硬语"（引自龙榆生《唐宋名家词选》）。这样以遒劲之笔抒柔婉之情，柔情才不至失之纤弱。再如《石州引》：

薄雨收寒，斜照弄晴，春意空阔。长亭柳色才黄，远客一枝先折。烟横水漫，映带几点归鸿，东风销尽龙沙雪。犹记出关来，恰而今时节。　将发。画楼芳酒，红泪清歌，

顿成轻别。回首经年，杳杳音尘都绝。欲知方寸，共有几

许清愁？芭蕉不展丁香结。憔悴一天涯，两厌厌风月。

　　这首词是词人春日怀念情侣之作。回忆别时的"画楼芳酒，红泪清歌"，极尽怜爱、追悔与感伤，但词人起笔却以"薄雨收寒，斜照弄晴"和"烟横水漫"画出"空阔"的"春意"，赋情委曲而细腻，但笔势却夭矫腾挪，气象也阔大旷远。

　　黄庭坚一首《寄贺方回》的绝句说："少游醉卧古藤下，谁与愁眉唱一杯？解作江南断肠句，只今唯有贺方回！"这既写出了秦、贺都工于言情的特点，也隐隐指出了他们在词坛上并驾齐驱的成就与地位。

第三节　周邦彦与格律词派

　　如果说柳永对词的贡献主要在于发展了慢词，叙事闲暇铺陈展衍的手法使宋词声色大开；苏轼对词的主要贡献在于提高了词的品格，在意境和题材上开疆拓境，使词成为"无意不可入，无事不可言"的新型抒情诗体，那么，周邦彦的主要贡献就在于他集五代至北宋词艺之大成，因而论者把他奉为词中的杜甫和书中的颜真卿："词中老杜，则非先生不可"（王国维《清真先生遗事》），"美成思力，独绝千古，如颜平原书，虽未臻两晋，而唐初之法，至此大备，后

有作者，莫能出其范围矣"（周济《介存斋论词杂著》）。不过，说他是"词中老杜"虽有过誉之嫌，但唐宋词法"至此大备"却近于事实。

周邦彦（1056—1121），字美成，自号清真居士，钱塘人。《宋史·文苑传》说他青年时"疏隽少检，不为州里所重，而博涉百家之书"。元丰六年（1083）献《汴都赋》歌颂新政，深受神宗赏识，由诸生升为太学正，后历任庐州教授、江宁府溧水县令、秘书监等职，因他精通音律被任命为大晟府提举，不到两年就出知顺昌府，后徙处州、睦州，方腊起义后返杭州，后居扬州，卒年六十六岁。《清真集》收词近两百首，今人补辑十二首。

他青年时为人的放荡史有明文，入仕以后的私生活也并不检点，在京师与名妓李师师的风流韵事尽人皆知，因而描写艳情簸弄风月的词作在集中占的比例最大。这些艳情词写得细腻缠绵而又情趣高雅，要么写情侣分离场面的凄切，如分手时难言的别语、落枕的泪花、哀怨的眼神等，要么写别后相思之苦，女的"鬓怯琼梳，容销金镜"，男的"才减江淹，情伤荀倩"（《过秦楼》），又如：

> 月皎惊乌栖不定。更漏将残，辘轳牵金井。唤起两眸清炯炯，泪花落枕红绵冷。　执手霜风吹鬓影。去意徊徨，别语愁难听。楼上阑干横斗柄，露寒人远鸡相应。
>
> ——《蝶恋花·早行》

> 章台路。还见褪粉梅梢，试花桃树。愔愔坊陌人家，

定巢燕子，归来旧处。　黯凝伫。因念个人痴小，乍窥门户。侵晨浅约宫黄，障风映袖，盈盈笑语。　前度刘郎重到，访邻寻里，同时歌舞。唯有旧家秋娘，声价如故。吟笺赋笔，犹记《燕台》句。知谁伴、名园露饮，东城闲步？事与孤鸿去。探春尽是，伤离意绪。官柳低金缕。归骑晚，纤纤池塘飞雨。断肠院落，一帘风絮。

——《瑞龙吟》

前者写情侣离别的凄楚难堪，上片未行之前闻乌惊漏残、辘轳牵井而惊醒落泪，下片写情侣执手牵衣"去意徊徨"，情人已远而只有鸡声相应；后首写别后重寻不得的"伤离意绪"，首写旧地重游的物是人非之感，次忆及当时情人的妆饰与丰神，末写其抚今追昔的"肠断"之情，二者虽都属艳情，但又都不涉淫亵，感情既纯，格调也雅。

《清真集》中另一类是咏物词，如《新月》《春雨》《梅花》《梨花》《蔷薇谢后作》《柳》《咏梳儿》等题目比比皆是。他对物态的观察十分细致，文字的传神就更为微妙，其"模写物态，曲尽其妙"（王国维《人间词话》）的本领向来为人称道。像《苏幕遮》描写风荷的神态，王国维叹其"真能得荷之神理者"（王国维《人间词话》）：

燎沉香，消溽暑。乌雀呼晴，侵晓窥檐语。叶上初阳干宿雨、水面清圆，一一风荷举。　故乡遥，何日去？家住吴门，久作长安旅。五月渔郎相忆否？小楫轻舟，梦入芙蓉浦。

《兰陵王·柳》虽标题为咏物，但实际是借写柳而抒别情，咏物而落脚点不在于物，与通常的咏物词别一机杼：

柳阴直，烟里丝丝弄碧。隋堤上、曾见几番，拂水飘绵送行色。登临望故国，谁识京华倦客？长亭路，年去岁来，应折柔条过千尺。　闲寻旧踪迹，又酒趁哀弦，灯照离席。梨花榆火催寒食。愁一箭风快，半篙波暖，回头迢递便数驿，望人在天北。　凄恻，恨堆积！渐别浦萦回，津堠岑寂，斜阳冉冉春无极。念月榭携手，露桥闻笛。沉思前事，似梦里，泪暗滴。

《六丑·蔷薇谢后作》为其咏物词的代表作之一：

正单衣试酒，怅客里、光阴虚掷。愿春暂留，春归如过翼。一去无迹。为问家何在？夜来风雨，葬楚宫倾国。钗钿堕处遗香泽，乱点桃蹊，轻翻柳陌。多情为谁追惜？但蜂媒蝶使，时叩窗槅。　东园岑寂，渐蒙笼暗碧。静绕珍丛底，成叹息。长条故惹行客，似牵衣待话，别情无极。残英小，强簪巾帻。终不似、一朵钗头颤袅，向人欹侧。

漂流处，莫趁潮汐。恐断红、尚有相思字，何由见得。

《清真集》中第三类题材是感怀。楼钥在《清真先生文集序》中记述了他人生态度的转变："公壮年气锐，以布衣自结于明主，又当全盛之时，宜乎立取贵显，而考其岁月仕宦，殊为流落。……盖其学道退然，委顺知命，人望之如木鸡，自以为喜。"神宗和哲宗虽然都很赏识他的才华，但政治上他从来没有"贵显"过，大部分时间外放州县，他对人生、仕宦、得失有诸多感慨是自然的，如《满庭芳·夏日溧水无想山作》：

> 风老莺雏，雨肥梅子，午阴嘉树清圆。地卑山近，衣润费炉烟。人静乌鸢自乐，小桥外、新绿溅溅。凭阑久，黄芦苦竹，疑泛九江船。　年年。如社燕，飘流瀚海，来寄修椽。且莫思身外，长近尊前。憔悴江南倦客，不堪听、急管繁弦。歌筵畔，先安簟枕，容我醉时眠。

《清真集》中还有些咏史怀古之作，如《西河·金陵怀古》。相比他那精工的艺术技巧，周邦彦词中的情思要贫乏单调得多，把他拟为"词中老杜"只是就艺术技巧上综合前人之长而言，并不是说他词中的内容像杜诗那样负海涵天、博大深厚。他抒写得最多的是些"悲欢离合羁旅行役之感"（王国维《清真先生遗事》），其情思难见远慕高举，更无悲壮崇高，在情感的丰富深厚上丝毫没有超越前人的地方，所以王国维颇有微词地说他"创调之才多，创意之才少"（《人间词话》）。

但这并不影响周邦彦在宋词发展史上的地位，"词至美成，乃有大宗，前收苏、秦之终，后开姜、史之始；自有词人以来，不得不推为巨擘。后之为词者，亦难出其范围"（陈廷焯《白雨斋词话》）。此外，他的创作方法是南北宋之间的转折点。在他之前，不论是豪放如苏轼还是婉约如秦观，体裁不论是长调还是小令，词人都以直接的情感抒发为主，情感的洪流淹没了文字，如"人有悲欢离合，月有阴晴圆缺，此事古难全。但愿人长久，千里共婵娟"（苏轼《水调歌头》），"两情若是久长时，又岂在朝朝暮暮"（秦观《鹊桥仙》），"执手相看泪眼，竟无语凝噎"（柳永《雨霖铃》），它们都以情感迅速直接地打动人心。但在周邦彦那里直接的情感抒发让位于理智的思索推敲，他不是让自己在具体的情景中惆怅、哀怨、相思、欣喜，而是全力在表达技巧上精磨细琢，专心于词法上的宅句安章，知识、学问、技巧在填词中起着重要作用。因而，人们不容易为他词中表现的情感迅速打动，但无不为他技巧上的"顿挫之妙，理法之精"（陈廷焯《白雨斋词话》）倾心折服，为他那"清浊抑扬，辘轳交往"（王国维《清真先生遗事》）的音调一唱三叹。因为他是以"独绝千古"的"思力"取胜，所以能广泛吸收前人技法之所长，陈匪石在《宋词举》中说："凡两宋之千门万户，《清真》一集，几擅其全。"这种艺术上的集大成主要表现在：一、结构的细密曲折；二、语言的典雅浑成；三、音调的和谐优美。它们共同构成一种浑厚和雅的词风。

结构的细密曲折就是陈廷焯所谓的"顿挫之妙"（《白雨斋词话》）或周济所谓的"勾勒之妙"（《介存斋论词杂著》）。柳永慢词的铺叙手法十分成功，与感情的自然倾吐相一致，结构上按时空顺序层层展开。"周词渊源"虽"自柳出"，"其写情用赋笔，纯是屯田家法"（蔡嵩云《柯亭词论》），但他的铺叙手法又有所发展变新，他喜欢打乱时间和空间的顺序，变柳的直笔为曲笔。如《夜飞鹊·别情》一词：

> 河桥送人处，凉夜何其？斜月远堕余辉。铜盘烛泪已流尽，霏霏凉露沾衣。相将散离会，探风前津鼓，树杪参旗。花骢会意，纵扬鞭、亦自行迟。　迢递路回清野，人语渐无闻，空带愁归。何意重经前地，遗钿不见，斜径都迷。兔葵燕麦，向残阳、影与人齐，但徘徊班草，欷歔酹酒，极望天西。

此词有时突然中断正在叙写的进程，掉转笔头另叙他事，使笔势腾挪跌宕；有时，又从不同的时间回到同一分别地点，以时间的变换来重叠空间，给人一种曲折回旋、曲径通幽的快感。这样，周邦彦在柳永的基础上发展了铺叙和勾勒的技巧，深化了词在抒情叙事上的表现力。

清真词的语言典雅浑成。他是一位学识渊博而修养深厚的词人，填词尽量避开粗俗刺眼的字句，轻巧地把前人的警言秀句融入自己词中而不露痕迹，许多慢词的字面多从唐人诗句中来，很少像柳永那样采俚俗语入词。陈振孙说，美成词多用"唐人诗语隐括入律，浑然天成"（《直斋书录解题》）。如《西河·金陵怀古》：

> 佳丽地。南朝盛事谁记？山围故国绕清江，髻鬟对起。怒涛寂寞打孤城，风樯遥度天际。　断崖树，犹倒倚。莫愁艇子曾系。空余旧迹郁苍苍，雾沉半垒。夜深月过女墙来，伤心东望淮水。　酒旗戏鼓甚处市？想依稀王谢邻里，燕子不知何世。向寻常巷陌人家，相对如说兴亡，斜阳里。

此词的突出特点是融化前人诗句，从南朝的谢朓到唐代的刘禹锡，尤其是后者的《石头城》和《乌衣巷》二诗，它融汇这两诗的语言和意境如同己出，通过对历史兴亡的感叹，表现自己对人生沉重的感伤。另外，富丽的色泽和工整的对偶，更增加了他语言的富丽典雅，如《风流子》：

> 枫林凋晚叶，关河迥，楚客惨将归。望一川暝霭，雁声哀怨；半规凉月，人影参差。酒醒后，泪花销凤蜡，风幕卷金泥。砧杵韵高，唤回残梦；绮罗香减，牵起余悲。亭皋分襟地，难拚处、偏是掩面牵衣。何况怨怀长结，重见无期。想寄恨书中，银钩空满；断肠声里，玉箸还垂。多少暗愁密意，唯有天知。

上片中的"一川暝霭，雁声哀怨；半规凉月，人影参差""泪花销凤蜡，风幕卷金泥""砧杵韵高，唤回残梦；绮罗香减，牵起余悲"，下片中的"寄恨书中，银钩空满；断肠声里，玉箸还垂"，全词的语言几乎全由整饬精工的对偶句组成。他使词的语言进一步精致典雅，提高了词这种新型诗体的品位；但也要看到，也正是他使词远离了它生存的土壤，使词隔离了生动活泼的口语，这对后来的格律词派产生了消极影响。

周词音调的和谐优美更是有口皆碑。他"下字用韵，皆有法度"（《四库全书总目提要》）。邵瑞彭在《周词订律序》中说："诗律莫细乎杜，词律亦莫细乎周。"前人指出周邦彦的词不仅遵守平仄规范，而且仄声字中上去入三声也不相混。后来许多学词者以周词为典范。此外，周邦彦集词艺之大成还表现在对词谱的整理上。他广泛采用"新声"，还进一步对已有的曲调加以规范化。柳永对新声曲调的创制主要表现为增衍长调，周邦彦则多有创造，"移宫换羽，为三犯四犯之曲"（张炎《词源》）。他利用自己提举大晟府的条件，审定和规范社会上流行的各种曲拍腔调。

他是格律词派的开创者。所谓格律词派，主要是指姜夔、吴文英、史达祖、张炎等人，他们填词特别注意审音协律和雕章绘句。这派词人沿着周邦彦的路子填词，他们都娴于音律，有较高的文化素养，对词这种独特的艺术形式做了许多可贵的探索，积累了许多宝贵的艺术经验，也创作了许多优秀的作品。但他们在使词不断雅化的同时又使词不断地僵化，使词丧失了它继续发展的社会基础。词在唐代作为燕乐的歌词，是入乐后在民间传唱的艺术体裁，它的土壤是在"井水饮处"的民间，过度雅化必然导致过快地僵化。这样，格律词派词人探索词的技巧的同时，却把词引入了歧途，雅化词的同时却扼杀了词的生机。

第五章

两宋之际诗词的嬗变

　　汴京的沦陷不仅是南北宋的分界，也不仅是赵宋政权中心的南迁，还深刻地影响了举国上下的民族情绪，从此，救亡图存是一切社会生活和精神生活的中心，爱国主义因而成了诗词中最激动人心的主题。诗人、词人的生活、命运、心境、意绪都发生了激变，他们再也无暇去品味闲愁，再也无心销魂于艳情了，情感由纤柔优雅一变而为激昂悲愤，语言由精致典雅一变而为粗犷有力。两宋之际的著名作家如李清照、吕本中、陈与义、曾几、张元幹等，诗风、词风都以南渡为界而呈现出不同的面目。

　　李清照前期词的主要题材是闺阁生活，后期词主要抒写国破家亡的沉哀巨痛，其词格调幽淡素雅，语言清新自然。张元幹、张孝祥后期词都是抒写自己的"一腔忠愤"，成为后来一浪高过一浪的爱国词的先声。江西诗派后期的诗人看清了死守成法的流弊，提倡以"活法"来纠成法之偏。

第一节　杰出的女词人李清照

李清照（1084—1151？），号易安居士，山东济南人。父亲李格非是位经学家，又以散文见赏于苏轼，母亲王氏也有较好的文化修养。她生长在这种文学气氛浓厚的家庭，自小便养成了广泛的兴趣和多方面的艺术才能，与她同时的王灼在《碧鸡漫志》中称她"自少年便有诗名，才力华赡，逼近前辈"。除了兼善诗、词、文外，她对绘画、书法、音乐都有一定的造诣。最可贵的是，她并不是古代常见的那种视野狭窄的闺阁女子，而是一位有见识、有才华的女性。十几岁就写出《浯溪中兴颂诗和张文潜》以借古讽今。十八岁嫁给太学生赵明诚，明诚酷爱金石图书，又能写诗填词。他们在一起鉴赏书画、唱和诗词、校勘古籍，夫妻生活和谐温暖而又富于诗意。明诚父赵挺之以依附奸臣蔡京位极丞相。赵、蔡二人本是相互利用，挺之一死，蔡京便唆使党徒弹劾他有贪污之嫌，全家几乎招致灭门之祸。受了这次打击，明诚带清照回故乡青州屏居近十年。后来清照又随他出任莱州、淄州太守。

金兵南侵打破了他们平静美满的家庭生活，他们只携带极少部分金石书画匆匆南奔。建炎三年（1129）明诚被任命为湖州知府，赴任途中病死建康。李清照的晚年承受着国破家亡的双重打击，夫妇视如性命的金石书画也丧失殆尽，她所拥有的只有破碎的祖国、破碎的家庭和一颗破碎的心，只身漂泊于杭州、越州、台州、金华一带，在孤独凄凉中离开人世。她是我国古代女性作家中罕见的多面手，诗、词、文都有很高的成就。诗风刚健遒劲，如《夏日绝句》虎虎生风："生当作人杰，死亦为鬼雄；至今思项羽，不肯过江东！"又如断句"南渡衣冠少王导，北来消息欠刘琨"，以及《上枢密韩公、工部尚书胡公》："欲将血泪寄山河，去洒东山一抔土。"其豪情英气不让须眉。《金石录后序》是一篇笔致疏秀的优美散文。不过，她在文学史上的地位主要由其词奠定的。在阐述她的词作之前，先看看她那篇著名的《词论》：

　　逮至本朝，礼乐文武大备。又涵养百余年，始有柳屯田永者，变旧声作新声，出《乐章集》，大得声称于世；虽协音律，而词语尘下。又有张子野、宋子京兄弟，沈唐、元绛、晁次膺辈继出，虽时时有妙语，而破碎何足名家！至晏元献、欧阳永叔、苏子瞻，学际天人，作为小歌词，直如酌蠡水于大海，然皆句读不葺之诗尔。又往往不协音律者，何耶？盖诗文分平侧，而歌词分五音，又分五声，又分六律，又分清浊轻重。且如近世所谓"声声慢""雨中花""喜迁莺"，既押平声韵，又押入声韵；"玉楼春"本押平声韵，又押上去声，又押入声。本押仄声韵，如押上声则协；如押入声，则不可歌矣。王介甫、曾子固，文章似西汉，若作一小歌词，则人必绝倒，不可读也。乃知词别是一家，知之者少。后晏叔原、贺方回、秦少游、黄鲁直出，始能知之。又晏苦无铺叙；贺苦少典重；秦即专主情致而少故实，譬如贫家美女，虽极妍丽丰逸，而终乏富贵态。黄即尚故实而多疵病，譬如良玉有瑕，价自减半矣。

早于李清照的柳永和苏轼从不同方面革新了词体词风，柳把铺叙的手法引入词中从而发展了慢词，苏以词来抒情言志从而突破了词为艳科的藩篱，他们都给晚唐以来形成的词的传统以有力的冲击，在词坛上产生了巨大的影响。李清照的《词论》对柳永和苏轼都表示了程度不同的不满：既鄙薄柳永将词俗化，也反对苏轼将词诗化，因而提出词"别是一家"的主张，重新划定词与诗的疆域和分野，维护词这种特殊体裁的独立品格。她对词的见解和要求总括起来有如下几点：一、词的格调应当高雅，不能像柳永那样"词语尘下"；二、词的语言应当浑成，"有妙语而破碎"则不足以名家；三、词的声调应当协乐，要分五音、六律和清浊轻重音，苏轼等人的词只是"句读不葺"之诗，王安石的词更是令人绝倒；四、词的风格应当典重；五、填词应当擅长铺叙；六、作词应当"尚故实"，如专主情致而不尚故实，就像妍丽的贫家女而乏"富贵态"。这篇《词论》名作显示了李清照对词的见解之深、要求之严和眼界之高。

《词论》可能作于李清照的早年，代表了当时一般士人对词的看法。她强调词自身的特性，强调词与音乐的密切关系，要求词的格调高雅和语言浑融，对于词的发展无疑有其积极的一面；但对于诗词界限的区分过于绝对，忽视了这两种相邻艺术形式之间的相互影响和借鉴，对词风、词格的限定过于狭窄，这对于词的发展又有其消极保守的一面。她《词论》的理论也在一定程度上影响了她填词的创作，许多写进她诗歌的现实生活不能反映到她词里来，限制了她的词反映社会的广度和深度。幸好，她早年的创作并未死守自己的理论框框，如她很少在词中掉书袋，只用清纯的文学语言或口语而不"尚故实"，词风也并不一味"典重"，老来填词更不为自己的理论所限。

李清照生长的家庭环境相对开明，婚后的夫妻生活美满幸福，这养成她开朗、热情、活泼的个性，也养成她热爱生活、热爱自然的人生态度，《点绛唇》就是这种性格的生动写照：

蹴罢秋千，起来慵整纤纤手。露浓花瘦，薄汗轻衣透。　　见有人来，袜刬金钗溜。和羞走，倚门回首，却把青梅嗅。

词中这位天真活泼且有几分顽皮的少女，大不同于封建社会常见的那种文弱持重的大家闺秀，以致有人怀疑它是否为李清照所作。

她的前期词主要写闺阁生活，不管是反映少女的单纯天真，还是抒写少妇的悠闲风雅，无不表现出浓厚的生活兴致，无不洋溢着青春的朝气与活力：

> 昨夜雨疏风骤，浓睡不消残酒。试问卷帘人，却道海棠依旧。知否？知否？应是绿肥红瘦。
>
> ——《如梦令》

> 常记溪亭日暮，沉醉不知归路。兴尽晚回舟，误入藕花深处。争渡，争渡，惊起一滩鸥鹭。
>
> ——《如梦令》

每当丈夫游宦在外时，她总流露出抑郁、烦恼和不安的情绪，但这种抑郁、烦恼和不安又交织着自己对爱情生活的珍视与回味，对丈夫深深的依恋和真挚的思念：

> 薄雾浓云愁永昼，瑞脑消金兽。佳节又重阳，玉枕纱橱，半夜凉初透。　东篱把酒黄昏后，有暗香盈袖。莫道不销魂，帘卷西风，人比黄花瘦。
>
> ——《醉花阴》

> 红藕香残玉簟秋，轻解罗裳，独上兰舟。云中谁寄锦书来，雁字回时，月满西楼。　花自飘零水自流，一种相

思，两处闲愁。此情无计可消除，才下眉头，却上心头。

——《一剪梅》

这是一位贤淑忠贞的妻子在倾诉对远离的丈夫深切缠绵的思念，她以委婉熨帖的笔调大胆热情地讴歌爱情，真率诚挚地坦露心曲。所用的语言清丽秀雅，所抒写的爱情热烈深沉，"莫道不销魂，帘卷西风，人比黄花瘦""此情无计可消除，才下眉头，却上心头"。辞情双绝，令人惊叹！

南渡后其词主要抒写国破家亡的沉哀巨痛。国与家突如其来的双重变故，使她的词从内容到格调一变旧貌，凄凉哀怨取代了早年的明朗欢愉。与前期词相比，后期词中的情感更具有社会内涵和历史深度：

落日熔金，暮云合璧，人在何处？染柳烟浓，吹梅笛怨，春意知几许？元宵佳节，融和天气，次第岂无风雨？来相召，香车宝马，谢他酒朋诗侣。　中州盛日，闺门多暇，记得偏重三五。铺翠冠儿，捻金雪柳，簇带争济楚。如今憔悴，风鬟霜鬓，怕见夜间出去。不如向，帘儿底下，听人笑语。

——《永遇乐》

即使在"染柳烟浓，吹梅笛怨"的元宵佳节，她还是谢绝了"酒朋诗侣"的赏玩之请，只以憔悴衰容和悲凉心境"向帘儿底下，听人笑语"，遥想自己青年时每逢元宵节是那样快乐，无忧无虑，着意打扮，与别的女孩"簇带争济楚"，相比之下眼前的处境和心境多么凄楚！正是"中州盛日"带来她往日的欢愉，又正是国家分裂动荡造成她如今的痛苦，所以个人苦乐的背后是民族国家的兴衰，个人的命运与民族的命运息息相关，现在她正与民族一起受难，因此她一己的悲欢曲折地表现了全民族的共同心声，难怪宋末的爱国词人刘辰翁每诵此词就"为之涕下"（《须溪词》）了。

国家已经四分五裂，自己也是夫死家亡，她后半辈子的生命历程是在没有亲人、没有温暖甚至见不到一点希望中走完的，她再也没有当年"沉醉不知归路"（《如梦令》）的逸兴，再也不可能与丈夫"相对展玩"（《金石录后序》）金石书画，甚至连家国也得在梦中去"认取长安道"（《蝶恋花》），因此，情哀调苦是她后期词的共同特征：

风住尘香花已尽，日晚倦梳头。物是人非事事休，欲语泪先流。　闻说双溪春尚好，也拟泛轻舟。只恐双溪舴艋舟，载不动、许多愁。

——《武陵春》

永夜恹恹欢意少，空梦长安，认取长安道。为报今年春色好，花光月影宜相照。　随意杯盘虽草草，酒美梅酸，恰称人怀抱。醉莫插花花莫笑，可怜春似人将老。

——《蝶恋花·上巳召亲族》

她在婉约派传统的题材上融入了自己独特的体验，尤其是后期词在情感的沉郁深挚上有过前人，而她在艺术上更显示出不凡的创造力，《四库全书总目提要》称其"词格乃抗轶周、柳……虽篇帙无多，固不能不宝而存之，为词家一大宗矣"。如《声声慢》：

> 寻寻觅觅，冷冷清清，凄凄惨惨戚戚。乍暖还寒时候，最难将息。三杯两盏淡酒，怎敌他、晚来风急？雁过也，正伤心，却是旧时相识。　满地黄花堆积，憔悴损，如今有谁堪摘？守着窗儿，独自怎生得黑？梧桐更兼细雨，到黄昏、点点滴滴。这次第，怎一个愁字了得？

首句连用十四个叠字已属创意出奇，而且全词九十七字中用十五个舌声字、四十二个齿声字，如词尾几句："梧桐更兼细雨，到黄昏、点点滴滴，这次第，怎一个愁字了得？"舌音和齿音交替使用，有意以咬牙郑重叮咛的口吻抒发自己心底的悲哀（参见夏承焘《月轮山词论集·李清照词的艺术特色》）。

李清照词韵格高妙，前人曾许之以"神韵天然""词格高秀"（见王士禛《花草蒙拾》、《四库全书简明目录》）。无论前期词的明朗还是后期词的哀婉，其格调都幽淡素雅，即使寻常的写景之作也不涉艳俗，显示了这位女词人特有的灵襟秀气。

李清照词艺术上的最大特点是以"寻常语度入音律"（张端义《贵耳集》卷上），她的词中很少罗列典故或堆砌辞藻，兼采书面语和口语入词，并把它们融冶得清新自然、明白如话，如：

湖上风来波浩渺，秋已暮，红稀香少。水光山色与人亲，说不尽、无穷好。　莲子已成荷叶老，清露洗，蘋花汀草。眠沙鸥鹭不回头，似也恨，人归早。

——《忆王孙》

天上星河转，人间帘幕垂。凉生枕簟泪痕滋，起解罗衣，聊问夜何其？　翠贴莲蓬小，金销藕叶稀。旧时天气旧时衣，只有情怀、不似旧家时。

——《南歌子》

草际鸣蛩，惊落梧桐。正人间天上愁浓。云阶月地，关锁千重。纵浮槎来，浮槎去，不相逢。　星桥鹊驾，经年才见，想离情别恨难穷。牵牛织女，莫是离中。甚霎儿晴，霎儿雨，霎儿风。

——《行香子》

"水光山色与人亲，说不尽、无穷好""旧时天气旧时衣，只有情怀、不似旧家时""甚霎儿晴，霎儿雨，霎儿风"，好像是脱口而出的口语，可骨子里透出清雅脱俗，处处流露出"不涂脂粉也风流"的秀气高雅。再如《一剪梅》中的"花自飘零水自流，一种相思，两处闲愁。此情无计可消除，才下眉头，却上心头"，把口语和俗语锤炼得清空一气，用俗而不失于俗，以平淡的语言创造了极不平凡的艺术。她这种清新自然、明白如话的语言，后来被称为"易安体"，从辛弃疾到刘辰翁都有"效易安体"之作，可见后人对其词风的倾倒和喜爱。

第二节 南宋爱国词的先声

南宋初期围绕着是收复失地还是苟且偷安，主战派和投降派展开过多次激烈的斗争，每到关键时刻总是投降派占了上风。一边是祖国的山河破碎、生灵涂炭，一边是小朝廷中奸臣弄权，一次次向侵略者下跪乞和，爱国志士目睹着这一切无不热血喷涌，愤慨激昂地用词指斥权奸，抒写"从头收拾旧山河"的壮志，成为后来一浪高过一浪的爱国词的先声。

一、救国歌声的领唱者

岳飞（1103—1142），字鹏举，相州汤阴（今河南汤阴）人。出身于佃农，北宋覆亡之前即参加抗金部队，在南宋初年的抗金战争中屡建奇功。高宗绍兴四年，他带领岳家军在三个月内连克郢州、襄州、随州、邓州、唐州和信阳六州，历任少保、河南北诸路招讨使、枢密副使，封武昌郡开国公，后被汉奸秦桧以"莫须有"的罪名陷害至死。其词仅存三首，而以下面这首《满江红》最为脍炙人口：

怒发冲冠，凭栏处，潇潇雨歇。抬望眼，仰天长啸，壮怀激烈。三十功名尘与土，八千里路云和月。莫等闲，白了少年头，空悲切。　靖康耻，犹未雪。臣子恨，何时灭！驾长车踏破，贺兰山缺。壮志饥餐胡虏肉，笑谈渴饮匈奴血。待从头、收拾旧山河，朝天阙。

这首词以健语写壮怀，展示了这位民族英雄崇高的精神境界，"从头收拾旧山河"的壮志气贯长虹，"驾长车踏破贺兰山缺"的气势撼山动地，千载之下读之仍然虎虎生风。他那光若日月的人格和坚如金石的气节激励着一代又一代的爱国志士。

驰骋疆场的岳将军感情世界细腻丰富，词笔善于正面抒壮志，也工于含蓄地写幽情。《小重山》表现自己壮志难酬的忧愤和知音难遇的孤寂，低徊要眇，沉郁蕴藉，如：

昨夜寒蛩不住鸣。惊回千里梦，已三更。起来独自绕阶行。人悄悄，帘外月胧明。　白首为功名。旧山松竹老，阻归程。欲将心事付瑶琴。知音少，弦断有谁听？

与岳将军同时并以爱国词名世的有张元幹、张孝祥。

二、"慷慨悲凉"的《芦川词》

张元幹（1091—1170？），字仲宗，自号芦川居士，永福（今福建永泰县）人，有《芦川归来集》和《芦川词》。南渡前其词情韵凄美，"极妩秀之致"（毛晋《芦川词跋》），南渡后对国事的愤激焦虑使他摆脱了个人的闲愁，"其词慷慨悲凉，数百年后尚想其抑塞磊落之气"（《四库全书总目提要》）。他以词声援与秦桧卖国行径斗争的胡铨、李纲，因此遭到秦桧下狱削籍的迫害。后来他自订词集时，索性以寄给李纲、胡铨的两首《贺新郎》压卷，反将早期的那些缠绵清丽之作排在其后，这是两首感人肺腑的名篇：

　　曳杖危楼去。斗垂天、沧波万顷，月流烟渚。扫尽浮云风不定，未放扁舟夜渡。宿雁落、寒芦深处。怅望关河空吊影，正人间、鼻息鸣鼍鼓。谁伴我醉中舞。　十年一梦扬州路，倚高寒、愁生故国，气吞骄房。要斩楼兰三尺剑，遗恨琵琶旧语。谩暗涩铜华尘土。唤取谪仙平章看。过苕溪、尚许垂纶否？风浩荡，欲飞举。

　　　　　　　　　　——《贺新郎·寄李伯纪丞相》

梦绕神州路。怅秋风、连营画角，故宫离黍。底事昆仑倾砥柱，九地黄流乱注？聚万落、千村狐兔。天意从来高难问，况人情、老易悲难诉。更南浦，送君去。　凉生岸柳催残暑。耿斜河、疏星淡月，断云微度。万里江山知何处？回首对床夜语。雁不到、书成谁与？目尽青天怀今古，肯儿曹、恩怨相尔汝。举大白，听《金缕》。

——《贺新郎·送胡邦衡待制》

这两首长调声情激越悲壮，讴歌忠义之士的孤忠亮节也就是鄙夷昏君奸相的卖国偷安。《贺新郎·送胡邦衡待制》愤怒地质问道："底事昆仑倾砥柱，九地黄流乱注？"国事的晦暗竟至如此！一腔忠愤，满纸辛酸，词人以这两首《贺新郎》压卷"盖有深意"者在(《四库全书总目提要》)。

三、《于湖词》中的"忠愤"曲

在国难当头之际，另一位高歌"忠愤"曲的词人是张孝祥。张孝祥(1132—1170)，字安国，别号于湖居士，历阳乌江(今安徽和县)人。宋高宗绍兴二十四年(1154)考进士第一。渡江之初，和战之争十分激烈。张孝祥登第虽出主和派汤思退之门，但又极力赞成主战派张浚北伐中原，因此在政治的夹缝中困顿潦倒。隆兴元年(1163)张浚荐他为中书舍人、直学士院，兼都督府参赞军事，但他终因北伐立场被主和派弹劾落职。他至死都未忘恢复中原，两百余首《于湖词》"忠愤慷慨，有足动人者"（《四库全书总目提要》）。

虽然他三十九岁就离开了人世，但他的诗、文、词留下了他的英姿壮采。他属于才情炳焕的一类作家，胸次和笔力都与苏东坡相仿佛，因此填词也"继轨东坡"，神旺兴健，笔酣墨饱，被人誉为"自在如神之笔"，有"迈往凌云之气"（陈应行《于湖先生雅词序》）。

其词兼有东坡的超旷与稼轩的雄豪，因而在词史上占有比较重要的地位。《念奴娇·过洞庭》代表了他超旷的一面：

> 洞庭青草，近中秋、更无一点风色。玉鉴琼田三万顷，着我扁舟一叶。素月分辉，明河共影，表里俱澄澈。悠然心会，妙处难与君说。　应念岭海经年，孤光自照，肝肺皆冰雪。短发萧骚襟袖冷，稳泛沧浪空阔。尽挹西江，细斟北斗，万象为宾客。扣舷独啸，不知今夕何夕！

词人乾道元年（1165）七月出知静江府，次年六月被谗落职北归，途经湖南洞庭湖时已近中秋。月夜泛舟洞庭，湖光月色"表里俱澄澈"，词人则是"肝肺皆冰雪"，二者交融成一种冰清玉洁、澄澈透明的境界，它是词人高洁灵魂和坦荡胸襟的外化。将一片冰心融进澄明的宇宙，哪还介意个人仕途的升降沉浮？还在乎卖国小丑的谗言中伤？王闿运在《湘绮楼词选》中评此词说："飘飘有凌云之气，觉东坡《水调》，犹有尘心。"其实这首词的美并不在于它没有"尘心"，而在于它以心灵的超旷高洁来回应小人的丑恶卑污，以宇宙胸怀来应对人世事务，因而才有了词中这副"潇散出尘之姿"（陈应行《于湖先生雅词序》）。

他的《六州歌头》代表了其词雄豪的一面：

> 长淮望断，关塞莽然平。征尘暗，霜风劲，悄边声。黯销凝。追想当年事，殆天数，非人力；洙泗上，弦歌地，亦膻腥。隔水毡乡，落日牛羊下，区脱纵横。看名王宵猎，骑火一川明。笳鼓悲鸣，遣人惊。　念腰间箭，匣中剑，空埃蠹，竟何成！时易失，心徒壮，岁将零。渺神京。干羽方怀远，静烽燧，且休兵。冠盖使，纷驰骛，若为情！闻道中原遗老，常南望、翠葆霓旌。使行人到此，忠愤气填膺，有泪如倾。

词中大量的三字句一气呵成，短句密韵造成了一种紧锣密鼓的艺术效果，它生动展示了强敌压境下民族生存的危机，也流露了词人对国事忧心如焚的紧张情绪，词风踔厉骏发，痛快淋漓，直叫读者闻鸡起舞。

除张元幹、张孝祥等词人忧时念乱以外，天崩地裂的时局改变了许多词人的生活和心境。如朱敦儒（1081—1159）这位江湖隐士，早年一直过着"潇洒送日月"的闲适生涯，他在《朝中措》一词中自况说：

先生筇杖是生涯，挑月更担花。把住都无憎爱，放行总是烟霞。　飘然携去，旗亭问酒，萧寺寻茶。恰似黄鹂无定，不知飞到谁家？

金人大举南侵的炮火，使他"挑花"不成，"放行"无地，面对国家分裂和民族危亡，他在《水龙吟》一词中沉痛地唱道："回首妖氛未扫，问人间、英雄何处？奇谋报国，可怜无用，尘昏白羽。铁锁横江，锦帆冲浪，孙郎良苦。但愁敲桂棹，悲吟《梁父》，泪流如雨！"朱敦儒唱出了民族的悲伤与焦虑。

第三节 "江西派"诗人的创作转向

活跃在南北宋之交的重要诗人几乎全属江西诗派：陈与义在宋末被奉为该派的三宗之一，是江西诗派后期的代表作家；吕本中和曾几或作宗派图或传弟子，二人都以江西诗派的传人自命。不过，他们继承了该派的某些"家法"，也改造了该派的某些弊端。

中原动荡把这些诗人推进了时代的旋涡，民族的灾难和人生的颠沛激发了他们的诗情，他们无须也不能再枯坐书斋在古书中寻章摘句了，他们的创作由面向书本转而面向社会。诗情的枯窘和语言的生涩是江西诗派的痼疾，江西诗派后期的作家们都看清了死守涪翁成法的流弊，陈与义开始意识到"天下书虽不可不读，然慎不可有意于用事"（见徐度《却扫编》卷中），吕本中更公开嘲讽那些只知道死守"左规右矩"成法的"近世江西之学者"，并提出以诗歌创作中的"活法"来矫江西诗派成法之偏（见刘克庄《江西诗派·吕紫微》）。

一、江西诗派的后期代表陈与义

陈与义（1090—1139），字去非，自号简斋，洛阳人。宋徽宗时任太学博士、著作佐郎。靖康难起匆匆南奔，转徙于湖北、湖南、广西、广东、福建等地，五年以后抵达临安，在宋高宗朝历任礼部侍郎、吏部侍郎和参知政事等要职。他虽然与江西诗派的前期诗人没有师承关系，但与当时的吕本中、曾几往返唱和，写诗和他们一样祖杜崇黄。他不同于其他江西诗派继承者的地方是取径较广，服膺黄庭坚、陈师道，也推崇苏轼、王安石，认为先"要必识苏、黄之所不为，然后可以涉老杜之涯涘"（《简斋诗集引》），而且还向陶渊明、韦应物借鉴。在削肤存液、忌俗求新上他深得江西诗派之秘，但对黄庭坚喜欢"用事"早存戒心。他由黄、陈而上达杜甫，并注意到了杜甫某些为黄、陈忽略了的优点，特别是杜诗那沉着弘亮的声调音节，因此，其诗并不像黄庭坚那样掉书袋，语言明净而又音调响亮。《四库全书总目提要》称"其诗虽源出豫章，而天分绝高，工于变化，风格遒上，思力沉挚，能卓然自辟蹊径"。

陈与义早在洛阳虽已称"诗俊"，这时在艺术上也时有创新，但前期作品不外流连光景和咀嚼个人得失悲欢，诗情很难自别于黄、陈，诗艺也远远谈不上卓然自立。靖康难后，五年多的颠沛流亡大似杜甫安史之乱后的生活经历，杜甫成了他患难之中的千秋知己，这时他才真正掂出了杜诗的分量，《正月十二日自房州城遇虏至奔入南山十五日抵回谷张家》一诗说："但恨平生意，轻了少陵诗。"从此，他的诗思诗艺从效法黄、陈进而直接嗣响杜甫，那些抒写家园之痛的作品境界阔大、情调悲凉，如：

> 庙堂无策可平戎，坐使甘泉照夕烽。初怪上都闻战马，岂知穷海看飞龙！孤臣霜发三千丈，每岁烟花一万重。稍喜长沙向延阁，疲兵敢犯犬羊锋。
>
> ——《伤春》

对庙堂无策平戎的不满，对国事日非的忧虑，对"飞龙"穷海的羞耻，对抗金战将的歌颂，感情悲痛深挚，音调沉雄洪亮，诗风诗情都使人想起那沉郁顿挫的杜诗。如杜甫《诸将五首》其三的结尾说"稍喜临边王相国，肯销金甲事春农"，由此可见陈诗与杜诗在诗意、诗情和诗语上的承继渊源。

黄庭坚喜作拗体律绝，其意只在于从艺术技巧上矫庸避熟，有时难免有为拗而拗之嫌。陈与义的律、绝往往也用拗体，但他主要从表达思想情感的需要出发，当内心有一股郁戾不平之气的时候，他才选用拗体诗，如：

岳阳壮观天下传，楼阴背日堤绵绵。草木相连南服内，
江湖异态栏干前。乾坤万事集双鬓，臣子一谪今五年。欲
题文字吊古昔，风壮浪涌心茫然。

——《再登岳阳楼感慨赋诗》

国家天崩地裂，个人四海流离，登上壮观的岳阳楼只觉"江湖
异态"，日月无光，郁闷抑塞的情感出之以拗怒峭拔的音节，直接
取径于杜甫的《白帝城最高楼》一类拗律，与黄庭坚的奇拗之体相
去很远。

后期有的写景咏物之作也融进了诗人深沉的家国之思，因而显
得含蓄深厚：

一自胡尘入汉关，十年伊洛路漫漫。青墩溪畔龙钟客，
独立东风看牡丹。

——《牡丹》

他的诗风也有"光景明丽""流荡自然"（刘辰翁《简斋诗笺序》)
的一面，尤其是早年诗歌行文流丽俊美，内容多以山水自然来表现
清悠淡远的情趣，深得陶、韦诗歌的神韵。据葛胜仲《陈去非诗集
序》载，他的诗歌被时人"号为新体"，每诗一出人们就争相传诵，
他那些既新颖精巧又流丽自然的诗风为江西诗派所笼罩的诗坛带来
了清新的气息，如：

朝来庭树有鸣禽，红绿扶春上远林。忽有好诗生眼底，安排句法已难寻。

——《春日二首》其一

飞花两岸照船红，百里榆堤半日风。卧看满天云不动，不知云与我俱东。

——《襄邑道中》

杨柳招人不待媒，蜻蜓近马忽相猜。如何得与凉风约，不共尘沙一并来！

——《中牟道中二首》其二

其平易自然的语言，轻松活泼的节奏，幽默风趣的情调，的确"已开诚斋先路"（陈衍《宋诗精华录》）。

二、变革"江西"诗风的吕本中

吕本中（1084—1145），字居仁，寿州（今安徽寿县）人，因祖籍东莱，所以学者又称其为东莱先生。靖康初官祠部员外郎，绍兴六年（1136）赐进士出身，迁中书舍人兼侍讲，后因支持主战派触怒秦桧被黜。

他从青少年起写诗就以黄庭坚为楷模，约二十岁左右作《江西诗社宗派图》。南渡后，看到江西诗派诗人死守黄氏成法造成的流弊，针对这种画地为牢、作茧自缚的做法，他提出著名的"活法"来纠其偏："学诗当识活法。所谓活法者，规矩备具，而能出于规矩之外；变化不测，而亦不背于规矩也。是道也，盖有定法而无定法，无定法而有定法。知是者，则可以与语活法矣。谢玄晖有言：'好诗流转圆美如弹丸。'此真活法也。"（刘克庄《江西诗派》引）他的"活法"就是要使创作神明于成"法"之外，不滞于法而又不背于法，这里可看出他对江西诗派的矛盾心态：既不愿背弃它，又不愿意为它所限。虽然他还没有像后来的杨万里等人走得那样远，但他用来现身说法的"流转圆美"的诗风，已大不同于黄庭坚的瘦硬奇险。他自己的创作也兆示了江西诗派的新变，如：

> 病起多情白日迟，强来庭下探花期。雪消池馆初春后，人倚阑干欲暮时。乱蝶狂蜂俱有意，兔葵燕麦自无知。池边垂柳腰枝活，折尽长条为寄谁？
>
> ——《春日即事二首》其二

这首诗很能代表他的诗风，"乱蝶""狂蜂""兔葵""燕麦""垂柳"，写"初春"之景清新明丽；"初春后""欲暮时""俱有意""自无知"，这些虚词好像诗中的润滑剂，使诗歌语言显得圆转灵活、流美自然。方回在《瀛奎律髓》卷十七中指出："居仁在江西派中，最为流动而不滞者，故其诗多活。""流而不滞"就是他实践"活法"的结果。

他那些感时念乱的作品，如《兵乱后杂诗五首》《还韩城》《兵乱寓小巷中作》，或痛斥进犯的金兵，或同情战火中的灾民，或谴责害民蠹国的奸贼，或抒写飘零冷落的感伤，感情沉痛深挚，跳出"江西"成规而直抒胸臆，语言凝练遒劲而又不失其自然流转。如他抒写兵乱中避地连州的辛酸感伤说："儿女不知来避地，强言风物胜江南。"(《连州阳山归路三绝》)《兵乱后杂诗五首》首首都写得十分沉痛：

晚逢戎马际，处处聚兵时。后死翻为累，偷生未有期。积忧全少睡，经劫抱长饥。欲逐范仔辈，同盟起义师。

——《兵乱后杂诗五首》其一

万事多翻覆，萧兰不辨真。汝为误国贼，我作破家人。求饱羹无糁，浇愁爵有尘。往来梁上燕，相顾却情亲。

——《兵乱后杂诗五首》其四

在国家天崩地裂之际，他既责己又骂人，喟叹自己"后死翻为累，偷生未有期"，痛骂昏庸误国的权奸"汝为误国贼，我作破家人"。

三、江西诗派的继承人曾几

曾几（1084—1166），字吉甫，江西赣州人。北宋徽宗时做过校书郎，南宋高宗时历任江西、浙西提刑，以忤奸相秦桧去职，寓居上饶茶山寺，自号茶山居士。秦桧死后复为秘书少监等职。他曾以爱国精神和创作方法影响过陆游，陆游在《跋曾文清公奏议稿》中称，早年与曾几"略无三日不进见，见必闻忧国之言"，"忧国"正是曾几诗歌的常见主题：

> 相对真成泣楚囚，遂无末策到神州。但知绕树如飞鹊，不解营巢似拙鸠。江北江南犹断绝，秋风秋雨敢淹留？低回又作荆州梦，落日孤云始欲愁。
>
> ——《寓居吴兴》

这首诗措意与陈与义的《伤春》略同，只是他从当时君臣的楚囚自泣已感到国事一无可为，因而情绪比《伤春》压抑低沉，音调没有《伤春》高亢。

他不仅与江西诗派作家韩驹有师承关系，还以江西诗派的传人自许，在《次陈少卿见赠韵》一诗中说："华宗有后山，句律严七五。豫章乃其师，工部以为祖。"《东轩小室即事》也说："工部百世祖，涪翁一灯传。"他的同龄诗友吕本中曾向他传授过"活法"，这对他的创作产生了良好的影响。后来他的诗风比吕本中更灵动圆转，尤其是近体诗，如《苏秀道中自七月二十五日夜大雨三日，秋苗以苏，喜而有作》《雪后梅花盛开折置灯下》《食笋》等，其文字流畅自然、洒脱轻快，如：

梅子黄时日日晴，小溪泛尽却山行。绿阴不减来时路，添得黄鹂四五声。

——《三衢道中》

一夕骄阳转作霖，梦回凉冷润衣襟。不愁屋漏床床湿，且喜溪流岸岸深。千里稻花应秀色，五更桐叶最佳音。无田似我犹欣舞，何况田间望岁心！

——《苏秀道中七月二十五日夜大雨三日，
秋苗以苏，喜而有作》

以清丽的语言表现旅途中对大自然的清新感受，赵庚夫在《读曾文清公集》中评其诗说："清于月白初三夜，淡似汤烹第一泉。"验之此诗，信然。陈、吕、曾继承了江西诗派的同时又革新了江西诗派，他们是南北宋之际承前启后的诗人，稍后的中兴诗人陆游、杨万里和范成大直接受到他们的影响，但又比他们走得更远——由江西诗派入而不由江西诗派出。

第六章

陆游与"中兴诗人"

　　中兴诗人中陆游、范成大、杨万里都是从江西诗派入手的，但在漫长的创作道路上又都逐渐摆脱了江西诗派的束缚，由在句法字法里讨生活转而直接面向广阔的社会生活，由迷信"无一字无来处"转而彻悟"纸上得来终觉浅"，最后完全冲破江西诗派的藩篱，形成了各自独特的艺术风貌，创造了宋诗的又一度繁荣。尤、萧二人存诗既少艺术亦平，这里只阐述陆、范、杨的诗词创作。

　　在陆游近万首诗中，强烈的爱国主义精神像一根主线贯穿始终，对金用兵的撕心裂肝的呼号，对卖国贼义正词严的声讨，对朝廷屈膝求和的愤怒指责，对南北分裂的痛苦焦灼，对祖国统一的殷切期盼，是放翁诗歌最激动人心的主题；取材广泛而又创意新颖，富于鲜明的时代气息而又具有浓郁的浪漫色彩，是放翁诗艺术上的突出特点。《放翁词》的风格丰富多样，有"激昂慷慨者"，有"飘逸高妙者"，有"流丽绵密者"。

真正给范成大带来盛誉的是他的田园诗，《四时田园杂兴》真切地反映了农民劳动、农家风俗、农村景物和农民的喜怒哀乐，散发出泥土的气息，也洋溢着浓郁的诗情，在我国古代的田园诗中具有里程碑的意义。

杨万里的诗歌具有鲜明的艺术个性，它们最突出的特点是机智、诙谐和幽默，以及语言的活泼轻快生动自然，因而形成了他那独具一格的诗风——诚斋体。

陆游是继苏轼之后的又一座宋诗高峰，他与尤袤（或萧德藻）、范成大、杨万里并称为"中兴四大诗人"。在南宋前期抗金斗争的烽火中，中兴诗人——尤其是陆游——的诗歌汇聚了民族的痛苦、愤怒、忧虑与期盼，深刻地揭示了我们这个民族坚强不屈的灵魂；同时，在他们遭到投降派排挤后的赋闲期间，山水田园成了他们心灵最好的慰藉。因此，山水田园的清音一直伴随着抗金斗争的呐喊，如范成大对田园风俗的陶醉、杨万里对自然山水的亲近、陆游晚年对山水田园的流连。当然，抗金斗争的呐喊始终是这一时期诗歌的主旋律。

第一节 陆游的时代与经历

陆游（1125—1210），字务观，号放翁，越州山阴（今浙江绍兴市）人。他出生于一个文化气氛浓厚的仕宦家庭，祖父陆佃和父亲陆宰都有经学或文学方面的著作行世，他家"收书之富，独称江浙"（《跋京本家语》）。他出生后两年国家就遭受"靖康之耻"，从小随父亲一道四处逃难，《三山杜门作歌》中说："我生学步逢丧乱。"幼小的心灵很早就从父辈那儿受到爱国主义的熏陶，父亲和他的朋友们"相与言及国事，或裂眦嚼齿，或流涕痛哭，人人自期以杀身翊戴王室"（《跋傅给事帖》）。民族的深重灾难与爱国志士的热血深深感染了他，因此他很小就立下了杀敌报国的宏愿。书香门第的家庭环境使他从小便养成了浓厚的文学兴趣。二十九岁赴临安考进士，取第一。后因秦桧孙子只列第二，招致这位奸相的忌恨，次年礼部复试时被黜落，直到三十八岁时才由孝宗赐进士出身。

乾道六年（1170）陆游出任夔州通判，一路上他饱览了大江两岸的名胜，凭吊了屈原、李白、杜甫等诗人的遗迹，并将沿途见闻写成《入蜀记》。两年任满，陆游应川陕宣抚使王炎之邀入幕襄理军务，这是他第一次——也是唯一一次——身临前线的机会，他身着戎装往来于南郑前线。铁马秋风的生活激发了他的爱国豪情，也把他的人生和创作带入了新的境地，他在《九月一日夜读诗稿有感，走笔作歌》中说："我昔学诗未有得，残余未免从人乞。力孱气馁心自知，妄取虚名有惭色。""四十从戎驻南郑"才使他悟到了"诗家三昧"。由于川陕之行是他创作成熟的关键，后来他将自己的诗、文集分别名为《剑南诗稿》和《渭南文集》。可惜不到一年王炎就调离川陕，陆游改除成都府路安抚司参议官，他怏怏不乐地离开了前线。

淳熙二年（1175）范成大镇蜀，陆游被邀担任帅府参议官。他与范成大本是友情很深的文字之交，因而不必拘上下僚属的礼法，后被同僚讥为恃酒颓放，他索性自号为"放翁"。川陕九年是他诗歌创作最旺盛勃发的时期。

离蜀东归后，他先后在福建、江西、浙江等地做地方官，后因他将抗金主张写进诗歌中，被议和派以"嘲咏风月"的罪名免职。此后他在山阴故乡度着安宁简朴的晚年，有时身杂老农间饮酒谈心，有时骑着驴去附近村子为人施药治病，有时自己参加一点劳动，这时他的生活和心境比较接近陶渊明，诗风也趋于闲适平淡，不过，至死他还念念不忘祖国的统一。嘉定三年（1210）年底，八十六岁的诗人抱着"死前恨不见中原"（《太息》）的隐痛与世长辞，临终的绝笔《示儿》催人泪下：

死去元知万事空，但悲不见九州同！王师北定中原日，家祭无忘告乃翁。

赵翼认为"放翁诗凡三变"：入川之前宗江西诗派，"虽挫笼万有，穷极工巧，而仍归雅正，不落纤佻，此初境也"；"自从戎巴、蜀而境界又一变"，摆脱江西诗派的束缚后诗风宏肆奔放；"及乎晚年，则又造平淡，并从前求工见好之意亦尽消除，所谓'诗到无人爱处工'者，刘后村谓其'皮毛落尽'矣，此又诗之一变也"（《瓯北诗话》卷六）。这种分期比较准确地勾画了诗人的创作历程。

第二节 陆游的诗歌创作

陆游是一位创作力惊人的诗人，他在《小饮梅花下作》中称"六十年间万首诗"，八十五卷《剑南诗稿》存诗九千三百多首，一卷《放翁词》存词一百三十多首。在这卷帙浩瀚的诗歌中，强烈的爱国主义精神像一根主线贯穿始终，对金用兵的撕心裂肝的呼号，对卖国贼义正词严的声讨，对朝廷屈膝求和的愤怒指责，对南北分裂的痛苦焦灼，对祖国统一的殷切期望，是放翁诗最"不可磨处，集中有此，如屋有柱，如人有骨"（纪昀《瀛奎律髓刊误》）。

金人的侵略给黄河两岸的人民带来巨大的灾难，陆游是这一幕民族惨剧的历史见证人。侵略者蹂躏沦陷区人民自不必说——"赵魏胡尘千丈黄，遗民膏血饱豺狼"（《题海首座侠客像》），就是赵宋王朝统治下的人民也受尽了金人的欺凌盘剥："中原昔丧乱，豺虎厌人肉。華金输虏庭，耳目久习熟。不知贪残性，搏噬何日足！至今磊落人，泪尽以血续。"（《闻虏乱次前辈韵》）他用诗歌来抒写黄河两岸人民的心声，集中表现了全民族的意志，如《秋夜将晓出篱门迎凉有感二首》其二：

三万里河东入海，五千仞岳上摩天。遗民泪尽胡尘里，南望王师又一年。

万里滔滔的江河与高耸入云的山岳，勤劳智慧的人民与光辉灿烂的文化，面对这些血肉相连的同胞与美丽如画的江山，任何一个有血性的人怎能容忍骨肉分离、山河破碎？怎能容忍侵略者继续恣意践踏和疯狂宰割？难怪陆游有那么多的"愤"要抒写了：

　　　早岁那知世事艰，中原北望气如山。楼船夜雪瓜洲渡，铁马秋风大散关。塞上长城空自许，镜中衰鬓已先斑。《出师》一表真名世，千载谁堪伯仲间。

——《书愤》

　　　白发萧萧卧泽中，只凭天地鉴孤忠。厄穷苏武餐毡久，忧愤张巡嚼齿空。细雨春芜上林苑，颓垣夜月洛阳宫。壮心未与年俱老，死去犹能作鬼雄。

——《书愤二首》其一

　　　镜里流年两鬓残，寸心自许尚如丹。衰迟罢试戎衣窄，悲愤犹争宝剑寒。远戍十年临的博，壮图万里战皋兰。关河自古无穷事，谁料如今袖手看。

——《书愤二首》其二

　　这三首《书愤》诗分别写于六十二岁和七十三岁时，老来他追怀铁马秋风的往事仍然那么豪迈，环顾眼前"白发萧萧卧泽中"的现实又不禁辛酸，想起沦陷于敌的故国宫殿林苑更是心情沉痛。可是，诗中的情感不管是高昂还是郁闷，不管是回首往昔还是展望未来，陆游对祖国命运的关切一以贯之，虽然看到"镜中衰鬓已先斑"，"镜里流年两鬓残"，但他仍然"壮心未与年俱老"，仍然"寸心自许尚如丹"，对民族的"孤忠"昭昭可鉴，"死去犹能作鬼雄"的忠勇使人落泪，"忧愤张巡嚼齿空"的刚毅让人钦仰。爱国主义精神已经内化为他的一种存在本质，自然也就洋溢于他的整个创作中。他看到一把宝剑就起杀敌之念(《宝剑吟》)，看到草书就幻想为国家"万里烟尘清"(《题醉中所作草书卷后》)，观赏牡丹就引起了"故都"之思(《赏山园牡丹有感》)；民族的分裂使他春天的游兴变成扫兴(《春日杂兴》)，朝廷的怯懦苟安使他登赏心亭时却深感痛心(《登赏心亭》)；白天意识清醒时盼望能尽驱胡虏，夜晚梦中也想着尽复"汉唐故地"：

> 天宝胡兵陷两京，北庭安西无汉营。五百年间置不问，圣主下诏初亲征。熊罴百万从銮驾，故地不劳传檄下。筑城绝塞进新图，排仗行宫宣大赦。冈峦极目汉山川，文书初用淳熙年。驾前六军错锦绣，秋风鼓角声满天。首蓿峰前尽亭障，平安火在交河上。凉州女儿满高楼，梳头已学京都样。
>
> ——《五月十一日夜且半，梦从大驾亲征，
> 尽复汉唐故地》

此诗写于孝宗淳熙七年（1180），时陆游五十六岁，已从偏远荒凉的福建建安调往靠近京师的抚州，个人的处境的确较从前有所改善，但他的情绪总是压抑低落，因为诗人从未耿耿于自己的升降沉浮，他牵肠挂肚的始终是恢复中原的宏图大业。现实中南宋对金的战争多以割地求和告终，杀敌复国的崇高理想只是在梦中才能实现。陆游这首记梦诗是对现实失望的一种补偿，也表达了全民族朝思暮想收复失地的心声。现实屡多失望，梦想便成奇葩。当他从凯歌高奏的梦中醒来时，眼前的一切更叫他痛心：

　　　　蜀栈秦关岁月遒，今年乘兴却东游。全家稳下黄牛峡，半醉来寻白鹭洲。黯黯江云瓜步雨，萧萧木叶石城秋。孤臣老抱忧时意，欲请迁都涕已流。

　　　　　　　　　　　　　　　　　　　——《登赏心亭》

　　靖康之耻后，"扫胡尘"的呼声就不绝于耳，陆游与其他爱国主义诗人不同的是，他不仅仅表达对国事的忧虑，不是把自己置身事外来呼吁别人或请朝廷去靖国难，而是投身于这场抗金斗争的洪流中，期望自己能血洒疆场以建奇功。他最害怕的是"时平壮士无功老"（《春残》），一直希望自己"草罢捷书重上马，却从銮驾下辽东"（《秋声》）。诗人的这种心境和他诗歌中的这种意境在陆游前后的诗人中并不多见，如《十一月四日风雨大作二首》其二：

僵卧孤村不自哀，尚思为国戍轮台。夜阑卧听风吹雨，

铁马冰河入梦来。

可恨的是南宋小朝廷并不理会陆游呼喊出来的这些代表人民的

心声，他们为了一家的天下或个人的私利，宁可出卖千万人民和万

里河山，种种倒行逆施使诗人极度心寒和愤怒：

和戎诏下十五年，将军不战空临边。朱门沉沉按歌舞，

厩马肥死弓断弦！戍楼刁斗催落月，三十从军今白发。笛

里谁知壮士心，沙头空照征人骨。中原干戈古亦闻，岂有

逆胡传子孙？遗民忍死望恢复，几处今宵垂泪痕！

——《关山月》

《剑南诗稿》虽然都是一些短峭的抒情诗，最长的也"从未有

至三百言以外"（赵翼《瓯北诗话》卷六）。但陆游诗中表现的生活

面广阔而又丰富，除了那些抒写抗金复地的爱国主义题材以外，还

有许多描写农村生活、抒写闲适心境、咏叹爱情不幸的优秀篇章。

描写农村生活题材的诗歌，有的对农民的苦难表示了深厚的同

情，如《农家叹》，也有的反映丰收后农民的喜悦，如《岳池农家》，

而以沉醉恬静的田园风光及赞美淳朴的农村风俗的诗篇为多，艺术

上这类诗也更令人回味：

莫笑农家腊酒浑，丰年留客足鸡豚。山重水复疑无路，柳暗花明又一村。箫鼓追随春社近，衣冠简朴古风存。从今若许闲乘月，拄杖无时夜叩门。

——《游山西村》

乱山深处小桃源，往岁求浆忆叩门。高柳簇桥初转马，数家临水自成村。茂林风送幽禽语，坏壁苔侵醉墨痕。一首清诗记今夕，细云新月耿黄昏。

——《西村》

他有不少诗慨叹生活的艰辛，同时也流露出对生活的热爱，这位饱经风霜的老人回味漫长人生的酸甜苦辣时，常于平凡琐屑的生活中寻觅浓郁隽永的诗情：

世味年来薄似纱，谁令骑马客京华？小楼一夜听春雨，深巷明朝卖杏花。矮纸斜行闲作草，晴窗细乳戏分茶。素衣莫起风尘叹，犹及清明可到家。

——《临安春雨初霁》

衣上征尘杂酒痕，远游无处不消魂。此身合是诗人未？细雨骑驴入剑门。

前首诗以流丽的笔触和清亮的音节生动地描写了江南明媚清新的春意，并含蓄地流露出厌倦仕途的情调，在闲适恬静的背后又蕴藏着感慨与牢骚。后一首以其诗情画意传诵不衰，诗人那"细雨骑驴入剑门"的潇洒形象是那样令人着迷，以致读者常常忽视了诗中隐含着"志士凄凉闲处老"的感伤。

宋人的爱情或艳情都被挤进词中，所以宋代很少有打动人心的爱情诗，陆游的几首爱情诗可谓宋诗中的瑰宝。他与原妻唐氏婚后感情和洽亲密，无奈陆母不喜欢这位本是其族侄的儿媳，硬是将小两口棒打鸳鸯散，这桩婚事是诗人终身难以治愈的精神创伤。唐氏改嫁后曾在沈园与陆游相遇，陆游七十五岁还难忘她的芳影前尘，写下了哀婉缠绵的爱情绝唱——《沈园二首》：

城上斜阳画角哀，沈园非复旧池台。伤心桥下春波绿，曾是惊鸿照影来。

——其一

梦断香消四十年，沈园柳老不吹绵。此身行作稽山土，犹吊遗踪一泫然！

——其二

唐氏不仅早已改嫁他人，而且已经"梦断香消四十年"了，其事已无可挽回，其情却依然缱绻，诗人八十四岁时还忘不了前妻："也信美人终作土，不堪幽梦太匆匆。"(《春游》)这两首诗交织着他的挚爱、愧疚、悔恨与遗憾，陈衍在《宋诗精华录》中评论道："无此绝等伤心之事，亦无此绝等伤心之诗。就百年论，谁愿有此事？就千秋论，不可无此诗。"

与其所抒写的情感博大深厚相应，陆游诗歌的艺术成就同样是非常杰出的。取材广泛和创意新颖是陆诗突出的特点。从抗金和迁都这样的国家大事到诸如喝茶饮酒这样的日常生活，从庄严的爱国主义到细腻的个人恋情，生活的方方面面都摄入了他的诗中。除了晚年的创作偶有率笔，少数诗句在诗中重复出现以外，他近万首诗"每一首必有一意；就一首中，如近体每首二联，又一句必有一意。凡一草、一木、一鱼、一鸟，无不裁剪入诗"(赵翼《瓯北诗话》卷六)。

陆诗另一突出的特点是既富于鲜明的时代气息又具有浓郁的浪漫色彩。他诗集中没有杜甫《北征》、"三吏三别"那样较长的叙事诗，古体和近体都是篇幅短小的抒情诗，这便于他以强烈的激情与奇特的幻想来反映现实生活。现实中宋与金的对抗多以宋失地赔款告终，而在他诗中却是"熊罴百万从銮驾，故地不劳传檄下。筑城绝塞进新图，排仗行宫宣大赦"(见前)，他以梦中的胜利补偿战场上的失败："三更抚枕忽大叫，梦中夺得松亭关"(《楼上醉书》)，"昼飞羽檄下列城，夜脱貂裘抚降将"(《九月十六日夜梦驻军河外遣使招降诸城觉而有作》)。据清人赵翼统计,《剑南诗稿》中记梦诗有九十九首之多，而他梦中所历多半是宋军收复失地和消灭敌人，这是他个人和民族心声的一种幻想反映。他诗中也常使用夸张的手法，如写报国无门的悲愤——"国仇未报壮士老，匣中宝剑夜有声"（《长歌行》），如写江中景象——"俊鹘横飞遥掠岸，大鱼腾出欲凌空"（《初发夷陵》）。

陆游以其诗歌的质高量多雄视诗坛，成为南宋前朝诗坛的一代盟主。他如此杰出的成就首先得益于他直接从生活中吸取源泉，其次得益于他能广泛地吸取前人和时人的艺术经验。他拳拳服膺的诗人有屈原、陶渊明、李白、杜甫、岑参等，屈原深沉激烈的情感和九死不悔的爱国精神，是陆游爱国主义诗歌的先导，他从小读陶诗就废寝忘食，晚年闲适高洁的心境更深契渊明，他的奔放豪迈和飘逸洒脱酷似李白，深挚沉郁和忧国忧民又颇类杜甫，抗金诗篇的奇峭雄肆更近于岑参，而语言的明朗畅达则很像白居易。除此之外，他还师事同代的名诗人曾几，从他学习江西诗派的诗法；尽管他自己写诗重藻绘，却一直推重北宋平淡朴质的梅尧臣。当然，古代诗人中对他影响最大的还是屈原、李白、杜甫，陆诗像杜诗一样被人尊称为"诗史"，陆游本人则被时人誉为"小李白"。他的诗友杨万里在《跋陆务观〈剑南诗稿〉》中说："重寻子美行程旧，尽拾灵均怨句新。"

陆游虚心学习前人但从不剽掠前人，在《次韵和杨伯子主簿见赠》中说："文章最忌百家衣，火龙黼黻世不知。谁能养气塞天地，吐出自足成虹霓。"他熔铸百家而自成一家，形成了豪荡丰腴而又雄浑畅朗的艺术风格。诗风之"腴"来源于诗人情感之"丰"，诗境的雄浑来源于诗人气魄的宏伟。他的诗情豪宕感激，诗语又"清空一气，明白如话"（赵翼《瓯北诗话》卷六）。

　　陆诗各体都不乏佳作，其中七言律诗和七言古诗成就尤高。清人洪吉亮称七律发展至陆游"诗家之能事毕，而七律之能事亦毕"（《北江诗话》），沈德潜认为"放翁七言律"在当时"无与比垺"（《说诗晬语》），王士禛论七律宋代首推陆游。他的七言古诗最充分表现了他的激情与个性，它们"才气豪健，议论开辟；引用书卷，皆驱使出之，而非徒以数典为能事；意在笔先，力透纸背；有丽语而无险语，有艳词而无淫词；看似华藻，实则雅洁；看似奔放，实则谨严"（赵翼《瓯北诗话》卷六）。

　　陆游廓清了江西诗派的一些弊端，为宋诗的发展开辟了新的天地，稍后的"永嘉四灵"及"江湖诗派"无不受到他的影响。"四灵"诸人谙"用陆之法度"（《诗人玉屑》卷十九）众所周知，"江湖诗派"中的苏泂、戴复古更是陆游的亲炙弟子。近代帝国主义的入侵危及民族生存的时候，陆游的爱国主义精神激起洪亮的回响，梁启超曾在《读陆放翁集》中热情地称赞说：

　　　　诗界千年靡靡风，兵魂销尽国魂空。集中什九从军乐，
　　亘古男儿一放翁。

第三节 《放翁词》的艺术风貌

陆游对词心存偏见与鄙夷，自然更谈不上希望以词名世了。他在《长短句序》中说："倚声制词，起于唐之季世。则其变愈薄，可胜叹哉！予少时汩于世俗，颇有所为，晚而悔之，然渔歌菱唱，犹不能止。"如果说他终身并力作诗的话，那么他只是以余力填词。不过，这并不妨碍他仍然是位有成就有个性的词人，他在《文章》一诗中就已说过："文章本天成，妙手偶得之。"不屑于为词人正表明他不想以词人自限，所以其成就能高于一般词人。

宋代许多作家在诗中是正人君子，在词中却像风流浪子，诗境与词境相互割裂，但陆游的词境与诗境彼此印证和补充。爱国主义是其诗与词共同抒写的主题，他的许多词像其诗一样以强烈的激情抒写抗金卫国的壮志及壮志未酬的悲愤，如：

> 壮岁从戎，曾是气吞残虏。阵云高，狼烟夜举。朱颜青鬓，拥雕戈西戍。笑儒冠，自来多误。　功名梦断，却泛扁舟吴楚。漫悲歌、伤怀吊古。烟波无际，望秦关何处？叹流年、又成虚度。
>
> ——《谢池春》

> 当年万里觅封侯，匹马戍梁州。关河梦断何处？尘暗旧貂裘。　胡未灭，鬓先秋，泪空流。此生谁料，心在天

山，身老沧州。

——《诉衷情》

这些词主要不是哀叹个人的功名未就，而是痛惜祖国的山河破碎，在痛苦的呻吟中包含了丰富的社会内涵。尽管词人在哀怨呜咽、老泪横流，词却具有历史的深度和壮阔的气势。

陆游的一腔爱国衷肠往往不被别人理解，还多次遭到投降派革职罢官的打击。但他并不因此降节卖身以求荣，一生坚守自己的志向和节操，既是一位崇高的爱国志士，也是一位高洁坚贞的诗人词人。《卜算子·咏梅》生动地表现了他坚贞自守的品格与决不逢迎邀宠的傲骨：

驿外断桥边，寂寞开无主。已是黄昏独自愁，更著风和雨。　无意苦争春，一任群芳妒。零落成泥碾作尘，只有香如故。

他在受到排挤打击以后就在释、道中寻求安慰，以期解脱自己精神上的苦闷，因此，《放翁词》中有不少作品表现超脱出世的情怀。刘师培在《论文杂记》中曾将陆词比之于陶诗，但陆游那种强烈的使命感不可能让他真正超尘绝世，只是以潇洒旷达的外表掩饰国仇未报的悲哀罢了。如：

家住苍烟落照间，丝毫尘事不相关。斟残玉瀣行穿竹，卷罢黄庭卧看山。　贪啸傲，任衰残，不妨随处一开颜。元知造物心肠别，老却英雄似等闲！

——《鹧鸪天》

一竿风月，一蓑烟雨，家在钓台西住。卖鱼生怕近城门，况肯到红尘深处？　潮生理棹，潮平系缆，潮落浩歌归去。时人错把比严光，我自是无名渔父。

——《鹊桥仙》

在陆词中最为人传诵的要算那首《钗头凤》，它写于与己仳离的原妻唐氏再度相逢于沈园之后，以一种凄恻的调子倾诉了夫妻被迫拆散后的痛恨，以及两人的眷恋和相思。此词以短句密韵奔泻而出，语气虽急促抒情却委婉，既一气贯注又韵味无穷：

红酥手，黄縢酒，满城春色宫墙柳。东风恶，欢情薄。一怀愁绪，几年离索。错，错，错！　春如旧，人空瘦，泪痕红浥鲛绡透。桃花落，闲池阁。山盟虽在，锦书难托。莫，莫，莫！

刘克庄认为"放翁长短句……其激昂感慨者，稼轩不能过；飘逸高妙者，与陈简斋、朱希真相颉颃；流丽绵密者，欲出晏叔原、贺方回之上"(《诗话续集》)。刘说虽未免过誉，但他指出了陆词艺术风格丰富多彩的特色：有些词激昂慷慨一如其诗，如《汉宫春·初自南郑来成都作》《夜游宫·记梦寄师伯浑》等；有些词又写得放旷飘逸，如《好事近》("溢口放船归")、《鹧鸪天》("家住苍烟落照间")、《鹧鸪天》("懒向青门学种瓜")等；有些词则写得深情绵丽，如《沁园春》("一别秦楼")、《钗头凤》等。

放翁词在艺术上的佳境是雄快处别具盘旋顿挫之姿，飘逸时又不乏沉郁深婉之至。在艺术上的缺陷是他以诗人的怀抱和诗歌的笔法填词，有时不免伤于真率浅露，王国维《人间词话》论其词说："剑南有气而乏韵。"

第四节　田园诗的集大成者范成大

范成大（1126—1193），字致能，号石湖居士，吴郡（今江苏苏州市）人。其父范雩为宣和六年（1124）进士。范成大出生于金兵铁骑南侵的靖康元年（1126），四岁那年故乡苏州遭金兵焚掠，当他十四五岁时连遭父母之丧。他的青少年是在凄寒、黯淡、动荡中度过的。二十九岁时中进士，随即出任徽州司户参军近七年，后入京任秘书省正字、吏部员外郎等职。孝宗乾道六年（1170）奉命使金。这次出使范成大一改宋使在金人面前卑躬屈膝的媚态，保持了民族的气节和尊严，并在往返途中写了七十二首纪行诗。回朝后，他以不辱使命迁中书舍人，随后历任静江、成都、明州、建康等地行政长官。淳熙五年（1178）一度拜参知政事。淳熙九年（1182）归隐苏州灵岩山南的石湖别墅，一直到逝世。

范成大虽然是一位官品很高的诗人，但有强烈的爱国心和正义感，并一直与下层人民保持广泛的联系，迷恋乡村淳朴的风情。他不管是为官还是赋闲都一直关注农民的冷暖，不断以诗来揭露乡绅横行乡里的霸道行径，对人民的苦难寄予了深切的同情，如：

> 输租得钞官更催，踉蹡里正敲门来。手持文书杂嗔喜："我亦来营醉归耳！"床头悭囊大如拳，扑破正有三百钱。"不堪与君成一醉，聊复偿君草鞋费。"
>
> ——《催租行》

他最享盛名的诗篇是六十首《四时田园杂兴》，它是中国古代田园诗的集大成之作，范成大也因此赢得了"田园诗集大成者"的称号。这一组诗分春日、晚春、夏日、秋日、冬日五组，每组各十二首七言绝句，诗前有一则小序说："淳熙丙午，沉疴少纾，复至石湖旧隐。野外即事，辄书一绝，终岁得六十篇，号《四时田园杂兴》。"田园诗在我国传统悠久，范成大之前已出现了陶渊明这样以田园诗名世的大诗人，《四时田园杂兴》何以成为诗人定身价的作品，并为他带来如此盛誉呢？这是由于该组诗在内容和形式上都有新的突破和创造。

范成大之前的田园诗从没有像《四时田园杂兴》那样以组诗的形式集中、全面、系统地描绘田园生活。《诗经》中的《七月》是我国现存最古老的田园诗，叙述了从年头到年尾农民辛劳艰苦的生活，但这首诗在以后的诗歌发展中没有产生多大影响，后来的田园诗基本以陶渊明的"田家语"为样板。陶的田园诗虽写了一些"晨兴理荒秽，带月荷锄归"的"躬耕"劳作，可他主要是将田园的淳朴对抗官场的污浊，这容易不自觉地将田园生活理想化。自此而后，田园与隐逸就相伴相随，诗人们将田园作为心灵的安息之所，他们描写的只是自己心灵中的田园。王维、孟浩然、储光羲等人的田园诗中虽然点缀了不少"鸡犬""桑麻""牛羊""墟落"，实际并没有多少田园的乡土气息，只是"桃花源"的再版。中唐以后倒是出现了不少反映农民辛苦、贫穷和受压榨的诗歌，如大量的《悯农》《田家词》《怜农》之类，但它们传统上又不能称为"田园诗"。

范成大的《四时田园杂兴》则融汇了《诗经》中《七月》，陶、王等的田园诗以及《悯农》一类的作品，它们真实而深刻地反映了农民劳动、农家风俗、乡村景物和农民的喜怒哀乐，真正散发出泥土的芳香，也洋溢着浓郁的诗意——不是像王、孟等人那样以士大夫的眼光诗化现实中的田园生活，而是从现实的田园生活中提炼诗情：

土膏欲动雨频催，万草千花一饷开。舍后荒畦犹绿秀，邻家鞭笋过墙来。

——《春日田园杂兴》其二

高田二麦接山青，傍水低田绿未耕。桃杏满村春似锦，
踏歌椎鼓过清明。

——《春日田园杂兴》其三

蝴蝶双双入菜花，日长无客到田家。鸡飞过篱犬吠窦，
知有行商来买茶。

——《晚春田园杂兴》其三

垂成穧事苦艰难，忌雨嫌风更怯寒。笺诉天公休掠剩，
半偿私债半输官。

——《秋日田园杂兴》其五

新筑场泥镜面平，家家打稻趁霜晴。笑歌声里轻雷动，
一夜连枷响到明。

——《秋日田园杂兴》其八

放船开看雪山晴，风定奇寒晚更凝。坐听一篙珠玉碎，
不知湖面已成冰。

——《冬日田园杂兴》其六

每一首绝句摄取一个生活画面，六十首绝句就组成了一幅田园

风俗画的长廊，从年初到年终，从春播到秋收，从农闲到农忙，从农民的艰辛到乡绅的盘剥，从儿童的天真到老翁的慈祥，从村姑的灵巧到乡民的幽默……看了真叫人眼花缭乱。内容琳琅满目，形式别开生面，传统的田园诗在范成大手中焕发出了新的光彩。

他七十二首使金纪行诗也是以短小的七言绝句组成，它们描写了沦陷区的秀丽山河，表达了对祖国的热爱和收复失地的决心；借古人遗迹以抒愤，提出"谁遣神州陆地沉"的质问（《双庙》）；表现沦陷区人民的盼望与失望，如天街上"年年等驾回"的父老，沿途争看"汉官"的白头翁媪；描写金国的风土习俗，揭露金人统治区的贫穷落后和残破荒凉。它们在内容上包罗万象，而所抒写的主题却始终贯穿着爱国情怀。如：

州桥南北是天街，父老年年等驾回。忍泪失声询使者："几时真有六军来？"

——《州桥》

女僮流汗逐毡軿，云在淮乡有父兄。屠婢杀奴官不问，大书黥面罚犹轻。

——《清远店》

梳行讹杂马行残，药市萧骚土市寒。惆怅软红佳丽地，黄沙如雨扑征鞍。

——《市街》

看到侵略者洗劫后的汴京如此荒凉破败，遇见自己的同胞骨肉惨遭蹂躏，听到父老"几时真有六军来"的询问，诗人的心在痛苦地滴血，但他的爱国之情没有像陆游那样澎湃而出，而是通过画面和细节的描绘来表现，显得深沉而含蓄。

受时代风气的影响，他开始写诗也是学江西诗派，后来中晚唐诗人如元稹、白居易、张籍、王建、皮日休、陆龟蒙对他的影响更大。由于他在艺术上取径较广，诗歌的风格自然也就多样，前人曾以"清新妩丽""俊伟奔逸""秀淡""婉峭""流丽"评其诗，在这多种风格的统一中所呈现的主要特征是：明净流美，轻巧便婉。他的古近体诗用字轻巧自然，毫无江西诗派的艰涩生硬之态；语言明净而音调流美，无论写景抒情都富有情韵，如七律《早发竹下》：

结束晨装破小寒，跨鞍聊得散疲顽。行冲薄薄轻轻雾，看放重重叠叠山。碧穗吹烟当树直，绿纹溪水趁桥弯。清禽百啭似迎客，正在有情无思间。

这首诗风调之流利一如行云流水，诗人那种轻灵秀丽的诗风借此可以尝鼎一脔。

可是，范成大也染上了江西诗派掉书袋的老毛病，喜欢在诗中搬弄冷僻的典故。显然，范成大的艺术成就不能与陆游抗衡，但可以和杨万里齐驱并驾。

172

第五节 独创新格的诗人杨万里

杨万里（1127—1206），字廷秀，吉州吉水（今江西吉水县）人。宋高宗绍兴二十四年（1154）进士，历任太常博士、宝谟阁学士等职。他青年时代曾从王庭珪和胡铨求学，任永州零陵丞时又拜谒谪居永州的名将张浚，张以正心诚意之学相勉励，此后杨终身奉张浚为师，他将自己的书房名为"诚斋"，并以"诚斋"为号。他的诗文虽然写得风趣幽默，但立身大节却严肃不苟。韩侂胄专权时他家居十五年不出，而且拒绝为韩侂胄的南园作记，当陆游为韩写了《南园记》和《阅古泉记》后，他还特地写诗去批评陆游。当他得知韩为巩固权位对金仓促用兵时，即忧愤而卒。

他曾自编诗集九种，收诗四千多首。在《江湖集》和《荆溪集》的自序中，他详细叙述了自己的创作历程：最初学江西诗派诸君，接着学陈师道的五律，继而学习王安石的七绝，转而又学习晚唐诗人的绝句，最后才"忽若有寤"，晚唐、王、陈、江西诸君都不学，"携一便面，步后园，登古城，采撷杞菊，攀翻花竹，万象毕来，献予诗材"（《诚斋荆溪集序》）。杨万里始终没有公开批评过江西诗派，但以自己的创作和诗论破除了人们对江西诗派的迷信，他在《跋徐恭仲省干近诗》中说：

传派传宗我替羞，作家各自一风流。黄陈篱下休安脚，陶谢行前更出头。

这表明了他要在诗坛上独树一帜的雄心，他的诗歌创作是宋代诗风转变的枢纽：由依赖诗法转向重视诗兴，由只求诗形诗格转向重视诗味，由资学问以为诗转向因性情而为诗。他认为"学诗须透脱，信手自孤高"（《和李天麟二首》其一），他的同辈和后辈都称赞他的"活法"，佩服他创作中"生擒活捉"的本领，他写诗是从师法前人逐渐转向师法自然的。

"活法"本是后期江西诗派诗人吕本中提出的，本意是要诗人不破坏江西诗派的诗法又不株守其诗法，使创作中既有规矩又灵活自如。杨万里的"活法"比吕本中更彻底，它更强调必须括掉诗法的翳障，让自己直接从自然中寻觅诗情，"郊行聊着眼，兴到漫成诗"（《春晚往永和》），"闭门觅句非诗法，只是征行自有诗"（《下横山滩头望金华山四首》其二）。所谓"生擒活捉"的本领是指杨万里对自然的敏感和他才思的敏捷，像摄影机一样能"抢拍"下大自然中瞬息万变的"镜头"和画面。江西诗派对古书的敏感造成了对大自然的迟钝，杨万里则跳出古书而投身于大自然，从而与自然建立起一种新的审美关系，并形成了他那独具一格的诗风——"诚斋体"。

"诚斋体"突出的特点就是风趣。他各种题材的诗都充满了机智、诙谐和幽默，即使是严肃的主题也出之以诙谐嘲讽，如《嘲淮风进退格》："絮帽貂裘莫出船，北窗最紧且深关。颠风无赖知何故，做雪不成空自寒。不去扫清天北雾，只来卷起浪头山……"借淮风来嘲骂议和派无能抗击北方金兵，只会在朝中搅得国无宁日。至于那些写山水和日常生活的诗歌更充满喜剧色彩，读来简直叫人捧腹，真的是"不笑不足以为诚斋之诗"（吴之振《宋诗钞·诚斋诗钞序》），如：

> 篙师只管信船流，不作前滩水石谋。却被惊湍漩三转，倒将船尾作船头。
>
> ——《下横山滩头望金华山四首》其一

> 雨里船中不自由，无愁稚子亦成愁。看渠坐睡何曾醒，及至教眠却掉头。
>
> ——《嘲稚子》

"诚斋体"的另一特点是大量运用拟人手法。他之前的山水诗中人与自然的和谐是以人消融在自然中为前提的，在静观的诗境中人齐同于山水万物，而杨万里的山水诗则使自然变成人，山水万物被赋予了人情世态：

> 过尽危矶出小潭，回头失却石峰巉。春寒料峭元无事，知我犹藏一布衫。
>
> ——《出真阳峡十首》其一

岭下看山似伏涛，见人上岭旋争豪。一登一陟一回顾，
我脚高时他更高。

——《过上湖岭望招贤江南江北四首》其二

碧酒时倾一两杯，船门才闭又还开。好山万皱无人见，
都被斜阳拈出来。

——《舟过谢潭三首》其三

"诚斋体"的又一特点是语言活泼轻快、生动自然，由于他的
诗直接酝酿于社会生活和大自然，所以广泛吸收活在口头的俚语谣
谚入诗。他只求诗语的自然生动，很少像江西诗派的诗人那样去过
问语言是否有"来历"，如：

野菊荒苔各铸钱，金黄铜绿两争妍。天公支与穷诗客，
只买清愁不买田。

——《戏笔二首》其一

梅子留酸软齿牙，芭蕉分绿与窗纱。日长睡起无情思，
闲看儿童捉柳花。

——《闲居初夏午睡起二绝词》其一

"诚斋体"的再一特点就是它的奇趣。杨诗的奇趣不是来于怪

字、僻典和拗句，而是来于他那奇幻丰富的想象和新颖的构思，如《重九后二日同徐克章登万花川谷月下传觞》前半部分：

老夫渴急月更急，酒落杯中月先入。领取青天并入来，和月和天都蘸湿。天既爱酒自古传，月不解饮真浪言。举杯将月一口吞，举头见月犹在天。老夫大笑问客道："月是一团还两团？"

月落酒杯是因为它比"老夫"渴得更急，青天也被月亮领来映入杯中，自己明明"举杯将月一口吞"，怎么"举头见月犹在天"呢？请问到底"月是一团还两团"……一连串的奇思异想使人目不暇接，用笔同样曲折多变，诗境奇峰迭起，层次一笔一转，"他人诗只一摺，不过一曲折而已，诚斋则至少两曲折"（陈衍《陈石遗先生谈艺录》）。

尽管他的艺术个性偏爱陶、谢、王、孟一路的山水田园诗，诗集中大部分为"追琢风月"之作，但他同时又是一位极有爱国心和同情心的诗人，不仅在山水诗中寄寓忧国忧民的情怀，讽刺上层权贵残暴而又无能的本性，如"大江端的替人羞，金山端的替人愁"（《雪霁晓登金山》），"翠带千条束翠峦，青梯万级搭青天。长淮见说田生棘，此地都将岭作田"（《过石磨岭，岭皆创为田，直至其顶》），而且还写了不少直抒爱国之情的作品，如《初入淮河四绝句》：

船离洪泽岸头沙，入到淮河意不佳。何必桑乾方是远，中流以北即天涯。

——其一

两岸舟船各背驰，波痕交涉亦难为。只余鸥鹭无拘管，北去南来自在飞。

——其三

中原父老莫空谈，逢着王人说不堪。却是归鸿不能语，一年一度到江南。

——其四

《插秧歌》是农忙季节插秧情景的生动写生，以朴实而又诙谐的笔触写出了农民的勤劳与辛苦;《竹枝歌》七首充分表现了诗人"生擒活捉"的本领，以快捷的镜头为我们"抢拍"了一组纤夫拉纤图;《悯农》则以沉痛的心情反映种稻谷的人没有稻谷"度残岁"的惨象。

可能是他过于看重风趣，他抒写爱国情怀的作品不如陆游的慷慨激烈，同情人民疾苦的作品不如范成大的悲切深沉，读者对他创作的机智幽默报以会心的微笑，但他的诗情难以深深地打动人心。他得心应手的"活法"为他的诗歌带来了活泼轻巧，又正是这个"活法"造成了他创作的滑快草率。当然，这些无损于他是一位优秀诗人，他那幽默诙谐的艺术个性，他那轻巧活泼的诗歌风格，将永远给人以审美的愉悦。从诗歌发展来看，他的诗风给诗坛注入了新的活力，对同时和后来的诗人产生了深远的影响，与他齐名的范成大尚且有《枕上二绝效杨廷秀》，"四灵"和江湖派诗人得益于他的就更多了。

第七章
辛弃疾与"辛派词人"

　　辛弃疾是南宋政坛上一位具有壮怀伟志的豪杰，也是当时词坛上一位"横绝六合，扫空万古"（刘克庄《辛稼轩集序》）的泰斗。在"南共北，正分裂"（《贺新郎》）的历史时期，他和陆游同时唱出了民族的心声，辛词和陆诗同为南宋诗词中的双璧。在词的发展史上，辛词又与苏词前后辉映，他在苏轼"一洗绮罗香泽之态"的基础上，以其纵横不世之才进一步开拓词的疆域，使题材更为广阔丰富，使词境更为雄豪恢张。就词风的某些相近而言"虽苏、辛并称"，就其词的总体成就来说"辛实胜苏"（纳兰成德《渌水亭杂识》）。

　　就其所抒写的情感内容看，辛词和陆诗一样唱出了民族的心声。恢复中原、统一祖国是辛弃疾生命的价值和意义之所寄，也是辛词所抒写的重心，他把自己的全部身心都献给了民族的救亡图存，《稼轩词》正是在这一点上凝聚了民族的精神和时代的走向；就其词的艺术成就看，辛词又与苏词前后辉映。辛词既具有气吞千古的宏放气度，又不失含蓄委婉的细腻情怀，因而兼具豪放雄深与委曲蕴藉之长。

"辛派词人"都不同程度地受到辛弃疾的影响，词风以雄健粗犷为其主要特色，可惜这派词人只注意到了辛词雄健与力度的一面，而忽视了辛词中盘旋郁结、曲折婉转的另一面，有时从粗犷滑向了粗率，从慷慨滑向了叫嚣。

第一节　从抗金志士到词坛大家

辛弃疾（1140—1207），字幼安，号稼轩。宋高宗绍兴十年他出生在济南历城，其时故乡已沦陷十多年了。祖父辛赞虽因人口众多未能脱身南下，后来不得不仕于金，但无时不怀念故国，经常带着孙子"登高望远，指画山河"，盼望将来有一天能"投衅而起，以纾君父所不共戴天之愤"（辛弃疾《美芹十论》札子）。长辈的教育在他幼小的心田播下了爱国的种子，而在沦陷区身受和目睹的民族压迫更激起了他爱国的激情。他二十一岁时就组织过一支抗金义军，不久，又率众参加由耿京领导的农民起义军，并担任掌书记之职。耿京接受他投归南宋的建议，当他与贾瑞渡江接洽南投事宜时，耿京被汉奸张安国杀害。辛在北返途中听到这一不幸消息，马上率五十多人袭入金营，把正与金人庆功狂饮的张安国缚回建康。他的忠义勇敢和豪气胆略，使得昏懦的宋高宗"一见三叹息"（洪迈《稼轩记》），更使南北的抗金志士感到鼓舞。

南归的最初几年他不顾自己沉沦下僚的处境，不断向朝廷献计献策，在《美芹十论》和《九议》中，他详细分析了敌我双方的政治、经济和军事形势，对恢复中原的大业做了切实的筹划，表现出了一个战略家的眼光。他的胆略、才干和见识虽然逐渐为上层所认识，但朝廷既没有采纳他的建议，也没有让他着手统一大业，而是利用他的军事政治才能来镇压农民起义，来应付各地出现的棘手难题。从乾道八年（1172）起，他先后做过滁州太守、江西提点刑狱、荆湖北路安抚使、湖北和湖南转运副使、湖南和江西安抚使，在地方任内既表现了他热爱祖国和同情人民的品质，也显露了有胆有识的治国之才。他在湖南创建的飞虎军，在后来国防中发挥了重要作用。在江西任安抚使时当地大饥，他拿出官家的公钱和银器，并向官僚、富商借钱去外地购粮赈饥。他一边为朝廷镇压茶民和农民暴动，一边又为被镇压的人民请命："民者国之根本"，他们是被那些"贪浊之吏迫使为盗"的，惩治贪官污吏才是"弥盗之术"，绝不能"恃其有平盗之兵"（《论盗贼札子》）。由于他在任上"吏有贪浊"时不畏强暴，触犯了许多地方豪强的利益，更由于他矢志不渝的抗金决心，招来了朝中议和派的敌视，他在南渡后的四十五年中，多次遭到政敌弹劾和谗毁，前后放弃于林泉达二十年之久。

辛弃疾第一次削职后退居江西上饶的带湖，以为"人生在勤，当以力田为先"(《宋史》本传），便将带湖新居命名为稼轩，并自号稼轩居士。第二次罢官迁居铅山县的瓢泉。一位足以起敝振衰的栋梁之材，一位有能力在"正分裂"的时候"补天裂"的豪杰（辛弃疾《贺新郎》），从四十二岁起就被迫退隐，这不只是无情的命运在捉弄他，也不只是他个人的不幸，而是时代和民族的悲剧。退隐期间他摆弄《庄子》，亲近陶潜，徜徉山水，啸傲林泉，可在这貌似潇洒旷达的外表下，不知潜藏多少痛苦和悲哀，作于晚年的《鹧鸪天》就是他辛酸的自嘲：

> 壮岁旌旗拥万夫，锦襜突骑渡江初。燕兵夜娖银胡𬴂，
> 汉箭朝飞金仆姑。　　追往事，叹今吾，春风不染白髭须。
> 却将万字平戎策，换得东家种树书。

宁宗嘉泰三年（1203）韩侂胄专政，想通过对金用兵巩固自己的地位，延引一些主张抗金名人以邀时誉，这才想到了被废弃多年的辛弃疾。于是，六十四岁的词人又一度出任浙东安抚使、镇江知府。他在镇江时侦察敌情、训练士卒，为北伐做了大量准备工作，但工作刚刚开始，他又丢了官。开禧二年（1206）韩侂胄在准备不足的情况下仓促用兵，结果丧师辱国。兵败的第二年，六十八岁的词人带着未能实现的壮志，带着不曾施展的治国才能，在铅山抱恨告别了人世。他未能完成自己统一祖国的大业，于是就把自己的宏愿、雄心、豪气，以及幽愤、抑郁、惋伤，一一在词中宣

泄出来，走完了从抗金志士到词坛大家的人生历程，这倒真是"国家不幸诗家幸"了。

第二节　展现时代与人生风貌的《稼轩词》

辛弃疾梦寐不忘的就是恢复中原，统一祖国是他生命的价值和意义之所寄，自然也是他情感体验的重心，他为此而兴奋、激动、呼号，他也是为此而痛苦、忧伤、愤懑，他全部的身心都集中在民族的救亡图存，《稼轩词》正是在这一点上凝聚了民族的精神和时代的走向。

由于遭受过侵略者的蹂躏，对于践踏中原的统治者有着强烈的憎恨，因此他重整乾坤和报仇雪耻的愿望也格外强烈，对自己固然是处处以抗金复国自勉，对朋友也同样以抗金复国相期。他鼓励做建康留守的史正志说："袖里珍奇光五色，他年要补天西北。"（《满江红》）激励做宰相的叶衡说："好都取山河献君王，看父子貂蝉，玉京迎驾。"（《洞仙歌》）现在我们来看看他给老友的祝寿词：

　　渡江天马南来，几人真是经纶手？长安父老，新亭风景，可怜依旧。夷甫诸人，神州沉陆，几曾回首！算平戎万里，功名本是，真儒事，公知否？　　况有文章山斗，对桐阴，满庭清昼。当年堕地，而今试看，风云奔走。绿野

风烟，平泉草木，东山歌酒。待他年，整顿乾坤事了，为
先生寿。

——《水龙吟·甲辰岁寿韩南涧尚书》

韩元吉是他的一位志同道合的朋友，所以祝贺韩六十七岁寿辰
时一扫寿词中常见的那种应酬恭维，而是希望他像历史上的著名政
治家那样，完成统一祖国的伟大事业。"整顿乾坤"是在勉励朋友，
但又何尝不是在鞭策他自己？寿词中也不忘匡复大业，大有霍去病
"匈奴未灭，无以家为"的气概。

他的词充满了对故都、故土、故人的眷恋，他守滁州时一次登
楼远眺时触景生情地说："今年太平万里，罢长淮千骑临秋。凭栏望，
有东南佳气，西北神州！"（《声声慢》）他每到一处总要眺望"西北
神州""长安父老"，而"神州沉陆""西北是长安""西北有神州""起
望衣冠神州路"这样的词句在《稼轩词》中随处可见：

郁孤台下清江水，中间多少行人泪！西北望长安，可
怜无数山。　青山遮不住，毕竟东流去。江晚正愁余，山
深闻鹧鸪。

——《菩萨蛮·书江西造口壁》

何处望神州？满眼风光北固楼。千古兴亡多少事？悠
悠，不尽长江滚滚流！　年少万兜鍪，坐断东南战未休。

天下英雄谁敌手？曹刘。生子当如孙仲谋！

——《南乡子·登京口北固亭有怀》

　　他以"补天裂"为己任，所结交的都是以身许国的志士，如陈亮、韩元吉和老年的陆游；所赞美的都是一些驰骋沙场的虎将，如李广、廉颇、马援；所羡慕的都是一些抗击敌人维护统一的豪杰，如谢安、裴度；所鄙视的则是苟安江左的王导之辈。南宋上层统治者只要自己能醉生梦死，不惜把大片河山拱手送给敌人，他在词中对投降派给予了尖锐的贬斥和辛辣的嘲讽，有时直接愤慨地唾骂："世上儿曹都蓄缩，冻芋旁堆秋颳。"（《念奴娇·和赵晋臣》）有时则指桑骂槐："若教王谢诸郎在，未抵柴桑陌上尘"（《鹧鸪天》），"李蔡为人在下中，却是封侯者"（《卜算子·漫兴》）。他甚至挖苦南宋小朝廷是"剩水残山无态度"（《贺新郎》）。

　　辛弃疾这位有雄才壮志的豪杰，竟然在国难当头之际被废弃近二十年，他看到"落日胡尘未断，西风塞马空肥"的景象不禁"满目泪沾衣"（《木兰花慢》），因此，请缨无路之叹和英雄失志之悲是他词中最常见的主题：

　　楚天千里清秋，水随天去秋无际。遥岑远目，献愁供恨，玉簪螺髻。落日楼头，断鸿声里，江南游子。把吴钩看了，栏干拍遍，无人会，登临意。　休说鲈鱼堪脍，尽西风，季鹰归未？求田问舍，怕应羞见，刘郎才气。可惜

流年，忧愁风雨，树犹如此！倩何人唤取，红巾翠袖，揾
英雄泪！

——《水龙吟·登建康赏心亭》

醉里挑灯看剑，梦回吹角连营，八百里分麾下炙，
五十弦翻塞外声，沙场秋点兵。　马作的卢飞快，弓如霹
雳弦惊。了却君王天下事，赢得生前身后名，可怜白发生！

——《破阵子·为陈同甫赋壮词以寄之》

　　抚着日渐添多的白发，望着依旧残破的河山，想着早年的壮志
成空，他的感情由激越而趋于悲愤："且置请缨封万户，
竟须卖剑
酬黄犊。"（《满江红》）眼前的现实让他心都凉了，对南宋小朝廷也
不抱什么希望："元龙老矣，不妨高卧，冰壶凉簟。千古兴亡，百
年悲笑，一时登览。"（《水龙吟·过南剑双溪楼》）

　　除了抒写爱国主义情怀的词外，他还写了不少描写隐居生活
的作品。像他这样用世之心很切而处事之才又高的人被迫"投老空
山"、怀抱利器而无所施展，其心情的无奈与压抑是可想见的，《丑
奴儿》正是这种心境的绝妙写照：

少年不识愁滋味，爱上层楼，爱上层楼，为赋新词强
说愁。　而今识尽愁滋味，欲说还休，欲说还休，却道天
凉好个秋。

为了排遣自己的怅惘苦闷，他从庄子和陶渊明那儿寻求慰藉，他中老年的词中提及陶渊明的地方达七十多处，甚至觉得自己就是当世的陶渊明，"老来曾识渊明，梦中一见参差是"（《水龙吟》）。老来逐渐交游星散零落，国事又一无可为，充斥朝中的多是些名利之徒，他于是就只好与青山、白云、清风为伴，把自己置身于陶渊明的诗境和大自然的美景中：

甚矣吾衰矣！怅平生、交游零落，只今余几？白发空垂三千丈，一笑人间万事。问何物能令公喜？我见青山多妩媚，料青山，见我应知是。情与貌，略相似。　一尊搔首东窗里。想渊明、《停云》诗就，此时风味。江左沉酣求名者，岂识浊醪妙理！回首叫，云飞风起。不恨古人吾不见，恨古人不见吾狂耳。知我者，二三子。

——《贺新郎》

一水西来，千丈晴虹，十里翠屏。喜草堂经岁，重来杜老；斜川好景，不负渊明。老鹤高飞，一枝投宿，长笑蜗牛戴屋行。平章了，待十分佳处，著个茅亭。青山意气峥嵘，似为我归来妩媚生。解频教花鸟，前歌后舞；更催云水，暮送朝迎。酒圣诗豪，可能无势？我乃而今驾驭卿。清溪上，被山灵却笑，白发归耕。

——《沁园春·再到期思卜筑》

看来他并没有达到陶渊明俯仰自得的境界，投闲置散的生涯对他简直是一种折磨，《青玉案·元夕》一词写出了他精神上的孤独：

　　东风夜放花千树，更吹落、星如雨。宝马雕车香满路，凤箫声动，玉壶光转，一夜鱼龙舞。　蛾儿雪柳黄金缕，笑语盈盈暗香去。众里寻他千百度，蓦然回首，那人却在，灯火阑珊处。

梁启超称此词是"自怜幽独，伤心人别有怀抱"（引自梁令娴《艺蘅馆词选》），词虽用重笔写了热闹喧哗的场面，但词人却又与这种场面无缘。他需要的是人生的知己与事业上的同道，也就是前词引到的"倩何人唤取，红巾翠袖，揾英雄泪"。

当然，辛弃疾赋闲后也并不是成天愁眉苦脸，乡下淳朴的民俗和恬静的田园使他获得一时解脱，因而他也为我们留下了一些描写农村生活和自然风物的优美词章：

　　陌上柔桑破嫩芽，东邻蚕种已生些。平冈细草鸣黄犊，斜日寒林点暮鸦。　山远近，路横斜，青旗沽酒有人家。城中桃李愁风雨，春在溪头荠菜花。
　　　　　　　　　　　　——《鹧鸪天·代人赋》

　　明月别枝惊鹊，清风半夜鸣蝉。稻花香里说丰年，听取蛙声一片。　七八个星天外，两三点雨山前。旧时茅店社林边，路转溪桥忽见。

——《西江月·夜行黄沙道中》

茅檐低小，溪上青青草。醉里吴音相媚好，白发谁家翁媪？　大儿锄豆溪东，中儿正织鸡笼，最喜小儿无赖，溪头卧剥莲蓬。

——《清平乐》

春天则是桑芽、幼蚕、细草、荠菜、黄犊，处处洋溢着盎然的春意；夏天则是稻香、明月、蛙声、蝉鸣，处处弥漫了丰收的喜气，从醉说吴话的翁媪，到"锄豆溪东"的"大儿"，从"正织鸡笼"的少年到"卧剥莲蓬"的小子，人人都是那样纯真快乐，以上三词以轻快的笔触传出了词人愉快的心境。十几首田园题材的词都写得淳真、朴实而又明净，在大量剪红刻翠的宋词中别具风味。

第三节　辛词的艺术特征与成就

当辛弃疾的壮志成空以后，词成了他抒写恢复河山的壮怀与佗傺失志的痛苦的唯一工具，遂使这位在事功上失败的英雄成了填词的妙手。他对填词全力投入而又严肃认真，他的同代人就为我们留下了他反复改词的佳话，他自己也鄙薄专以词吟风弄月的"许多词客"（《好事近·和城中诸友韵》），他将不得施展的管乐之才用于填词，用词来慷慨悲歌、呜咽笑骂。《稼轩词》集中体现了南宋词的最高成就。他在苏轼的基础上进一步开拓了词的题材，使词能表现更广阔的生活内容；不仅打通了词与诗的界限来以诗为词，而且打通了词与文的界限来以文为词，进一步融合各种文学体裁的特长，丰富了词多种多样的表现方法；广泛熔铸古典成语和当代口语俗语入词，进一步提高了词的语言表现力；他具有气吞千古的宏放气度，也不失含蓄委婉的细腻情怀，因而创造了以豪放雄深为主的多种风格。

苏轼以写诗之法填词，辛比苏走得更远，借用赋的铺张排比和文的叙事议论手法填词，因而开创了以文为词的方法。如他的名作《贺新郎·别茂嘉十二弟》，首尾几句述意抒怀，前后片过片不换意。冶前后片于一炉，中间叠用乌孙公主、卫庄姜、李陵、荆轲四件离别的故事，写法上借鉴了江淹的《别赋》和《恨赋》。《沁园春·将止酒，戒酒杯使勿近》将酒杯拟人化，使用一主一仆对话的方法，写法上又拟东方朔《答客难》，对话的幽默俏皮简直令人捧腹。《哨遍》（"池上主人"）论《庄子·徐无鬼》"于蚁弃知，于鱼得计，于羊弃意"一节，可以说基本上是议论散文。他以文为词主要还是表现在以散文化的语言入词，如"带湖吾甚爱，千丈翠奁开。先生杖屦无事，一日走千回。凡我同盟鸥鹭，今日既盟之后，来往莫相猜"（《水调歌头·盟鸥》），"杯，汝来前。老子今朝，点检形骸。甚长年抱渴，咽如焦釜；于今喜睡，气似奔雷？汝说刘伶，古今达者，醉后何妨死便埋。浑如此，叹汝于知己，真少恩哉"（《沁园春·将止酒，戒酒杯使勿近》），"甚矣吾衰矣！怅平生、交游零落，只今余几"（《贺新郎》）。《稼轩词》的词汇在词史上可说是最丰富的，他具有驾驭语言的非凡能力，既善于用雅又长于用俗。南宋词人刘辰翁说，有些语言"自辛稼轩前，用一语如此者必且掩口，及稼轩横竖烂漫，乃如禅宗棒喝，头头皆是"（《辛稼轩词序》）。就用古代成语典故而论，"辛稼轩别开天地，横绝古今，《论》《孟》《诗·小序》《左氏春秋》《南华》《离骚》《史》《汉》《世说》，选学、李杜诗，拉杂运用，弥见其笔力之峭"（吴衡照《莲子居词话》）。各种古诗在辛词中百宝杂陈，一经他那真力弥漫的笔触点化，成语典故便获得了新的生命。如《沁园春·灵山齐庵赋》：

叠嶂西驰，万马回旋，众山欲东。正惊湍直下，跳珠倒溅；小桥横截，缺月初弓。老合投闲，天教多事，检校长身十万松。吾庐小，在龙蛇影外，风雨声中。　争先见面重重，看爽气朝来三数峰。似谢家子弟，衣冠磊落；相如庭户，车骑雍容。我觉其间，雄深雅健，如对文章太史公。新堤路，问偃湖何日，烟水蒙蒙？

连用谢家子弟、相如庭户、司马迁文章来形容山峰及青松，以人的风度和文的风格来比拟山峰、松树，传出了灵山灵秀而又雄深的神态，写法别具一格。当然古语典故用得过多，也容易造成掉书袋的缺点。他大量运用口语俗语给辛词平添了许多生动活泼的气息，如《鹧鸪天·戏题村舍》：

> 鸡鸭成群晚不收。桑麻长过屋山头。有何不可吾方羡，要底都无饱便休。　新柳树，旧沙洲。去年溪打那边流。自言此地生儿女，不嫁金家即聘周。

又如《西江月·遣兴》：

> 醉里且贪欢笑，要愁那得工夫。近来始觉古人书，信着全无是处。　昨夜松边醉倒，问松我醉何如。只疑松动要来扶，以手推松曰去！

前一首借口语俗语写农村生活，这种语言与淳朴的民风构成了高度的和谐。后一首用口语生动地表现了词人的醉态和苦闷，有时他也借口语俗语来自嘲或自叹。

雄奇阔大的意境、纵横驰骋的笔力、生动夸张的手法及奇幻突兀的想象，构成了辛词豪放雄深的主要风格特征，因此人们将苏、辛并称为豪放词的代表。不过，苏的豪放中极超旷洒脱之至，辛的豪放中尽沉郁磊落之姿，苏之豪近于庄子，辛之豪近于屈原；苏轼的情怀虽然细腻敏感，善于感受人生的各种不幸，但很快从不幸中超脱出来而处以达观，所以词风超脱旷远；辛弃疾则一往情深而又坚定执着，一生忠于自己早年的信念，直到临死时还大呼"杀贼"不止，真的是"青山遮不住，毕竟东流去"。他一生受尽了投降派的摧抑谗毁，但一生不改其忧国忧民之心，傲兀不平和悲愤激荡倾入词中，因而词风沉郁悲壮。

辛词既有雄杰之气又具含蓄之美，既豪放驰骤又不是一泻无余。辛弃疾以前的豪放词往往流于浅率，婉约词又缺乏阔大气象，辛词则兼有豪放雄深与曲折蕴藉之长，"大声镗鞳，小声铿锽"（刘克庄《辛稼轩集序》）。如：

> 更能消几番风雨？匆匆春又归去。惜春长怕花开早，何况落红无数。春且住。见说道，天涯芳草无归路。怨春不语。算只有殷勤，画檐蛛网，尽日惹飞絮。　　长门事，准拟佳期又误。蛾眉曾有人妒。千金纵买相如赋，脉脉此情谁诉？君莫舞。君不见，玉环飞燕皆尘土。闲愁最苦。休去倚危栏，斜阳正在，烟柳断肠处。
>
> ——《摸鱼儿》

陈匪石认为"全篇怨而近怒"（《宋词举》卷上），词人一肚皮抑郁无聊傲兀不平之气，却从"千回万转后倒折出来，真是有力如虎"（陈廷焯《白雨斋词话》）。他将一腔忠愤之情寄寓于美人香草的形象描述之中，语调幽咽缠绵，笔势却健举飞动。对民族前途的忧虑，对小人得势的憎恶，对自己遭嫉妒的怨愤，不是出之以号呼叫嚣，而是"敛雄心，抗高调，变温婉，成悲凉"（周济《宋四家词选·目录序论》)，也就是前人所谓百炼钢化为绕指柔。

除了词境雄深的作品外，辛词中的"纤绵密者，亦不在小晏、秦郎之下"（刘克庄《辛稼轩集序》)。如下面描写晚春的作品：

> 昨日春如、十三女儿学绣。一枝枝不教花瘦。甚无情，便下得、雨僝风僽。向园林铺作地衣红绉。　而今春似、轻薄荡子难久。记前时送春归后，把春波都酿作一江醇酎。约清愁、杨柳岸边相候。
>
> ——《粉蝶儿·和晋臣赋落花》

> 宝钗分，桃叶渡，烟柳暗南浦。怕上层楼，十日九风雨。断肠片片飞红，都无人管，更谁劝啼莺声住！　鬓边觑。试把花卜归期，才簪又重数。罗帐灯昏，哽咽梦中语：是他春带愁来，春归何处，却不解带将愁去！
>
> ——《祝英台近·晚春》

他有些作品还因为所写的题材和所抒的情感不同，或自然恬淡，或明白如话，或清空一气，题材和情感的丰富性带来了其词风的多样性。

第四节 高唱抗敌战歌的"辛派词人"

所谓"辛派词人",是指思想倾向、生活态度,尤其是词的风格,都程度不同地受到辛弃疾的影响,并与辛词风格比较相近的南宋词人,他们的时代与辛相同或稍晚。这派词人中与辛同时的有韩元吉、陈亮、刘过、袁去华等,较辛为晚的有刘克庄、戴复古、文天祥、刘辰翁等,其中填词成就较大的是陈亮、刘过、刘克庄、刘辰翁。

周济在《宋四家词选·目录序论》中说:"苏、辛并称。东坡天趣独到处,殆成绝诣,而苦不经意,完璧甚少。稼轩则沉着痛快,有辙可循,南宋诸公,无不传其衣钵,固未可同年而语也。"北宋有"苏门学士"而无"苏派词人",而辛弃疾并没有有意识地在周围结交文学团体,但南宋爱国的豪放派词人"无不传其衣钵",可见辛词在当代和后代的影响之大。

在思想倾向上,辛派词人都有救世的热情,都有"整顿乾坤"的壮志,都有恢复中原的强烈愿望,都对投降派深恶痛绝,因而他们都用词慷慨激昂地唱出了抗金救国的战歌;在词风上,他们倾向于选用长调慢词来创造雄奇的意境,来表现恢宏的气度,来抒写磊落悲壮的襟怀;在表现技巧上,他们进一步发展了以文为词的方法,词中的议论和铺陈更为常见,古语、口语、俗语大量融入词中,从而增加了语言粗犷遒劲的力度,虽然他们之中有些人也长于写纤丽的作品,但雄健粗犷仍然是其主要特色。不过,辛派词人只注意到了辛词雄健与力度的一面,却忽视了它盘旋郁结、曲折宛转的另一面，有时从粗犷滑向了粗率，从慷慨堕入了叫嚣。

陈亮（1143—1194），字同甫，婺州永康（在今浙江省）人。他是一位著名的爱国思想家，也是辛弃疾的一位志同道合的朋友。他以政教事功和经济之才自负，自称有"推倒一世之智勇"（《甲辰答朱元晦书》），辛弃疾也以"酷似卧龙诸葛"（《贺新郎》）相许。他词风的豪纵近于辛，常以词抒写民族的自豪感和对投降派卖国的怨愤，从来"不作一妖语媚语"（毛晋《龙川词跋》）。《水调歌头·送章德茂大卿使虏》是为人传诵的名作：

> 不见南师久，漫说北群空。当场只手，毕竟还我万夫雄。自笑堂堂汉使，得似洋洋河水，依旧只流东。且复穹庐拜，会向蒿街逢。　尧之都，舜之壤，禹之封。于中应有，一个半个耻臣戎。万里腥膻如许，千古英灵安在，磅礴几时通？胡运何须问，赫日自当中！

刘过（1154—1206），字改之，自号龙洲道人，吉州太和（今江西泰和县）人。这位曾"以气义撼当世"的"奇男子"（毛晋《龙洲词跋》引宋子虚语），在仕途上终身困顿潦倒。他那洒脱放纵的生活和奔放卓越的才情曾见赏于当世的诗词巨子陆游、辛弃疾，一度还曾做过辛的座上客。他的词在辛派词人中最有艺术个性，像稼轩一样"词多壮语"（黄升《花庵词选》），雄奇放肆处还不时流露出某种苦涩的幽默和辛酸的自嘲。《沁园春》（"斗酒彘肩"）活泼机智，《水龙吟·寄陆放翁》构思新奇，《沁园春》（"一剑横空"）狂放诙谐，《六州歌头·题岳鄂王庙》庄重悲愤，《沁园春·寄辛稼轩》表现了他匡复中原的志向和对辛弃疾的推重，也能代表他的艺术风貌。另外，刘过也善于抒儿女之情，《沁园春·美人足》《沁园春·美人指甲》浓艳纤秀，与他常见的雄肆狂放相比，完全是另一副神态。

辛弃疾死后，刘克庄为辛词作序，对辛的经世才能和创作成就极为钦仰，他自己的词也"大率与辛稼轩相类"（毛晋《后村别调跋》），可以说是辛派词人后期的代表作家之一。他在《贺新郎·席上闻歌有感》中说自己填词"总不涉闺情春怨"，主要用它来写家国之思。刘过的词风奔放豪宕，使词进一步向散文化、议论化发展，如《贺新郎·送陈真州子华》：

> 北望神州路。试平章，这场公事，怎生分付？记得太行山百万，曾入宗爷驾驭。今把作握蛇骑虎。君去京东豪杰喜，想投戈下拜真吾父。谈笑里，定齐鲁。　两河萧瑟惟狐兔，问当年祖生去后，有人来否？多少新亭挥泪客，谁梦中原块土？算事业须由人做。应笑书生心胆怯，向车中闲置如新妇。空目送，塞鸿去。

宋末遗民中词的"风格遒上似稼轩"者要数刘辰翁（况周颐《蕙风词话》卷二）。不过，与辛弃疾相比，刘辰翁词中亡国的哀音代替了复国的呐喊，愤激悲痛代替了慷慨陈词，许多词字字呜咽，表现了忠贞不渝的爱国之情，如《柳梢青·春感》中"想故国高台月明"的乡国之思，《兰陵王·丙子送春》中"玉树凋土，泪盘如露"的亡国之痛，又如他的代表作《永遇乐》：

璧月初晴，黛云远澹，春事谁主？禁苑娇寒，湖堤倦暖，前度遽如许！香尘暗陌，华灯明昼，长是懒携手去。谁知道：断烟禁夜，满城似愁风雨。　宣和旧日，临安南渡，芳景犹自如故。绷帙流离，风鬟三五，能赋词最苦。江南无路，鄜州今夜，此苦又谁知否？空相对，残缸无寐，满村社鼓。

词前的小序说："余自乙亥上元诵李易安《永遇乐》，为之涕下。今三年矣，每闻此词，辄不自堪，遂依其声，又托之易安自喻。虽辞情不及，而悲苦过之。"他以清劲的笔触表现"国破山河在"的沉痛，的确是亡国之音哀以思了。从词情到词艺，刘辰翁都算得上辛派有力的殿军。

第八章
南宋的格律词派与晚期的诗歌走向

南宋后期，金因政权内部的政变和蒙古的威胁无力南侵，南宋政权又无能也无心北伐，宋金的对峙持续了几十年相对平静的局面。

亡国之祸并不是近在眼前，"王师北定中原日"又渺茫无望，上层权贵沉溺于西湖美景美女中醉生梦死，许多诗人、词人沉浸在清词妙句中逃避现实，于是，南宋前期"待从头收拾旧山河"的激昂呼号逐渐消沉，后期的诗词中很难听到陆游、辛弃疾那种恢复中原的呐喊，代之而起的是悠扬宛转的轻歌曼舞。词坛上以姜夔为代表的后期格律词派在辞藻音律上更加刻意求工，诗歌中出现了吟讽风月、啸傲湖山的永嘉四灵和江湖诗派。他们在情感上缺乏那种振奋人心的力量，艺术上缺乏那种阔大的境界和刚健的笔力，南宋前期辛、陆那种豪迈的气概和高亢的激情全消，诗词中多了几分"秤斤注两"（见《朱子语类》卷一〇九）的小家子气。当然，这时的诗人、词人也并没有完全忘情于现实，他们许多人仍然关注民族的危亡，但很少像陆游、辛弃疾那样发出恢复中原的呐喊，吟出的大多是些低沉晦暗的亡国哀音，缺乏那种振奋人心的情感力量。直到南宋覆灭的前后，民族英雄文天祥才发出撕心裂肝的悲号，表现了一个古老雄强的民族不屈不挠的心声。

第一节 格律词派名家姜夔

姜夔（1155—1221？），字尧章，饶州鄱阳（今江西鄱阳县）人。其父任湖北汉阳县知县，他自幼随宦往来汉阳十多年。在长沙遇见老诗人萧德藻，萧德藻很赏识他的诗才，把侄女嫁给了他，带他寓居湖州茹溪弁山的白石洞下，友人因此称他为白石道人。宋宁宗庆元五年（1199）特准他免去地方选考，直接参加礼部的进士考试，但不及第。他常往来于苏州、杭州、金陵、合肥和无锡等地，与一时名流尤袤、张鉴、张镃等交游，还与比自己年长近三十岁的杨万里、范成大以诗唱和。宁宗嘉定年间（1221年左右）卒于杭州。

他结交当世贤豪但不趋炎附势，自己的一生在飘零困顿中挣扎，尽管赋性清高却又不得不寄食于人。由于这种特殊的生活环境和性格，使他的情感既高洁又贫狭。他是艺术上的多面手。音乐、书法、诗、词无所不能，文学史家虽然认为他词的成就高于诗，他最初却是以诗称誉文坛的，杨万里就十分推崇他的诗才。和那时大多数诗人一样，他写诗也是从师法江西诗派入手的，步趋黄庭坚"一语嚜不敢吐"，后来"始大悟学即病，顾不若无所学之为得"（《白石道人诗集自叙》），于是从江西诗派的圈子中跳出来自求独造，晚年自述作诗心得说："作者求与古人合，不若求与古人异；求与古人异，不若不求与古人合而不能合，不求与古人异而不能不异。"（《白石道人诗集自叙》二）他由江西诗派而上窥晚唐，尤其受陆龟蒙、皮日休的影响较大，因此他的诗歌精心刻意而又灵动自然：

细草穿沙雪半销，吴宫烟冷水迢迢。梅花竹里无人见，一夜吹香过石桥。

——《除夜自石湖归苕溪十首》其一

苑墙曲曲柳冥冥，人静山空见一灯。荷叶似云香不断，小船摇曳入西陵。

——《湖上寓居杂咏十四首》其九

不过，姜词的成就高于其诗，他在南宋足称词坛的大家。白石词与周邦彦词并称"周姜"，他们都讲究词的格律、辞藻和用典。二人同为格律词派的代表词人。周、柳的婉约词风发展到姜夔时软媚无力，恰如江西诗派末流到姜夔时槎丫干涩一样，因而，一方面他以晚唐诗的圆转求救江西诗派的槎丫，另一方面又以江西诗风的清劲来振柳、周词余风的软媚，这样形成了他那清空疏宕、冷隽峭拔的词风。

姜夔存词共八十多首，依其内容可分为咏物寄意、羁旅情思、怀人伤别和伤时忧国几类。

咏物词是他词作中比重最大的一类，共三十多首，其中多为咏梅、咏柳词，另外还有的咏蟋蟀（《齐天乐》）、咏柳（《淡黄柳》）、咏荷花（《念奴娇》），这些词中往往寄寓了词人复杂的思想情感，或是自伤身世的飘零，或是忧念国家的衰微，或是赞美高洁的品性，如他咏梅的名篇：

　　旧时月色，算几番照我，梅边吹笛？唤起玉人，不管清寒与攀摘。何逊而今渐老，都忘却、春风词笔。但怪得、竹外疏花，香冷入瑶席。　　江国，正寂寂。叹寄与路遥，夜雪初积。翠尊易泣，红萼无言耿相忆。长记曾携手处，千树压、西湖寒碧。又片片吹尽也，几时见得？

　　　　　　　　　　　　　　　　　　——《暗香》

　　苔枝缀玉，有翠禽小小，枝上同宿。客里相逢，篱角黄昏，无言自倚修竹。昭君不惯胡沙远，但暗忆、江南江北；想佩环、月夜归来，化作此花幽独。　　犹记深宫旧事，那人正睡里，飞近蛾绿。莫似春风，不管盈盈，早与安排金屋。还教一片随波去，又却怨、玉龙哀曲。等恁时、重觅幽香，已入小窗横幅。

——《疏影》

这两首词向来被评为姜夔的代表作。《暗香》上片从自己梅边吹笛、玉人月下摘花，陡落到自己而今渐老，"都忘却春风词笔"，可见前面的月色、笛声、花光、人影早成往事，自己多年与"春风词笔"无缘。由花疏香冷暗示了人去楼空，所以换头起笔就说"正寂寂"，红萼耿耿相忆正见词人眷眷不忘，昔时相处的欢悦正衬托出今日独处的凄凉，结尾"几时见得"明说梅花暗指玉人，其言则斩钉截铁，其情则忠爱缠绵。《疏影》的寓意更晦涩难明。前人多以为托梅发愤，追伤靖康之耻中徽、钦二帝北徙。郑文焯在校订《白石道人歌曲》时批道："此盖伤心二帝蒙尘，诸后妃相从北辕，沦落胡地，故以昭君托喻，发言哀断。"《暗香》《疏影》虽写于同时，但一为怀念故人，一为伤悼故君；一叹个人的身世，一悲国家的兴亡。

姜夔的咏物词从不描头画脚地写形，从来是融入自己的情感和感受，由笔下之物自然就想到填词之人，我们来看看词人如何咏花：

闹红一舸，记来时，尝与鸳鸯为侣。三十六陂人未到，水佩风裳无数。翠叶吹凉，玉容销酒，更洒菰蒲雨。嫣然摇动，冷香飞上诗句。　　日暮青盖亭亭，情人不见，争忍凌波去？只恐舞衣寒易落，愁入西风南浦。高柳垂阴，老鱼吹浪，留我花间住。田田多少，几回沙际归路。

——《念奴娇》

姜夔二十多岁时在合肥有过一次情遇，所遇好像是一对姊妹歌女，《解连环》说："玉鞍重倚。却沉吟未上，又萦离思。为大乔能拨春风，小乔妙移筝，雁啼秋水。"《琵琶仙》也说："双桨来时，有人似、旧曲桃根桃叶。"由此可见"大乔""小乔"都妙善筝琶。他怀念合肥歌女的情词约十八首，如《长亭怨慢》：

渐吹尽、枝头香絮，是处人家，绿深门户。远浦萦回，暮帆零乱向何许？阅人多矣，谁得似长亭树？树若有情时，不会得青青如此！　日暮。望高城不见，只见乱山无数。韦郎去也，怎忘得玉环分付：第一是早早归来，怕红萼无人为主。算空有并刀，难剪离愁千缕！

伤时念乱是姜词的另一内容。他没有像陆游、辛弃疾那样投身于抗金洪流，但也没有置身于民族危亡之外，晚年受辛词影响后呼吁说："中原生聚，神京耆老，南望长淮金鼓。"（《永遇乐·次稼轩北固楼词韵》）早年的《扬州慢》也是一首真实表现世乱之作。他在词前小序说："淳熙丙申至日，予过维扬。夜雪初霁，荠麦弥望。入其城则四顾萧条，寒水自碧，暮色渐起，戍角悲吟。予怀怆然，感慨今昔，因自度此曲。千岩老人以为有黍离之悲也。"全词所抒写

的确是"有《黍离》之悲":

> 淮左名都，竹西佳处，解鞍少驻初程。过春风十里，尽荠麦青青。自胡马窥江去后，废池乔木，犹厌言兵。渐黄昏，清角吹寒，都在空城。　杜郎俊赏，算而今，重到须惊。纵豆蔻词工，青楼梦好，难赋深情。二十四桥仍在，波心荡冷月无声。念桥边红药，年年知为谁生！

当然，姜词在词坛上的影响并不是词情的振奋人心，而主要是艺术上的高度技巧。张炎在《词源》中曾以"清空、骚雅"概括他词风的主要特征。

"清空"是指他描写对象遗其外貌而摄其神理，不胶执于对象而多从侧处点染和虚处暗示，章法上避免平直呆板，承接转折处跳宕腾挪；"骚雅"指姜词洗尽尘俗浮华，语言显得雅洁清秀。如《点绛唇·丁未冬过吴松作》：

> 燕雁无心，太湖西畔随云去。数峰清苦，商略黄昏雨。　第四桥边，拟共天随住。今何许？凭阑怀古，残柳参差舞。

陈廷焯评这首词说："通首只写眼前景物，至结处云：'今何许？凭栏怀古，残柳参差舞。'感时伤事，只用'今何许'三字提唱，'凭栏怀古'下，仅以'残柳'五字咏叹了之，无穷哀感，都在虚处，令读者吊古伤今，不能自止，洵推绝调。"（《白雨斋词话》）全词除"第四桥边"二句稍实外，吊古伤今之情全从虚处着笔，烟水迷茫之境，四顾苍茫之慨，沧海桑田之感，兼而有之却难坐实。不管是抒情还是绘物，都是稍一点染便随即宕开，给人以清空疏宕的审美感受。

语言清刚峭拔是姜词的又一艺术特征。传统的婉约派贵婉媚柔厚，姜夔引江西派的诗法入词，笔致清刚、峭拔，即使是写恋情也用清劲的笔调："淮南皓月冷千山，冥冥归去无人管"（《踏莎行》），"金陵路，莺吟燕舞。算潮水、知人最苦。满汀芳草不成归，日暮，更移舟向甚处"（《杏花天影》），"旧游在否，想如今翠凋红落。漫写羊裙，等新雁来时系着。怕匆匆不肯寄与，误后约"（《凄凉犯》）。为了突破婉约派词人软滑平熟的词风，他有意在声律上杂用拗调拗句，使语言显得劲折硬挺。如《凄凉犯》中"不肯寄与，误后约"连用七个仄声字，造语少用偶句而多用单句，使语言别具一种瘦劲深隽的韵味。沈义父在《乐府指迷》中说："姜白石清劲知音，亦未免有生硬处。"姜词的长处在于"清劲"，而短处在于"生硬"。

第二节　后期格律词的新局面

姜夔与辛弃疾词风殊异却平分词坛，南宋中叶以后词人大致可分为辛派与姜派。汪森在《〈词综〉序》中指出："鄱阳姜夔出，句琢字炼，归于醇雅。于是史达祖、高观国羽翼之，张辑、吴文英师之于前，赵以夫、蒋捷、周密、陈允衡、王沂孙、张炎、张翥效之于后，譬之于乐，舞《箫》至于九变，而词之能事毕矣。"由于南宋后期的世态与词人的心态有了新的变化，这时格律词的发展也出现了新的局面：一、词所抒写的感情和所用语言都归于"醇雅"，词作家以"雅"名堂（周密的新居堂名"志雅"，见张炎《一萼红序》），词歌的选本以"雅"名集，词人填词以"雅"为目的，词论家说词以"雅"为标准，字面力避俚语俗言，感情当然也不可粗鄙直露，连咏物词也不可说出题字；二、十分重视歌词的字声律吕，他们大多数都精通音律，往往自制新曲或改写旧曲；三、后期格律词中仍然多抚时伤世之作，有些人在宋元易代之际，表现出了较高的民族气节，但情思的寄托过于隐晦，因而有时词旨迷离惝恍。沈义父在《乐府指迷》中引述吴文英的词论说："盖音律欲其协，不协则成长短之诗；下字欲其雅，不雅则近乎缠令之体；用字不可太露，露则直突而无深长之味；发意不可太高，高则狂怪而失柔婉之意。"这段话概括了姜派词人共同的创作倾向。

史达祖（生卒年不详），字邦卿，号梅溪，汴州（河南开封）人，《梅溪词》存词一百一十二首。他与姜夔同时而略晚，姜曾称赞他的词风"奇秀清逸"，认为他"能融情景于一家，会句意于两得"（见黄升《花庵词选》卷七）。他的咏物词最为人称道，体物之工堪称形神兼得，刻画之细更是极妍尽态，无论是赋风物——如咏春雨、燕、梅、蔷薇、春雪，还是赋节序——如咏清明、秋兴、春秋，无不写得妥帖细腻而又神情毕肖。他善于从多方面把握所描写的对象，时而从实处描摹，时而从虚处烘托，时而从正面勾勒，时而从侧面点染，在技巧上极尽咏物之能事。不过，人们在肯定他构思之巧的同时，也指出了他"用笔多涉尖巧"（周济《介存斋论词杂著》）的不足。《双双燕·咏燕》和《绮罗香·咏春雨》是其代表作：

> 过春社了，度帘幕中间，去年尘冷。差池欲住，试入旧巢相并。还相雕梁藻井。又软语、商量不定。飘然快拂花梢，翠尾分开红影。　芳径，芹泥雨润。爱贴地争飞，竞夸轻俊。红楼归晚，看足柳昏花暝。应自栖香正稳，便忘了、天涯芳信。愁损翠黛双蛾，日日画阑独凭。

——《双双燕·咏燕》

> 做冷欺花，将烟困柳，千里偷催春暮。尽日冥迷，愁里欲飞还住。惊粉重，蝶宿西园；喜泥润，燕归南浦。最妨他、佳约风流，钿车不到杜陵路。　沉沉江上望极，还被春潮晚急，难寻官渡。隐约遥峰，和泪谢娘眉妩。临断岸、新绿生时，是落红、带愁流处。记当日、门掩梨花，剪灯深夜语。

——《绮罗香·春雨》

吴文英师法周邦彦，后来有人认为梦窗词可以与清真词并肩；

他在一定程度上也受过姜夔的影响，但他的创作成就可以与姜相颉颃。他是继姜夔之后具有独特艺术个性的南宋后期格律词的代表人物。

吴文英（约1200—1260），字君特，号梦窗，晚年又号觉翁，四明（今浙江宁波市）人。他和姜夔一样终生是个江湖游士，与姜夔不同的是他常以词章曳裾侯门，与之交游的吴潜、史宅之都是一时显贵。他以清客的身份往来于苏州、杭州、绍兴一带。与沈义父、陈起、陈郁、方万里、冯去非等为笔墨之友，晚年又与周密结为忘年之交。据说他的晚景十分凄凉。今传《梦窗甲乙丙丁稿》存词三百四十首，除与显宦要人应酬之作八十五首外，他的词主要写怀人与伤世。怀人之作大多追忆与昔日情人的柔情蜜意、惆怅今日的孤寂无聊，这类作品写得词丽情浓：

> 听风听雨过清明。愁草瘗花铭。楼前绿暗分携路，一丝柳、一寸柔情。料峭春寒中酒，交加晓梦啼莺。　　西园日日扫林亭，依旧赏新晴。黄蜂频扑秋千索，有当时、纤手香凝。惆怅双鸳不到，幽阶一夜苔生。
>
> ——《风入松》

吴文英所处的南宋后期内忧外患，小朝廷上下却仍文恬武嬉，国家的形势危如累卵。他通过咏古咏物来感时伤世，因蒿目时艰而发出凄苦之音，如《八声甘州·陪庾幕诸公游灵岩》：

渺空烟四远，是何年、青天坠长星？幻苍崖云树，名娃金屋，残霸宫城。箭径酸风射眼，腻水染花腥。时靸双鸳响，廊叶秋声。　宫里吴王沉醉，倩五湖倦客，独钓醒醒。问苍天无语，华发奈山青。水涵空、阑干高处，送乱鸦、斜日落渔汀。连呼酒，上琴台去，秋与云平。

　　前人对吴文英艺术成就的评价高下悬殊。褒之者认为他是南宋第一大词家："求词于吾宋者，前有清真，后有梦窗。"（《花庵词选》引黄焕语）贬之者认为"梦窗如七宝楼台，眩人眼目，拆碎下来，不成片段"（张炎《词源》）。其实，梦窗词既不像褒者夸张的那样神，也不是贬者糟蹋的那么劣，他在艺术上有较大的独创性，也存在着严重的不足。他变姜夔的清空疏宕为质实丽密，打破层次清晰有序的传统结构方式，叙事抒情以时间与空间错综交叉，对物象的把握注重感性的直觉，字面上给人以雕缋满眼的印象，但在这种秾丽词密句中又贯注着某种飞扬的神致和沉郁的情思，因而于绵密丽之中具有回旋空灵之致，如梦窗词集中的最长之调《莺啼序·晚春感怀》：

　　残寒正欺病酒，掩沉香绣户。燕来晚、飞入西城，似说春事迟暮。画船载、清明过却，晴烟冉冉吴宫树。念羁情游荡，随风化为轻絮。　十载西湖，傍柳系马，趁娇尘软雾。溯红渐、招入仙溪，锦儿偷寄幽素。倚银屏、春宽梦窄，断红湿、歌纨金缕。暝堤空，轻把斜阳，总还鸥鹭。　幽兰旋老，杜若还生，水乡尚寄旅。别后访、六桥无信，事往花委，瘗玉埋香，几番风雨。长波妒盼，遥山羞黛，渔灯分影春江宿。记当时，短楫桃根渡。青楼仿佛，临分败壁题诗，泪墨惨澹尘土。　危亭望极，草色天涯，叹鬓侵半苎。暗点检、离痕欢唾，尚染鲛绡，亸凤迷归，破鸾慵舞。殷勤待写，书中长恨，蓝霞辽海沉过雁，漫相思，弹入哀筝柱。伤心千里江南，怨曲重招，断魂在否？

第一片由索居中见暮春之景触起羁情，“念羁情”三字为全词之骨，第二、三片逆写“羁情”之由，其中第二片写昔日西湖十载“趁娇尘软雾”的恋情艳遇，第三片接着写“事往花委”的沉痛感伤，第四片写“危亭望极”的相思之苦，魂已断而仍招，欲寄书却不达，感情既十分真挚，用笔也非常浑厚。此词兼有“炼意琢句之新奇，空际转身之灵活”（陈匪石《宋词举》），语言丽密而又笔调流利，千门万户却又章法井井，陈廷焯在《云韶集》中称其“全章精粹，空绝古今。”不过，吴词艺术上的缺憾也是明显的：有些作品辞藻过浓，使人感到光怪陆离，意绪埋藏过深，使人觉得全词无意脉可寻。后世词评家指责吴词堆砌、零乱、晦涩，虽然有点以偏概全，但绝不是无中生有。在宋末元初的遗民词人中，周密、王沂孙和张炎的成就最高。

周密（1232—1298），字公谨，号草窗，其先世济南人，从曾祖起寓居吴兴，祖父周王必仕至刑部侍郎，父周晋仕于浙。周密青少年时随父游宦于闽、浙，三十岁以后出仕，四十九岁宋亡后以遗民终老，辑录旧闻轶事为《齐东野语》《武林旧事》《云烟过眼录》等书，成为有宋一代野史的巨擘，还曾编定南宋词人词集《绝妙好词》七卷。《草窗词》存词一百五十多首，戈载在《宋七家词选》中称"其词尽洗靡曼，独标清丽，有韶倩之色，有绵渺之思"，清丽韶秀是其词的主要特色。早年的词作充满了金粉承平之气，晚年亲历亡国之痛后才感慨悲凉，以抑郁呜咽的调子抒写深挚的故国之思："最负他秦鬟妆镜，好江山，何事此时游"（《一萼红·登蓬莱阁有感》），"一样归心，又唤起故园愁眼。立尽斜阳无语，空江岁晚"（《三姝媚·送圣与还越》）。时人说周密体貌豪伟逸秀，填词也时露雄健之气："鳌戴雪山龙起蛰，快风吹海立"（《闻鹊喜·吴山观涛》）。

王沂孙（？—约1290），字圣与，号碧山，又号中仙，会稽（今浙江绍兴）人。词集《碧山乐府》（一名《花外集》或《玉笥山人词集》）存词六十四首。他的生平事迹不可考，仅知在元世祖至元年间曾官庆元路学正，不过，这并不意味着他缺乏民族情感，他基本上还是以遗民终其一生的，而且通过赋景物赋节序寄寓自己的家国兴亡之感，如《眉妩·新月》《水龙吟·落叶》《无香·龙涎香》《齐天乐·蝉》等。下面两词是其代表作：

渐新痕悬柳，澹彩穿花，依约破初暝。便有团圆意，深深拜，相逢谁在香径。画眉未稳，料素娥、犹带离恨。最堪爱、一曲银钩小，宝帘挂秋冷。　千古盈亏休问。叹慢磨玉斧，难补金镜。太液池犹在，凄凉处、何人重赋清景。故山夜永。试待他、窥户端正。看云外山河，还老尽、桂花影。

——《眉妩·新月》

　　一襟余恨宫魂断，年年翠阴庭树。乍咽凉柯，还移暗叶，重把离愁深诉。西窗过雨。怪瑶佩流空，玉筝调柱。镜暗妆残，为谁娇鬓尚如许？　铜仙铅泪似洗，叹移盘去远，难贮零露。病翼惊秋，枯形阅世，消得斜阳几度！余音更苦。甚独抱清高，顿成凄楚？谩想熏风，柳丝千万缕。

——《齐天乐·蝉》

　　他六十四首词中咏物词竟有四十首之多，邓廷桢《双砚斋笔记》说他"工于体物，而不滞色香"。周济一方面肯定他的长处："咏物最争托意，隶事处以意贯串，浑化无痕，碧山胜场也。"另一方面也指出他在艺术上的不足："惟圭角太分明，反复读之，有水清无鱼之恨。"（《宋四家词选》）这些咏物词中无疑有遥深的寄托，连阅读揣摸也难以明白寄托的内容，更别说作为曲子词来演唱了，即使作为阅读的案头文学，也由于他研练太过而失去了浑厚的气象。

　　张炎（1248—1322？），字叔夏，号玉田，晚号乐笑翁。祖籍秦州成纪（今甘肃天水市），六世祖张俊为南宋大将，此后几代一直居在杭州。他成长于一个显赫富贵而又有高度文化修养的官宦家庭，曾祖张镃和父亲张枢都晓音律，工诗词。元军破杭州时他家遭籍没，这时他才二十九岁。元至元二十七年（1290），他以抄写泥金字藏经被召赴大都，次年复归江南，此后二十年漫游吴越各地，六十岁归隐西湖。他从一个贵介公子突然之间成了一个国亡家破的漂泊者，三百多首《山中白云词》大部分都直接或间接地抒写这种深切的亡国之痛和身世之感：

> 接叶巢莺，平波卷絮，断桥斜日归船。能几番游，看花又是明年。东风且伴蔷薇住，到蔷薇、春已堪怜。更凄然，万绿西泠，一抹荒烟。　当年燕子知何处？但苔深韦曲，草暗斜川。见说新愁，如今也到鸥边。无心再续笙歌梦，掩重门，浅醉闲眠。莫开帘，怕见飞花，怕听啼鹃。

> ——《高阳台·西湖春感》

张炎词在情调上凄怆缠绵，描写细致工巧，语言婉丽清畅，但在承接转折处寸步不遗，很难见到那种凌空跳宕的笔力，难怪遭"积谷作米，把缆放船，无开阔手段"（周济《介存斋话词杂著》）之讥了。晚年所著《词源》是他一生理论研究和填词实践的总结，分为上下两卷，上卷论音律，下卷论创作，论词以婉约派为宗，标榜"清空""骚雅"和"意趣高远"，推崇姜夔而贬抑吴文英。虽然它有重词艺而轻词情、重婉约派而轻豪放派的偏颇，但对于词的本质特征、词的合乐合律、词的作法等问题提出了许多具有理论意义的真知灼见。

蒋捷（1245？—1305？），字胜欲，号竹山，宋末元初阳羡（今江苏宜兴市）人，咸淳十年（1274）进士及第。宋亡隐居不仕，人称"竹山先生""樱桃进士"，其气节操守为时人所重，其词与周密、王沂孙、张炎并称"宋末四大家"。和许多遗民诗人一样，他中晚年词的中心主题是亡国之痛和故国之思，但他很少撕心裂肺地恸哭，而是通过细节回忆和絮语倾诉，将亡国之哀化入身世之感中。这种写法减弱了震撼人心的力量，却平添些耐人咀嚼的韵味：

蕙花香也。雪晴池馆如画。春风飞到，宝钗楼上，一片笙箫，琉璃光射。而今灯漫挂。不是暗尘明月，那时元夜。况年来、心懒意怯，羞与蛾儿争耍。　江城人悄初更打。问繁华谁解，再向天公借。剔残红炧。但梦里隐隐，钿车罗帕。吴笺银粉砑。待把旧家风景，写成闲话。笑绿鬟邻女，倚窗犹唱，夕阳西下。

——《女冠子·元夕》

少年听雨歌楼上。红烛昏罗帐。壮年听雨客舟中。江阔云低、断雁叫西风。　而今听雨僧庐下。鬓已星星也。悲欢离合总无情。一任阶前，点滴到天明。

——《虞美人·听雨》

一片春愁待酒浇。江上舟摇，楼上帘招。秋娘渡与泰娘桥，风又飘飘，雨又萧萧。　何日归家洗客袍？银字笙调，心字香烧。流光容易把人抛，红了樱桃，绿了芭蕉。

——《一剪梅·舟过吴江》

从少年、壮年和老年"听雨"的不同感受，从"那里元夜"的"琉璃光射"到"而今"元夕的"心懒意怯"，使读者自己得出结论：人生只如过隙，故国只在梦中。其情萧索凄清，其语疏朗清俊，独步于宋末词坛。"流光容易把人抛，红了樱桃，绿了芭蕉"，因为语言的俊秀新巧，为他赢得了"樱桃进士"的雅号。"把旧家风景写成闲话"的表现手法，在两宋词史上别具一格。文学史上对蒋捷的评价处于两极，爱之者誉之为词中"长城"，厌之者贬之为"可勿论也"，也就是说蒋捷词不值一谈。

第三节 "永嘉四灵"与"江湖诗派"

江西诗派发展到南宋后期，形式上的拗哽生硬越来越使人反感厌倦，永嘉四灵和江湖诗派的兴起就是对江西诗派的一种反拨。

永嘉四灵是指永嘉的四位诗人：徐照（？—1211），字灵晖（一字道晖）；徐玑（1162—1214），字灵渊（或称文渊）；赵师秀

（1170—1220），字灵秀；翁卷（生卒年不详），字灵舒。由于这四人都是永嘉人，他们的字中又都有"灵"字，因得此名。四灵中徐玑和赵师秀曾做过小官，其他两位则终身布衣。四灵师事永嘉学派的宗主叶适，叶还曾为他们编《四灵诗》诗选，刊行后风行一时。他们能在诗坛上陡得盛名，与叶适对他们的大加称赞张扬是分不开的。叶适在《徐文渊墓志铭》中说："初，唐诗废久，君与其友徐照、翁卷、赵师秀议曰：'昔人以浮声切响单字只句计巧拙，盖风骚之至精也。近世乃连篇累牍，汗漫而无禁，岂能名家哉！'四人之语遂极其工，而唐诗由此复行矣。"一方面四灵诗风迎合了人们审美趣味的变化，一方面"水心先生（即叶适）既啧啧叹赏之，于是四灵之名天下莫不闻"（赵汝回《薛师石〈瓜庐诗〉序》）。

因反对江西诗派"资书以为诗"，四灵诗人就提倡"捐书以为诗"（刘克庄《韩隐君诗序》）；为了矫正江西诗派的流弊，四灵诗人主张重新学习晚唐的近体，尤其是贾岛、姚合的五律。赵师秀选贾岛、姚合诗为《二妙集》，选钱起、刘得仁、方干、许浑、皮日休、杜荀鹤等人的诗为《众妙集》，由此可以看出他们的艺术追求之所在。他们的诗歌表现了对现实的逃避态度，表现了文人的那种末世的心态，"不作封侯念，悠然远世纷"（赵师秀《薛氏瓜庐》），"爱闲却道无官好，住僻如嫌有客多"（徐照《酬赠徐玑》）。这种心境与贾岛、姚合很容易合拍，其诗主野逸清瘦，诗情既贫薄，诗格也狭小，"虽镂心钵肾，刻意雕琢，而取径太狭，终不免破碎尖酸之病"（《四库全书总目》卷一百六十二《芳兰轩集》提要）。不过，他们写诗不用典故、僻字、险韵，以平淡的语言刻画常见的景物，某些小诗别具清雅灵秀的韵致，如：

　　一天秋色冷晴湾，无数峰峦远近间。闲上山来看野水，
忽于水底见青山。

——翁卷《野望》

　　数日秋风欺病夫，尽吹黄叶下庭芜。林疏放得遥山出，
又被云遮一半无。

——赵师秀《数日》

　　水满田畴稻叶齐，日光穿树晓烟低。黄莺也爱新凉好，
飞过青山影里啼。

——徐玑《新凉》

　　出望月轮小，不如临海生。又疑今夜看，难比故乡明。
立柏正无影，清猿偏有声。数家弦管外，专此照离情。

——徐照《湘中中秋》

　　"四灵"在当时经过叶适的鼓吹后曾风行一时，刘克庄在《题蔡烓主簿诗卷》中说："旧止四人为律体，今通天下话头行。"（《后村先生大全集》卷十六）。他们的创作影响了江湖诗人，江湖派中

"多四灵之徒"（全祖望《宋诗纪事序》）。江湖诗人是指南宋后期一些落第以后只得流转江湖以献诗为生的文士。他们占籍很广——包括浙江、福建、江西、山西、湖南籍的诗人，品流也很杂——有的清虚自守而不问世事，有的则关心时世，甚至以诗讥刺权奸。江湖诗派之名由杭州书商陈起编刊的《江湖集》而来，此集还因此招来了一场牵涉面广的文字狱。这次诗祸的政治背景是这样的：宁宗于嘉定十七年（1224）病逝后，权相史弥远废黜了法定皇位继承人赵竑而另立赵昀（即理宗），还逼死了改封为济王的赵竑。这一行为激起了一些江湖诗人的义愤，前此也有些江湖诗人以诗讥讽朝政，陈起、刘克庄等人因此获罪，《江湖集》也被毁版。

江湖诗人反对江西诗派而崇尚晚唐，而且也同"四灵"一样将"晚唐"主要限于姚、贾，但江湖诗人的生活面较"四灵"宽，诗歌的取材也就较"四灵"广。艺术趣尚和"四灵"没有显著区别，刻意追求晚唐体那种轻快流动的诗风。这派诗人成就较大的要算戴复古和刘克庄，刘克庄被推为该派的领袖。

戴复古（1167—1248？），字式之，自号石屏，天台黄岩（今属浙江台州）人。他一生以布衣终老，足迹踏遍了江南各地。他的创作受"四灵"和晚唐诗的影响，但又向往纵横的气概和遒劲的笔力（见《论诗十绝》其四），所以贾岛和杜甫同时都是他写诗的样板："贾岛形模元自瘦，杜陵言语不妨村。"（《望江南·自嘲》）据说他为人谨小慎微，以致"广座中口不谈世事"（见方回《瀛奎律髓》），可他在诗里却大胆地指责朝政的腐败，尖锐地揭露国弱民穷的现实。

《织妇叹》对被剥削妇女寄予深厚的同情："一春一夏为蚕忙，织妇布衣仍布裳。有布得着犹自可，今年无麻愁杀我。"《庚子荐饥三首》反映了理宗嘉熙年间浙东一带"饿走抛家舍，从横死路岐"的惨象："有天不雨粟，无地可埋尸。劫数惨如此，吾曹忍见之？"《夜宿田家》表现了一个寒士四处漂泊的凄苦和羁旅中的乡思：

　　　　身在乱蛙声里睡，心从化蝶梦中归。乡书十寄九不达，天北天南雁自飞。

而《江阴浮远堂》则抒写对山河破碎的忧虑与痛苦：

　　　　横冈下瞰大江流，浮远堂前万里愁。最苦无山遮望眼，淮南极目尽神州。

刘克庄（1187—1269）是辛派词人后期的代表之一，也是江湖派里成就最大的诗人。他的词与诗都贯穿着对民族未来的深重关切，他在《有感》一诗中说："忧时元是诗人职，莫怪吟中感慨多。"他的诗深刻地揭露了南宋政治的黑暗，将帅的腐败无能，一边是将帅"更阑酒醒山月落，彩缣百段支女乐"，一边是"谁知营中血战人，无钱得合金疮药"（《军中乐》）。韩侂胄出兵溃败以后，南宋王朝慌忙函封韩的首级向金人乞求，并每年增纳白银三十万两、细绢二十万匹，刘克庄在《戊辰即事》中愤怒地讽刺说：

诗人安得有青衫？今岁和戎百万缣！从此西湖休插柳，剩栽桑树养吴蚕。

他表现时事和爱国主义题材的诗受陆游的影响较大，而大量描写日常生活的五言律诗，意境清幽而运思精巧，俨然与贾岛、姚合一副面孔：

骨法枯闲甚，惟堪作隐君。山行忘路脉，野坐认天文。字瘦偏题石，诗寒半说云。近来仍喜辣，闲事不曾闻。

——《北山作》

觉得江西诗派的"资书以为诗失之腐"是刘克庄与"四灵"之所同，而认为"捐书以为诗失之野"则是他与四灵之所异（《韩隐君诗序》），这样，他又在晚唐体那种灵活轻快的诗里镶嵌典故成语，重犯了江西派"资书以为诗"的老毛病。方回甚至嘲笑他是"饱满'四灵'，用事冗塞"（《瀛奎律髓》卷四十二）。

第四节 爱国诗的最后一抹光辉

在宋元易代之际，诗人们目睹身受了蒙古贵族和军队的野蛮残暴，深切地尝到了易代所带来的羞耻与惨痛。他们的诗虽然有激昂与哀怨之分，但都抒写了深沉的易代之痛，合唱了一曲响彻千秋的"正气歌"。

文天祥（1236—1283）是这一曲"正气歌"的领唱者，字履善，一字宋瑞，自号文山，江西吉水人。二十一岁举进士第一，因不断与贾似道等权奸进行斗争，四十岁以前长期在宦海浮沉，元兵渡江后起兵抗元，元兵兵临临安城下时除右丞相兼枢密使，受命次日出城与元军议和被拘，解送北方途中得以脱走，回南拥立端宗继续抗元，祥兴元年（1278）十二月兵败被俘，拘燕京四年后被害。有《文山先生全集》二十卷。

元兵破临安前，文天祥的诗草率平庸，诗风受江湖诗派的影响较深，充斥着大量与江湖术士周旋的应酬之作，历史的巨变改变了他的人生道路，也激发了他被压抑的诗才。在抗元斗争中和抗元失败后，他的诗歌不论是慷慨激昂还是悲凉沉痛，无不气象浑厚，诗境沉雄，实为他灿烂若金石般人格的生动写照：

> 辛苦遭逢起一经，干戈寥落四周星。山河破碎风飘絮，身世浮沉雨打萍。惶恐滩头说惶恐，零丁洋里叹零丁。人生自古谁无死，留取丹心照汗青！
>
> ——《过零丁洋》

此诗写于兵败被俘的第二年过零丁洋时，元军逼他写信招降南宋继续抵抗的张世杰，他出示此诗以明志节，表现了他在紧要关头舍身忘死的情操，全诗的情调由悲转壮，是一曲悲壮崇高的颂歌。

文天祥将自己创作的一部集子名为《指南录》，其中收录了《扬子江》一诗：

几日随风北海游，回从扬子大江头。臣心一片磁针石，不指南方不肯休。

此诗说明了集名《指南录》的用意，抒写了自己对大宋忠贞不渝的情怀。他的《正气歌》热情地赞颂古代为正义而英勇斗争的仁人志士，表明自己要用先贤的"正气"来抵御狱中邪气的侵袭，在任何困境中都要有能经受住考验的顽强意志。此诗全面反映了他的刚烈个性、忠义肝胆和英雄气概，是中华民族威武不屈的"正气"的集中表现。

汪元量（生卒年不详），字大有，号水云，钱塘人。他本是供奉内廷的琴师，宋亡后随六宫被掳至燕京，晚年自请出家为道士，得归钱塘，有《水云集》《湖山类稿》。他对于南宋覆亡有痛切的感受，因而能以七绝联章体的形式将这一幕历史惨剧真实地描绘了出来，为读者留下了一部伤心史，代表作有《醉歌》十绝、《湖州歌》九十八绝、《越州歌》二十绝，如：

淮襄州郡尽归降，鼙鼓喧天入古杭。国母已无心听政，
书生空有泪成行。

——《醉歌十首》其三

乱点连声杀六更，荧荧庭燎待天明。侍臣已写归降表，
臣妾佥名谢道清。

——《醉歌十首》其五

这是历史上令人难堪的一幕。汪元量不同于文天祥的地方是他
没有与大宋王朝共存亡的悲壮气概，只有对宋室一往情深的眷恋和
无可奈何的哀泣：

蔽日乌云拨不开，昏昏勒马度关来。绿芜径路人千里，
黄叶邮亭酒一杯。事去空垂悲国泪，愁来莫上望乡台。桃
林塞外秋风起，大漠天寒鬼哭哀。

——《潼关》

谢翱（1249—1295），字皋羽，晚号宋累，又号晞发子，长溪
（福建霞浦）人。早年绝意于仕途经济，当文天祥在当时行都福安开
府聚兵以图恢复时，他率乡兵数百投文天祥，任咨议参军。文天祥
被囚禁后，他隐易姓名漫游东南，每当文天祥忌日就设台祭哭，是
一位有坚强气节的诗人。诗有《晞发集》。他的古体诗学孟郊、韩愈、

李贺，其诗声情绵邈、格致高古，常以凄切的调子抒写易代的惨痛，尤其是哭祭悼念文天祥的诗歌，肝胆俱焚，泣血吞声，代表作有《铁如意》《西台哭所思》《书文山卷后》，如：

> 魂飞万里程，天地隔幽明。死不从公死，生如无此生。
> 丹心浑未化，碧血已先成。无处堪挥泪，吾今变姓名。
>
> ——《书文山卷后》

由于是为文天祥诗文集题诗，所以第二联借用文天祥《南安军》中"出岭谁同出，归乡如不归"的句法，感情郁结深挚，用笔千回百折，是一篇血泪凝成的至情文字。

宋末的遗民诗人中较著名的还有谢枋得、郑思肖、林景熙、萧立之等，他们深情地唱着挽歌，"书生倚剑歌激烈，万壑松声助幽咽"（林景熙《读〈文山集〉》），"独立苍茫外，吾生何处家"（萧立之《茶陵道中》），其凛然不屈的气节可歌可泣，最后为宋诗谱写了哀婉动人的一章。

第五节 元好问的诗论与诗词创作

阐述两宋诗词史当然不能不讲辽、金统治地区的诗词，讲金政权统治地区的诗词，自然不能不讲金朝著名诗人元好问，现将他附在宋代文学诗词史之末来论述。

元好问（1190—1257），字裕之，号遗山，忻州秀容（今山西忻州市）人。他是北魏鲜卑拓跋氏后裔，生于世代官宦之家，官至尚书左司员外郎、知制诰。元好问为金代最杰出的诗人和诗论家，生前就被誉为"北方文雄"。他作诗可谓家学渊源，生父元德明被同辈赞为"诗句妙九州"，其兄元好古也以能诗见称于世，他本人七岁就能吟出佳句，被当时名士王汤臣目为"神童"。他在《陶然集诗序》中说："果以诗为专门之学，求追配古人，欲不死生于诗，其可已乎！"他一生对诗用力最多，也以诗成就最大。临死前特地叮嘱门人说，自己墓碑上只书"诗人元遗山之墓""足矣"。

我们还得先从元好问的诗论谈起，这样会更易于理解他的诗歌。他在《答聪上人书》中自述说："学古诗一言半辞传在人口，遂以为专门之业，今四十年矣。见之之多，积之之久，挥毫落笔，自铸伟词，以惊动海内则未能；至于量体裁，审音节，权利病，证真赝，考古今诗人之变，有戆直而无姑息，虽古人复生，未敢多让。"可见，就像对自己的诗歌十分自负一样，他对自己的诗论同样十分自负，甚至更加自负。元好问诗论的代表作是《论诗三十首》，他有感于当时诗坛上"风雅久不作，日觉元气死"（《别李周卿》）的衰敝，《论诗三十首》第一首就揭橥自己论诗的目的：

　　汉谣魏什久纷纭，正体无人与细论。谁是诗中疏凿手？暂教泾渭各清浑。

这与杜甫"别裁伪体亲风雅"是同一目的，诗中的"正体"是与"伪体"相对而言的。刘勰也多次提到后世"文体解散"，由于文人好奇导致文体"讹而新"，因而就形成了诗中的"伪体"。元好问以"诗中疏凿手"自命，从"汉谣魏什"上溯《诗经》之源，以诗歌重新恢复"风雅"传统，使"正体"与"伪体"泾渭分明。中国古代诗学中一直有"辨体"的传统，明代许学夷还有《诗源辩体》的名著，书中提到的元结便是这一传统中重要的一环。

就诗歌理想而言，元好问推崇雄健豪迈的英雄气概，崇尚慷慨悲壮的建安风骨，向往"天苍苍，野茫茫"的辽阔境界，轻视"无力蔷薇卧晚枝"式的"女郎诗"，鄙薄齐梁绮靡艳俗、柔弱无骨的诗风：

曹刘坐啸虎生风，四海无人角两雄。可惜并州刘越石，不教横槊建安中。

——其二

慷慨歌谣绝不传，穹庐一曲本天然。中州万古英雄气，也到阴山敕勒川。

——其七

沈宋横驰翰墨场，风流初不废齐梁。论功若准平吴例，合着黄金铸子昂。

——其八

228

有情芍药含春泪，无力蔷薇卧晓枝。拈出退之山石句，始知渠是女郎诗。

——其二十四

　　与其将这种诗学理想归结为他鲜卑族血缘，归结为他生长生活于幽并的民风，还不如归结为是对"中州万古英雄气"的发扬光大。高扬建安风骨和鄙弃齐梁绮靡，地不分南北，时不分古今，是长期积淀而成的审美取向，既不是元好问创之于前，也不会是由他断之于后，但他将此提炼得更为集中和醒目，也表述得更为生动和形象。

　　元好问在诗风上肯定"豪华落尽见真淳"，在诗语上喜欢"一语天然万古新"，在创作方法上认为"闭门觅句"是枉费精神。他主张写人生要有自己的独特体验，写自然要自己亲身所见，"眼处心生句自神，暗中摸索总非真。画图临出秦川景，亲到长安有几人？"（《论诗三十首》其十一）

　　一语天然万古新，豪华落尽见真淳。南窗白日羲皇上，未害渊明是晋人。

——其四

　　古雅难将子美亲，精纯全失义山真。论诗宁下涪翁拜，未作江西社里人。

——其二十八

229

池塘春草谢家春，万古千秋五字新。传语闭门陈正字，

可怜无补费精神。

——其二十九

当然，主要还是由其诗使元好问流芳万世，清刊《元遗山先生全集》收诗一千三百八十余首、词三百八十余首。无论是他的出身家世，还是他的才华遭际，都让元好问不得不陷入金代的政治漩涡，因而他对国家兴亡与民生疾苦，不是置身事外的道义同情，更不是隔岸观火的冷淡麻木，而是感同身受地牵挂、痛苦、悲泣，并把金代的灭亡和元军的残暴，放在巨大的时空背景中来审视、反思和表现，所以这类诗歌有深层的反省，有浓烈的激情，有震撼人心的力量，如名作《岐阳三首》：

突骑连营鸟不飞，北风浩浩发阴机。三秦形胜无今古，千里传闻果是非。偃蹇鲸鲵人海涸，分明蛇犬铁山围。穷途老阮无奇策，空望岐阳泪满衣。

百二关河草不横，十年戎马暗秦京。岐阳西望无来信，陇水东流闻哭声。野蔓有情萦战骨，残阳何意照空城！从谁细向苍苍问，争遣蚩尤作五兵？

眈眈九虎护秦关，懦楚羸齐机上看。禹贡土田推陆

海，汉家封徼尽天山。北风猎猎悲笳发，渭水潇潇战骨寒。三十六峰长剑在，倚天仙掌惜空闲。

写作《岐阳三首》时，诗人正身处河南南阳，而他关注的战事发生在岐阳（今陕西凤翔一带）。金国由当年的强盛到如今的衰败，他目睹金朝统治者的腐朽无能、金朝将帅的贪生怕死，更目睹了蒙古军的冷血残暴、岐阳百姓的血泪惨象，预感到岐阳的沦陷和国家的灭亡迫在眉睫。诗人眼睁睁看着这一切却无力回天，"偃蹇鲸鲵人海涸，分明蛇犬铁山围"，岐阳形势是多么紧迫和危急；"野蔓有情萦战骨，残阳何意照空城"，当时的战况是多么血腥；"穷途老阮无奇策，空望岐阳泪满衣"，诗人内心又是多么绝望和沉痛。这一切惨剧就发生在今古相同的"三秦形胜"之地，发生在当年"汉家封徼"之中，然而，"三十六峰"的"长剑"仍在，"倚天"的"仙掌"却已"空闲"。这是在悲叹，也是在反思。

再如他的另一组代表作《壬辰十二月车驾东狩后即事五首》：

惨澹龙蛇日斗争，干戈直欲尽生灵。高原水出山河改，战地风来草木腥。精卫有冤填瀚海，包胥无泪哭秦庭。并州豪杰知谁在？莫拟分军下井陉。

——其二

郁郁围城度两年，愁肠饥火日相煎。焦头无客知移突，

曳足何人与共船。白骨又多兵死鬼，青山元有地行仙。西
南三月音书绝，落日孤云望眼穿。

——其三

万里荆襄入战尘，汴州门外即荆榛。蛟龙岂是池中
物？虮虱空悲地上臣。乔木他年怀故国，野烟何处望行
人？秋风不用吹华发，沧海横流要此身。

——其四

金哀宗开兴元年（1232，即诗题"壬辰"年）蒙古军围困汴京，
金哀宗被迫率兵东征。时元好问任左司都事，"壬辰"五首就是作于
此时的围城中。"郁郁围城度两年，愁肠饥火日相煎"，正是被围京
城食尽粮绝的写照。诗中有对蒙古军暴行的控诉，如"惨澹龙蛇日
斗争，干戈直欲尽生灵"；有对金朝君臣醉生梦死的揭露，如"白
骨又多兵死鬼，青山元有地行仙"；也有对即将灭亡的金王朝的依
恋，如"乔木他年怀故国，野烟何处望行人"；当然写得最多的还
是对生灵白骨的悲悯，还有对自己历史担当的自觉，如"秋风不用
吹华发，沧海横流要此身"。这五首组诗是诗人用血泪凝成的，以
其情感的凝重浓烈，像"史诗"一样震撼了一代代读者。

元好问即使写战争的惨败，诗境仍然宏阔而悲壮，如第四首以"万
里荆襄入战尘"发端，以"沧海横流要此身"结尾，空间上笼罩万里，
时间上俯视百代，以如椽巨笔写历史的悲剧，堪称诗家中的"大手笔"。

由于元好问丰富的想象，加之他那深厚的学养，哪怕那些表现眼前时事的诗歌，也从来不是"就事论事"，而是具有巨大的时空结构，具有巨大的历史深度与广度。如《岐阳三首》中"禹贡土田推陆海，汉家封徼尽天山"，将遥远的历史与辽阔的空间有机统一在一起；"三十六峰长剑在，倚天仙掌惜空闲"，没有奇特的妙想就不可能有如此佳句。

《金史》本传称其诗歌语言"奇崛而绝雕刿，巧缛而谢绮丽"，"奇崛"是确评，"巧缛"则未必。如"白骨又多兵死鬼，青山元有地行仙。西南三月音书绝，落日孤云望眼穿"，有奇气而不生拗，有顿挫却又如瓶泻水，尚高华而绝不"巧缛"。"巧缛"仅见于他的部分山水诗，如《杏花杂诗十三首》其五："纷纷红紫不胜稠，争得春光竞出头。却是梨花高一着，随宜梳洗尽风流。"

元好问现存词三百八十多首，词风兼取豪放与婉约之长，内容抒情写景叙事无施不可，况周颐在《蕙风词话》中评其词说，"亦浑雅，亦博大，有骨干，有气象"，可见元词更近于苏轼和辛弃疾。但较之元好问诗歌，元词更率情率性，如《摸鱼儿·雁丘辞》：

乙丑岁赴试并州，道逢捕雁者云："今旦获一雁，杀之矣。其脱网者悲鸣不能去，竟自投于地而死。"予因买得之，葬之汾水之上，垒石为识，号曰"雁丘"。时同行者多为赋诗，予亦有《雁丘辞》。旧所作无宫商，今改定之。

问世间，情为何物，直教生死相许？天南地北双飞客，老翅几回寒暑。欢乐趣，离别苦，就中更有痴儿女。君应有语：渺万里层云，千山暮雪，只影向谁去？　横汾路，寂寞当年箫鼓。荒烟依旧平楚。招魂楚些何嗟及，山鬼暗啼风雨。天也妒，未信与，莺儿燕子俱黄土。千秋万古，为留待骚人，狂歌痛饮，来访雁丘处。

这首词抒情写意真是"一往情深"，"问世间，情为何物，直教生死相许"，至今依旧传唱不衰。

附：宋词讲座系列

柳永词论

一、柳永：“变一代词风”

　　柳永是两宋词坛上颇负盛名的词人，他的词在高雅的士大夫和普通的老百姓中都有市场，生前就形成了“凡有井水饮处，即能歌柳词”（叶梦得《避暑录话》）的盛况。

　　由于生前没有取得一定的社会地位，柳永这位文坛高手被后来的史家排除在《宋史·文苑传》之外，所以他的生卒年没有史书的可靠记载。宋词专家唐圭璋先生考定他生于公元987年，约死于1054年。中国社会科学院文学研究所的《中国文学史》把他的生卒年定为987—1053年。柳永原名三变，字耆卿，排行第七，所以人们又称他为柳七、柳三变、柳耆卿。他出生在福建崇安县五夫里一个官宦人家。父亲柳宜在南唐时为监察御史，入宋后于太宗雍熙二年（985）登进士第，官至工部侍郎。这种家庭出身决定了他必须像父兄那样走科举入仕的道路。连考三次进士都失利，痛苦之余写了一首《鹤冲天》以泄愤懑：

> 黄金榜上，偶失龙头望。明代暂遗贤，如何向？未遂风云便，争不恣狂荡？何须论得丧。才子词人，自是白衣卿相。　烟花巷陌，依约丹青屏障。幸有意中人，堪寻访。且恁偎红翠，风流事，平生畅。青春都一饷。忍把浮名，换了浅斟低唱！

出生于世代官宦人家的柳永，少年时在京城开封常"多游狭邪"，还"好为淫冶讴歌之曲"，考场失败不仅没有使他收敛，他反而更傲然以"白衣卿相"自居，以"浅斟低唱"的浮荡来鄙弃官场的"浮名"。据说有一次通过了考试，临到放榜时又被宋仁宗黜落，宋人吴曾《能改斋漫录》记载："仁宗留意儒雅，务本理道，深斥浮艳虚薄之文。初，进士柳三变好为淫冶讴歌之曲，传播四方。尝有《鹤冲天》词云：'忍把浮名，换了浅斟低唱。'及临轩放榜，特落之，曰：'且去浅斟低唱，何要浮名！'"一直挨到宋仁宗景祐元年（1034）才登第，他那时已是四十八岁的老头了。

柳永现存《乐章集》一卷，词二百零六首，另有集外词六首，共存二百一十二首，贯穿这些作品的两大主题是：艳情与宦情羁旅。艳情词多是他中进士以前的作品，宦情词主要是他老来所作。人们常把前者贬为俗词，把后者称为雅词。

写艳情好像是派给词的专利，一本《花间集》几乎全是咏叹爱情或色情，晚唐五代温庭筠、韦庄等人都是写艳情的高手，欧阳修、晏殊、晏几道也都是描写风月的行家。可是，为什么唯有柳永的艳情词成为众矢之的呢？这是因为柳永的艳词呈现出另一种情调、另一种风格。温庭筠以下词人的艳情词是一种诗化了的人物和情感，是封建士大夫理想化的产物，词中的人物与情感都抹上了浓重的贵族色彩，因而词中的佳人既倾城倾国，词中的情感也高雅不群，如张先的《醉垂鞭》：

　　双蝶绣罗裙，东池宴，初相见。朱粉不深匀，闲花淡淡春。　细看诸处好，人人道，柳腰身。昨日乱山昏，来时衣上云。

如晏殊《蝶恋花》：

　　槛菊愁烟兰泣露。罗幕轻寒，燕子双飞去。明月不谙离恨苦，斜光到晓穿朱户。　昨夜西风凋碧树。独上高楼，望尽天涯路。欲寄彩笺兼尺素，山长水阔知何处？

如晏几道《鹧鸪天》：

彩袖殷勤捧玉钟，当年拼却醉颜红。舞低杨柳楼心月，歌尽桃花扇底风。 从别后，忆相逢。几回魂梦与君同？今宵剩把银釭照，犹恐相逢似梦中。

再如晏几道《临江仙》：

梦后楼台高锁，酒醒帘幕低垂。去年春恨却来时。落花人独立，微雨燕双飞。 记得小蘋初见，两重心字罗衣，琵琶弦上说相思。当时明月在，曾照彩云归。

又如欧阳修《南歌子》：

凤髻金泥带，龙纹玉掌梳。走来窗下笑相扶，爱道画眉深浅入时无。 弄笔偎人久，描花试手初。等闲妨了绣工夫。笑问双鸳鸯字怎生书。

柳永艳词中人物都不像这样高雅飘逸、一尘不染，而是一些普普通通的市井小民，反映的也是市井小民的情感和趣味。他们没有崇高的人生目标、恢宏不凡的器宇，谈吐既不高雅，情感也很平庸，有的甚至低俗浅薄，但他们不知道什么是矫揉造作，更不去故作斯文卖弄风情，而是热情地品尝人生的苦乐，真率地享受世俗的男欢女爱，呈现出浓厚的世俗市民情调。如《定风波》：

自春来，惨绿愁红，芳心是事可可。日上花梢，莺穿柳带，犹压香衾卧。暖酥消，腻云亸。终日恹恹倦梳裹。无那！恨薄情一去，音书无个。　　早知恁么。悔当初，不把雕鞍锁。向鸡窗，只与蛮笺象管，拘束教吟课。镇相随，莫抛躲。针线闲拈伴伊坐。和我。免使年少，光阴虚过。

　　"可可"，本意朦胧隐约，此处指心里模模糊糊，对任何事情都无所谓。"酥"，指妇女的酥胸。"腻云"指女性乌黑的头发。"无那"即无奈，"鸡窗"即书窗。《幽明录》载："晋兖州刺史沛国宋处宗，尝买得一长鸣鸡，爱养甚至，恒笼着窗间。鸡遂作人语，与处宗谈论，极有言智，终日不辍。处宗因此言功大进。"后人即以鸡窗为书房的代称。唐罗隐《题袁溪张逸人所居》："鸡窗夜静开书卷，鱼槛春深展钓丝。""蛮笺"，指古代蜀地所产的彩色笺纸。

　　这首词中没有一点儿吟诗赏绘的才情，也缺乏高雅含蓄的趣味，充满了平凡甚至庸俗的情调，"镇相随，莫抛躲。针线闲拈伴伊坐"就是词中女性生活的最高理想，但它体现了小市民善良亲切的生活要求。词中的这种情趣无疑为自命风雅的士大夫所不屑一顾，张舜民《画墁录》记有这样一则故事："柳三变既以词忤仁宗，吏部不敢改官。三变不能堪，诣政府。晏公（殊）曰：'贤俊作曲子么？'三变曰：'只如相公亦作曲子。'公曰：'殊虽作曲子，不曾道"针线慵拈伴伊坐"。'柳即退。"

　　再看一首写男性情感的《木兰花令》：

有个人人真堪羡。问着佯羞回却面。你若无意向他人，
为甚梦中频相见。　　不如闻早还却愿。免使牵人虚魂乱。
风流肠肚不坚牢，只恐被伊牵惹断。

　　"人人"，对亲爱者的昵称，多指女性。"真堪羡"，真值得去巴结爱慕。"佯羞"，假装害羞。"回却面"，回头，掉过脸去。"闻早"，趁早。"还去愿"，还了愿。

　　这首词写男性的单相思。上片写他自作多情，下片写他的痛苦与愿望。词的大意说："有个美人儿真值得人追求，每次借故和她搭讪，她都掉转头去不理我。看她那份娇羞的样子似乎对我有点意思（其实是他的误解，女孩子是拒绝了他）。不是吗？如果她心里没有我而另有所爱，为什么天天夜晚来到我梦中呢？"这位痴情种把天天梦见别人说成是别人来找他。"既然天天梦中与我幽会惹得我神魂颠倒，还不如趁早了却这场心愿嫁给我算了。我生性痴情风流，再也受不了你这份考验了，再拖下去我的肠肚就要被你牵断。没有远大的理想和宏伟的抱负，只希望与自己喜欢的人儿厮守一生。"这在立志匡时济国的士大夫看来，自然是毫无出息的平庸之念，但它却是千千万万平民百姓的真情。语言单纯直率，很有小伙子的个性。

　　柳永甚至还赤裸裸地描写男欢女爱的情景，高度地肯定人的心理和生理的基本权利。在这一点上，他和士大夫的虚伪完全不同，士大夫只许自己明目张胆地占有女性取乐，但表面上又装得道貌岸然，他们可以这样干却不许别人这样说，甚至攻击正常描写男欢女

爱的人低俗。如柳永的《菊花新》：

> 欲掩香帏论缱绻。先敛双蛾愁夜短。催促少年郎，先去睡，鸳衾图暖。　须叟放了残针线。脱罗裳，恣情无限。留取帐前灯，时时待看伊娇面。

我们在这首词中看不出什么下流淫荡的东西，感到的只是男女的温存缠绵和大胆地享受爱情的幸福。它与目前流行的杂志和色情小说不可同日而语。又如《小镇西》：

> 意中有个人，芳颜二八。天然俏、自来奸黠。最奇绝，是笑时、媚靥深深，百态千娇，再三偎着，再三香滑。　久离缺。夜来魂梦里，尤花殢雪。分明似旧家时节。正欢悦。被邻鸡唤起，一场寂寥，无眠向晓，空有半窗残月。

由于他艳情词中的人物平庸、情感俗气，自然会遭到封建文人一致的藐视，这就像当时的读书人瞧不起下层人民一样。宋王灼《碧鸡漫志》卷二指责柳词"浅近卑俗，自成一体，不知书者尤好之。予尝以比都下富儿，虽脱村野，而声态可憎"。陈振孙《直斋书录解题》称"其词格固不高"。连李清照也认为柳词"虽协音律，而词语尘下"（《苕溪渔隐丛话后集》引）。

柳词的第二个主题是"宦情羁旅"。这方面的词主要是写对官场生活的厌倦，对功名利禄的淡漠情怀，对人生的一种深沉的幻灭感：

> 向深秋，雨余爽气肃西郊。陌上夜阑，襟袖起凉飙。天末残星，流电未灭，闪闪隔林梢。又是晓鸡声断，阳乌光动，渐分山路迢迢。　驱驱行役，苒苒光阴，蝇头利禄，蜗角功名，毕竟成何事，漫相高？抛掷云泉，狎玩尘土，壮节等闲消。幸有五湖烟浪，一船风月，会须归去老渔樵。
>
> ——《凤归云》

> 暮雨初收，长川静，征帆夜落。临岛屿，蓼烟疏淡，苇风萧索。几许渔人飞短艇，尽载灯火归村落。遣行客，当此念回程，伤漂泊。　桐江好，烟漠漠。波似染，山如削。绕严陵滩畔，鹭飞鱼跃。游宦区区成底事，平生况有云泉约。归去来、一曲仲宣吟，从军乐。
>
> ——《满江红》

即使是对柳永艳情词看不顺眼的人，对他的宦情羁旅这方面的词也不敢小看，并把它们尊为雅词。宋翔凤《乐府余论》说："柳词曲折委婉，而中具浑沦之气，虽多俚语，而高处足冠群流，倚声家当尸而祝之。"如《八声甘州》中的名句："对潇潇暮雨洒江天，一番洗清秋。渐霜风凄紧，关河冷落，残照当楼。"苏轼认为后三句不减唐人高处。

人们往往把柳永的艳情和宦情这两个主题割裂开来，其实二者在柳永身上有着深刻的内在联系：对封建正统价值观的怀疑和否定，对传统所赞美的人生道路的厌恶和反叛，对"读书—做官"这一人生模式的舍弃。他已没有封建社会鼎盛时期知识分子如李白、岑参、杜甫等那种积极进取的精神，那种向往功名意气的博大怀抱，他喜欢和陶醉的不是立功塞外，而是闺房的温柔与销魂。柳永在某种意义上是贾宝玉精神上的兄长，他身上显示了封建社会走向衰亡的征兆。他在《传花枝》一词中说：

平生自负，风流才调。口儿里、道知张陈赵。唱新词，改难令，总知颠倒。解刷扮，能喑哝，表里都峭。每遇着、饮席歌筵，人人尽道。可惜许老了。　阎罗大伯曾教来，道人生，但不须烦恼。遇良辰，当美景，追欢买笑。剩活取百十年，只恁厮好。若限满，鬼使来追，待倩个、淹通著到。

在北宋最繁荣强盛的时期，知识分子仍然没有理想、没有追求，把全副本领使在花巷柳陌之中，甚至以"风流才调"与"追欢买笑"自负，可见封建社会已快要山穷水尽了，柳永与贾宝玉只有一步之遥。柳永的兴趣、追求说明封建社会的思想基础、价值观念已不能维系人心，封建社会的大厦倒塌的日子不会太久了，这就是柳永词深刻的意义之所在。对稍后晏几道也应作如是观，他的人生追求与柳永十分相近，读读他的词有助于加深对柳永的理解，如《鹧鸪天》：

　　小令尊前见玉箫，银灯一曲太妖娆。歌中醉倒谁能恨，唱罢归来酒未消。　　春悄悄，夜迢迢，碧云天共楚宫遥。梦魂惯得无拘检，又踏杨花过谢桥。

当然，柳永词在文学史上的地位主要是由它的艺术价值奠定的。在词体及其表现手法上他都有所开拓创新。在他之前词的体裁主要是小令，柳永首先使慢词成为与小令双峰并峙的一种成熟的文学样式，使词反映更为丰富复杂的生活内容；其次是创造了慢词铺叙承接的结构手法；最后是语言的口语化和通俗化。现在我们就结构和语言作一些具体分析。

二、柳词的抒情方式："只是实说"

柳词中的情感真率热烈，表达这种感情的抒情方式往往是直抒胸臆，项安世认为柳词的抒情方式"只是实说"（《平斋杂说》）。如《驻马听》：

凤枕鸾帷。二三载，如鱼似水相知。良天好景，深怜多爱，无非尽意依随。奈何伊，恣性灵，忒煞些儿。无事孜煎，万回千度，怎忍分离。　而今渐行渐远，渐觉虽悔难追。漫恁寄消息，终久奚为？也拟重论缱绻，争奈翻覆思维。纵再会，只恐恩情，难似当时。

上片是甜蜜的回忆。一起笔就说"凤枕鸾帷"，渲染出男女的恋情已超出了少男少妇的精神恋爱的程度，二三年彼此像鱼与水一样难分难舍。恋爱时情人觉得天比过去蓝、景比过去美，景物用"良辰好景"来形容，见出词人心中的欢乐，恋情用"深怜多爱"来叙写，显示双方感情的深厚真挚。双方总是拣好听的情话说，说了一片又一片，反复听又总觉得新鲜。热恋中的女性喜欢放纵恣意、撒娇任性，有时简直有些过分。然而，她越撒娇反而越使人觉得逗人爱恋。"恣性灵，忒煞些儿"与上句"无非尽意依随"是互为因果的，正因为男方处处迁就随顺，才惯得情人娇纵恣肆；情人越是娇憨任性耍小脾气，男方更觉得她可爱，更是百般赔小心。弄点小纠纷，耍点小脾气，使恋情更显得俏皮活泼，更没有一点儿沉闷的气息。"无事孜煎，万回千度，怎忍分离"，情人细腻多情、柔情蜜意，爱得太深而害怕失去它。原来好撒娇恣纵不是因为厌倦，而是觉得太幸福了。上片最后轻轻带出"分离"二字。由上片害怕分离跌入下片事实上的分离。上片的情调旖旎欢快，读到"而今渐行渐远"才知道上片是刚与情人分离的男方对前不久的爱情的回忆。过去越幸福就反衬得现在越凄凉。连用三个"渐"字，细腻地展现了作者旅途中离情人愈远相思之情就越切的心理。"漫恁寄消息"以下都是词人的心理活动，既直率坦诚又细腻真切。

感情是一种非常抽象的东西，所以词人们常用景物来表达和反映情感，让抽象的东西变成可感可触的形象，让不可捉摸的东西变得可以感受和体会，即景抒情容易使感情含蓄蕴藉。如贺铸《青玉案》中"试问闲愁都几许？一川烟草，满城风絮，梅子黄时雨"。还有李煜著名的"问君能有几多愁，恰似一江春水向东流"。可柳永有时不用这种以景传情的方法，而是一五一十地有什么说什么，直言不讳地抒发感情，故意把话说得又直又尽，不给人留下想象的余地。如此诗开头就老老实实地说："凤枕鸾帷。二三载，如鱼似水相知。"说情人"奈何伊，恣性灵，忒煞些儿"。说自己"而今渐行渐远，渐觉虽悔难追""也拟重论缱绻，争奈翻覆思维。纵再会，只恐恩情，难似当时"。就像对一个知心朋友毫无保留地诉说自己的私生活，他说得越直率越老实，人们听得就越过瘾越想听，直率反而更耐人回味。

又如《少年游》：

　　一生赢得是凄凉。追前事，暗心伤。好天良夜，深屏香被，争忍便相忘。　王孙动是经年去，贪迷恋，有何长？万种千般，把伊情分，颠倒尽猜量。

一位被情郎遗弃了的女性，低声地倾诉着自己的幽怨和情思。她的性情是那样温存细腻，对恋人还是那么一往情深，真切地表达了她既恨又爱的复杂心情，本词的抒情方式也"只是实说"——细腻而又直率的内心独白，一位风尘美人把自己破碎的心撕毁给人看。她的诉说把人引进其内心深处，我们理解她的怅恨、孤寂以及对爱的渴望。这种直抒胸臆的方式更能真切细腻地揭示人物的内心世界。

三、结构特点：细密而妥溜

　　清刘熙载在《艺概·词曲概》中说："耆卿词，细密而妥溜，明白而家常，善于叙事，有过前人。""细密而妥溜"是指词的章法结构而言的，"明白而家常"是指词的语言来说的。"细密"是说章法结构中句与句、片与片之间的衔接绵密紧凑，"妥溜"是说上下句和上下片的承接没有任何痕迹，天衣无缝。如《八声甘州》：

　　　　对潇潇暮雨洒江天，一番洗清秋。渐霜风凄紧，关河冷落，残照当楼。是处红衰翠减，苒苒物华休。惟有长江水，无语东流。　不忍登高临远，望故乡渺邈，归思难收。叹年来踪迹，何事苦淹留？想佳人、妆楼颙望，误几回，天际识归舟。争知我，倚阑干处，正恁凝愁。

上片头两句用"对"字领起，勾画出词人登楼所见的暮秋傍晚的雨景，用"潇潇"来形容雨的大小，用"洒"来形容雨落下的样子，可见这是飘飘洒洒寒气阵阵的雨点。秋天当然不能"洗"，词人偏偏说天之"清"是暮雨"洗"的结果，"洗"字用得十分别致、生动，把雨后秋空清朗明净的景象勾勒得十分逼真。由"洒江天"逗出"洗清秋"。柳词中常用"洗"字，如"晚晴初，淡烟笼月，风透蟾光如洗"（《十二时》），"骤雨新霁。荡原野，清如洗"（《玉山枕》）。接着用"渐"字领起下三句，进一步描写眼前的景物变化。秋风越刮越急，越来越寒，山河到处都显得萧索冷落，夕阳残辉在楼头不断晃动像是冻得发抖，身之所感目之所见无不凄凉。"渐霜风凄紧"在章法上回扣了"洒江天"，因为秋雨没有风就不会飘洒，同时这句又逗出了"残照当楼"，因为只有急风吹散阴云，才能使傍晚的太阳露出脸来，使得楼头有了"残照"，从这些地方可看出章法的细密。

苏轼一贯认为柳词俗气，独对这三句评价很高，称"此语于诗句不减唐人高处"，就是说这三句的境界可与唐诗中最阔大的境界相媲美。唐诗尤其是盛唐诗，宋严羽认为其优点之一就在"气象浑厚"，往往呈现出一种高远阔大的气象，这种气象是他们恢宏胸襟、昂扬意气的自然流露，所以能很快打动人心。柳词这几句的景物极为开阔高远，"江天""关河"意象都阔大，再以"暮雨""霜风""残照"来写自然景象的动态变化，又用"潇潇""清秋""冷落"等双声叠韵，给读者造成一种强烈的音响效果，而且开头"对"字领起的十三字句一气呵成。接着，"渐"字领起的又一个十三字句一气呵成，前后两个十三字句字数虽同，音节却异，前者为一、七、五，后者则为一、四、四、四，错综流动，一气贯注，所以一下子就能抓住人心。在音节的矫健、气象的恢宏和境界的阔大等方面与唐诗确有相近之处。当然，整首词所传达的情调与盛唐诗大异其趣，它不是盛唐的昂扬进取，而是萧瑟退缩，它是用阔大之境写其心事浩茫、触处生愁，盛唐诗则多是用阔大之境写意气的豪放。"是处"以下四句写足眼前景物，装点关河的花木都已凋残，美好景物都被凄寒的秋风刮得干干净净，使人"触目愁肠断"。连长江水对这一切也很伤心，沉闷无语地向东流去。唐圭璋先生解释这两句说："长江本不能语，用'无语'也即'无情'之意。"沈祖棻在《宋词赏析》中也说："江水本不能语，而词人却认为它无语即是无情，这也是无理而有情之一例。"这两位先生的解释都值得商量。逻辑学中一个否定的命题总预先设定了一个肯定的命题，诗人词人也常用这个道理，江水本来不能说话而"无语"，如果在论文中，说长江"无语"就是一句符合事实的废话，但在诗句中却很有情韵，因为它仿佛表示长江原先本来能语、会说而此刻才痛苦地沉默"无语"。无情的长江也十分伤心，词人的伤心就在不言之中了。"惟有长江水，无语东流"正是预先设定了长江能语有情的前提，"无语"是说长江痛苦地沉默不语，面对"红衰翠减"的景象无限感伤。如果认为长江本不能语而又说它"无语"，那不是说了一堆废话吗？诗人们常把无情写得多情：如写山，"暮雨自归山悄悄"（李商隐《楚宫》），"万壑有声含晚籁，数峰无语立斜阳"（王禹偁《村行》）；如写日，"凭阑久，疏烟淡日，寂寞下芜城"（秦观《满庭芳》），"怅望倚层楼，寒日无言西下"（张升《离亭燕》）。

换头处由景入情，上片秋江暮雨、关河冷落、残照当楼，本是词人登高所见，而下片换头处却说"不忍登高临远"，"不忍"在章法上是承上启下，在感情上则转折腾挪、委婉曲折。"登高临远"为的是望故乡，然而不仅看不到故乡的影子，映入眼帘的是萧疏的秋景，反而更引起急切的思乡之情。这自然使他产生"不忍"再在楼头眺望的感伤。既然对故乡如此依恋，那干吗要轻率地离开呢？这引出了词人的自问自叹："叹年来踪迹，何事苦淹留？"检点自己近年来落拓江湖的行踪，免不了要自问这究竟是为什么。在"归思"和"淹留"的矛盾之间，词人有多少"归也未能归，住也如何住"的难言之隐。由自己思乡心切联想到妻子盼望自己归来，不从自身落笔而从对方着想。由"想"字领起直贯到底。谢朓"天际识归舟，云中辨江树"是实写江景，柳词则借用其语，虚写想象中的妻子思夫形象，她经常在妆楼上呆呆地望着远处归帆出神，几次三番地误以为船上有归来的丈夫。温庭筠《望江南》："梳洗罢，独倚望江楼。过尽千帆皆不是，斜晖脉脉水悠悠，肠断白蘋洲。""想佳人"几句所写的感情与温词相同，但柳词再加上"误几回"更觉灵动有味。"佳人"多少次被希望和失望捉弄，一定要埋怨自己长期在外面不回。"何事苦淹留"，连词人自己有时对自己何苦要在外面漂泊也感到茫然，在"妆楼颙望"的佳人就更难理解了。她也许还以为丈夫在外乐而忘返哩，怎么会知道我现在倚栏思乡的苦衷呢？本是自己倚栏凝愁，却说佳人不知自己的愁苦。"佳人"怀念自己本出于想象，属于虚写，却用"妆楼颙望，误几回，天际识归舟"这样的具体细节来展开，将想象中的形象写得活灵活现，是为化虚为实；倚栏凝愁本是实情，却用"争知我"三字从对方设想，则又是化实为虚。章法既细密又灵动。感情也抒发得委婉动人。结句"倚阑干处"远应上片起句，知"对潇潇暮雨"以下一切景物都是倚栏时所见；"正恁凝愁"又应下片起句，知"不忍登高临远"以下，一切思归之情皆凝愁中所想。结构章法之细密妥溜的确令人折服。

该词结构的细密很得力于善用提领之笔，开端用一个"对"字，领起一个七字句和五字句；接着又用一个"渐"字领起三个四言偶句，使劲顶住上面两个单句；而三个四字句中，又以最末一句紧束上面两个对偶句，就格外显得章法错综多变而又和谐灵动。跟着递用六、五、四的句式，由"是处"二字领起，整个句法宛转相生。下片用"不忍"带出一个"登高临远"的偶句，接着用"望"顶住上句，领起两个四言偶句，由"叹"字收束上文，两个五字句使文意转深一层。再由一个"想"字贯穿到底，使结尾一气呵成，写出他感情上的感伤动荡，"倚阑干"远承起句，"正恁凝愁"又回抢本片。该词章法上的承接到了近乎天衣无缝的地步。

再来看一首《雨霖铃》：

> 寒蝉凄切。对长亭晚，骤雨初歇。都门帐饮无绪，留恋处，兰舟催发。执手相看泪眼，竟无语凝咽。念去去、

千里烟波，暮霭沉沉楚天阔。　　多情自古伤离别。更那堪，冷落清秋节！今宵酒醒何处？杨柳岸，晓风残月。此去经年，应是良辰好景虚设。便纵有千种风情，更与何人说？

　　"寒蝉"四字为全词的情感设定了基调。"寒蝉"以当前景物点明节令，直贯下片的"清秋节"，不但写了所闻、所见，兼写出词人的所感。"凄切"当然不可能是蝉声而是听蝉人的移情。"长亭"指明送别之地，"晚"进一步点明送别之时，为下文的"催发"张本。因"骤雨"恋人才得以"留恋"，因"初歇"船工才"催发"。到了开船的时间却来一阵"骤雨"，恋人才可能借此多"留恋"一会儿，到天已晚雨已停就该开船了。由"都门"便知词人与情人别于汴京，"帐饮"而"无绪"则写出了他们之间分别的痛苦。杜牧《赠别》诗中说："多情却似总无情，唯觉尊前笑不成。蜡烛有心还惜别，替人垂泪到天明。"一方正在"留恋"，一方又使劲"催发"；"留恋"则不忍别，"催发"又不得不别。这样就水到渠成地逼出了"执手相看泪眼"两句，将当时分别的场面写得生动逼真。苏轼的《江城子》有"相顾无言，惟有泪千行"句，与"执手"两句异曲同工，但一个是写生离，一个是记死别。"念去去"两句以天地之阔写情人别后之孤，章法上是宕开一笔。"烟波"以"千里"来形容，"暮霭"以"沉沉"来叙写，而"楚天"则以"阔"字来描摹，难怪这对恋人分别时要"凝咽"了。

　　换头处从自己眼前的分别推开一层，泛说自古天下多情人的分别总是非常痛苦感伤，江淹《别赋》一开头就说："黯然销魂者，唯别而已矣。""更那堪，冷落清秋节"转进一层，说我俩的分别正当恼人的秋天就更加痛苦了。说秋天更加可悲是暗用宋玉《九辩》"悲哉，秋之为气也……憭栗兮若在远行，登山临水兮送将归"之意。"今宵"两句为千古丽句，是从现在预想将来，虚景实写。"今宵"从时间上遥接上片"对长亭晚"的"晚"字，"酒醒"又遥接上片的"帐饮"。这两句以丽语写哀情，面对着如此"良辰好景"，却没有自己心爱的人儿在身边，景越美则情越哀。由"今宵"推想到"经年"，"今宵"的"杨柳岸晓风残月"只堪惹愁生恨，"此去经年"的"良辰好景"同样形同虚设，即使有"千种风情"，又"更与何人说"。最后几句一层进一层，一气贯注。

四、语言特点：明白而家常

柳词的语言极少用典故，前期词常用市民的俗语，后期词多用朴素精练的白话，没有任何人为雕琢的痕迹。读柳词像是在听柳永与我们说明白自然的家常一样，觉得十分平易生动而又亲切愉快。刘熙载评柳词的语言"明白而家常"实在是深中肯綮之言。我们现在来分析几首柳词。如《法曲第二》：

青翼传情，香径偷期，自觉当初草草。未省同衾枕，便轻许相将，平生欢笑。怎生向，人间好事到头少。漫悔懊。　细追思，恨从前容易，致得恩爱成烦恼。心下事千种，尽凭音耗。以此萦牵，等伊来，自家向道。泊相见，喜欢存问，又还忘了。

"青翼"，传说中传递书信的使者。"偷期"，偷偷约会。"当初草草"，由于约会是偷偷摸摸进行的，所以女主人公觉得当初太潦草匆忙。"未省"几句，补足上"当初草草"意，是说还不明白同眠共枕是怎么回事，就轻易地以"平生欢笑"相许，答应一辈子与情人相好。"怎生向"，当时口语，无奈何的意思。"漫悔懊"明明是说现在后悔也没有用，太晚了，过片又说"细追思"，可见她明知后悔白搭也不能忘情，也可见这位女主人公感情的缠绵执着，对自己的心上人一往情深。过去太轻率太幼稚地真诚相许，想不到从前的恩爱换来的是如今的烦恼。"心下事千种，尽凭音耗"，无限的痛苦、懊悔、委屈、猜测、失望、怀疑、希望等复杂的情感，没有办法当面向对方诉说，只能凭书信往来。"以此萦牵，等伊来，自家向道。泊相见，喜欢存问，又还忘了"数句，把一个细腻善良、温柔多情的女性勾画得栩栩如生。词中"传情""偷期""草草""相将""怎生向""到头""悔懊""自家""萦牵""又还忘了"等都是当时的口语，读来就像听一个多情温柔的姑娘，向我们说悄悄话，像听家常话一样的亲切自然，人物刻画得也十分生动形象。

又如《锦堂春》：

坠髻慵梳，愁蛾懒画，心绪是事阑珊。觉新来憔悴，金缕衣宽。认得这疏狂意下，向人诮譬如闲。把芳容整顿，恁地轻孤，争忍心安。　依前过了旧约，甚当初赚我，偷剪云鬟。几时得归来，香阁深关。待伊要、尤云殢雨，缠绣衾，不与同欢。尽更深，款款问伊，今后敢更无端。

"髻"，发髻，已婚妇女的标志。"阑珊"指事物将尽或衰落，此借用来指心情的抑郁低沉。"诮譬"是当时的口语，与人调笑耍闹。"尤云殢雨"，"尤"即过分；"殢"，纠缠不清，缠绵。"云雨"指男女之间的性生活。"尤云"句指过分贪恋男女欢情，缠着要做爱。"尽"，听任，等到。"款款"，慢慢地。"无端"，没道理，引申为胡来。

此词是一位女性的内心独白。开端直接诉说自己情绪的愁闷和精神的慵懒怠倦。接着说自己因精神苦闷引起的面容憔悴消瘦。"认得这疏狂意下，向人诮譬如闲"，"认得"，料得，想得出来；"疏狂"，放荡轻狂，是女性骂负心郎的话，此处代指负心郎。她说可以想见这轻狂的负心汉正在外面与别人调笑取闹，心里完全若无其事，已把我这位昨日的情人忘得一干二净。爱情是一种十分复杂的心理现象，有时对情人既爱又恨，往往正是因为爱得深才恨得切。她恨情人抛弃自己，恰恰是她爱她的情郎，如果她对情人无意，那么被他抛弃也就无所谓愁了。她并没有长久地沉溺痛苦绝望之中，想采取行动自我振作一番。她知道自己能重新赢得这位负心汉的爱情，唯一的资本就是自己的姿容，所以她把"芳容整顿"。"整顿"的不仅是她的外表，也是她内心的振作挣扎，显然这位女性对自己的芳容十分自信，"怎地轻孤，争忍心安"！这位女性个性很刚强，并没有被打击压倒，这是市民意识的觉醒，初步意识到幸福应该自己去追求，她有比较强的自我意识。过片进一步写她对负心郎的埋怨："依前过了旧约，甚当初赚我，偷翦云鬟。""依前"，像从前一样。"云鬟"是指如乌云似的头发。古代男女分别时有互为盟约发誓并由女子剪发为赠的习俗。赠发是为了使男人见发如见人，另外还有让头发缠住男子之心的寓意。如柳永《洞仙歌》："夜永欢余，共有海约山盟，记得翠云偷翦。"她埋怨"疏狂"的情人像从前一样过了旧约的归期，可见他的疏狂失约不是一次两次，他自己违背诺言却要骗她剪发为赠。恼恨之余盘算着他下次来时，如何收拾这位负心郎，如何跟他算总账。首先是把他晾起来冷落一番，"几时得归来，香阁深关"，等他来时把自己的卧室关上，任凭他怎么纠缠要亲热一夜，让他自己裹着被子到一旁去睡，给他一点颜色看看，让他知道我的厉害。然后"尽深更，款款问伊，今后敢更无端"，到深更半夜再板起脸来慢慢从头到尾好好数落他一顿，看他今后还敢不敢胡来，还敢不敢到外面去寻花问柳。

这首词使用当时的口语，明白如家常话，刻画了一位细心泼辣并有心计的女性形象，她那份尖酸泼辣的个性，与逆来顺受、温柔敦厚的传统女性迥然有别。相比之下，上首词的那位女性性格就要温存柔弱得多。大家比较一下两词中各对负心郎的处理方式和态度，就可看出两人的为人差异。词人也用了许多当时的家常口语，如：

"是事""认得""诮譬""恁地""争忍""敢更""忍心"等。

我们再来看他后期的羁旅词，如《夜半乐》：

冻云黯淡天气，扁舟一叶，乘兴离江渚。渡万壑千岩，越溪深处。怒涛渐息，樵风乍起，更闻商旅相呼，片帆高举。泛画鹢，翩翩过南浦。　望中酒旆闪闪，一簇烟村，数行霜树。残日下，渔人鸣榔归去。败荷零落，衰杨掩映，岸边两两三三，浣纱游女。避行客，含羞笑相语。　到此因念，绣阁轻抛，浪萍难驻。叹后约丁宁竟何据？惨离怀，空恨岁晚归期阻。凝泪眼，杳杳神京路。断鸿声远长天暮。

又如《卜算子慢》：

江枫渐老，汀蕙半凋，满目败红衰翠。楚客登临，正是暮秋天气。引疏砧，断续残阳里。对晚景，伤怀念远，新愁旧恨相继。　脉脉人千里。念两处风情，万重烟水。雨歇天高，望断翠峰十二。尽无言，谁会凭高意？纵写得，离肠万种，奈归云谁寄？

这两词虽然没有用口语，但语言仍然通俗平易，即使现代读者基本不翻字典也能读懂。平易的语言，流畅的意脉，使柳词能直接打动人心。

周邦彦词论

一、周邦彦："集词学之大成"

周邦彦在南宋以后被誉为词的集大成者，历代的词学评论家把人们用来恭维杜甫的话，又一字不改地用在评价周邦彦身上，称他是书中的颜真卿和词中的杜甫。周济在《介存斋论词杂著》中说："美成思力，独绝千古，如颜平原书，虽未臻两晋，而唐初之法，至此大备，后有作者，莫能出其范围矣。"陈廷焯《白雨斋词话》："词至美成，乃有大宗，前收苏、秦之终，后开姜、史之始；自有词人以来，不得不推为巨擘。"陈匪石《宋词举》："周邦彦集词学之大成，前无古人，后无来者。"

不过，称周词为集大成，拟邦彦为"词中老杜"，只是就其艺术技巧上综合前人之长而言，并不是说他词中内容有如杜甫那样负海含天、深厚博大。与他那精工的艺术技巧相比，邦彦词的意境要显得贫乏单调得多。这里既没有柳永的真率热情，也没有苏轼的豪爽旷达，更没有辛弃疾的英雄浩气，只是平常的"悲欢离合羁旅行役之感"（王国维《清真先生遗事》）。虽然其中不乏文人的细腻优雅，但是难见远慕高举、豪放飘逸、悲壮崇高等深刻的情怀，在情感的丰富深厚上并没有超出前人的地方，所以王国维颇有微词地说："美成深远之致不及欧秦。唯言情体物，穷极工巧，故不失为第一流之作者。但恨创调之才多，创意之才少耳。"（《人间词话》）南宋著名词人张炎也认为："美成词只当看他浑成处，于软媚中有气魄，采唐诗融化如自己者，乃其所长；惜乎意趣却不高远。"（《词源》）。他的确缺乏柳永、苏轼、秦观、辛弃疾等词人那种迷人的个性，而只是一个风流、博学而又细腻的文人，人们之所以给他带上"集大成"的桂冠，全在于其词技巧上的博大精深、包罗万汇。陈匪石在《宋词举》中说："两宋之千门万户，清真一集，几擅其全。"清真词的确算得上是唐至北宋填词艺术经验的总结。

周词的创作方法也是北宋、南宋之间的转折点。周以前的词人不论是豪放如苏轼还是婉约如柳永，体裁不论是长调还是小令，都以直接的情感抒发和表现为主，词人敞开心扉让情感的激流或小溪尽情流淌，情感的洪流淹没了文字，读者也只陶醉于词的情感而忽略了词的语言。如"问君能有几多愁，恰似一江春水向东流"（李煜《虞美人》），"大江东去，浪淘尽、千古风流人物"（苏轼《念奴娇》），"柔情似水，佳期如梦，忍顾鹊桥归路！两情若是久长时，又岂在朝朝暮暮"（秦观《鹊桥仙》），"人有悲欢离合，月有阴晴圆缺，此事古难全。但愿人长久，千里共婵娟"（苏轼《水调歌头》），"执手相看泪眼，竟无语凝咽"（柳永《雨霖铃》），"早知恁么。悔当初，不把雕鞍锁。向鸡窗，只与蛮笺象管，拘束教吟课。镇相随，莫抛躲，针线闲拈伴伊坐。和我。免使年少，光阴虚过"（柳永《定风波》）。它们都是以情感迅速直接地打动人心，甚至使读者完全忘记了它的语言——尽管它们的语言也很美。但是，在周邦彦那里直接的情感抒发让位于精心的思考，不是让自己在具体情境中的惆怅、愁怨、相思、希冀等情感自然倾泻，而是全力在传达技巧上精磨细琢，专心于语言的典雅浑成、结构的曲折繁复、音韵的和谐悦耳，知识学问和文化修养在词的创作中起着重要的作用。虽然深厚的功力和渊博的学识使他的词达到了浑成的境界，但仍然可以看到它们所留下的人工打磨的印记。读他的词最先引人注意的是语言的精工、结构的巧妙以及音调的掩映低徊，不是为词中情感牵着走，而是对词中技巧的击节赞美，新鲜活泼的情感让位于精心结撰的高明技巧。人们对其"顿挫之妙，理法之精"倾心折服，对其"模写物态，曲尽其妙"叹为观止，对其"清浊抑扬，辘轳交往"的音律之美更是一唱三叹，但几乎不仅不能为他词中的情感如醉如痴，甚至对这些情感十分隔膜。这一方面是因为他的情感本来就不浓烈，另一方面是他词中的情感已不是自然地流露，它们经过了人工的修饰和安排，因而减弱了新鲜情感的强度。王国维曾在《词辨》的眉批中说："美成词多作态，故不是大家气象，若同叔、永叔，虽不作态，而一笑百媚生矣，此天才与人力之别也。"周邦彦的词不是随兴挥洒的天才产物，而是勤学苦练得来的人工产品。周济在《介存斋论词杂著》中说："美成思力，独绝千古，如颜平原书，虽未臻两晋，而唐初之法至此大备。"它是对周邦彦广泛地继承前人之所长，尤其是以凝思苦索的安排取胜的特色的总结。由于它们是思力安排的结果，因而读者也必须用心思索才能明白词中的情意，如果只凭情感或直觉读他的词会感到隔膜。俞平伯也认为："周邦彦的词，在两宋词人中技巧性很强，自有一些不大容易了解的地方。"(《论诗词曲杂著》)那么，他的技巧表现在什么地方呢？首先是结构的曲折繁复，其次是语言的浑成典雅，最后是对景物的摹写曲尽其妙。我们现在结合他的词分别来解析这些特点。

二、结构：曲折繁复

周词受柳永词风影响很大，特别是长调慢词的铺叙手法方面，二者有密切的承继关系。柳永长调的铺叙手法十分成功，与感情的直接自然倾吐相一致，叙述上按时空顺序向前一层层展开，以平铺直叙的"实说"为特点。周词虽也善于叙述铺排，但在结构安排上与柳异趣，它常常打乱时空顺序，变柳的直笔为曲笔，多用繁复交错的曲折手法。柳词的叙写方法是平面的，周词的叙写方法是立体的，这也就是陈廷焯论周词时所谓"顿挫之妙，理法之精"(《白雨斋词话》)。如《夜飞鹊·别情》：

> 河桥送人处，良夜何其？斜月远堕余辉。铜盘烛泪已
> 流尽，霏霏凉露沾衣。相将散离会，探风前津鼓，树杪参
> 旗。花骢会意，纵扬鞭、亦自行迟。　　迢递路回清野，人
> 语渐无闻，空带愁归。何意重经前地，遗钿不见，斜径都
> 迷。兔葵燕麦，向残阳、影与人齐。但徘徊班草，欷嘘酹酒，
> 极望天西。

起笔从送人处写入，"送人"是事，为全词感慨之由，"河桥"是
地，为后片"前地"伏笔。接着便从事与地说到时与景，以疑问语
点明送人的时间。送人送到桥头是古人的习惯，相传为李陵送别苏
武的古诗中，就有"携手上河梁，游子暮何之"的诗句，诗中的河
梁就是本词中的河桥。"良夜何其"明用《诗经·小雅·庭燎》中"夜
如何其，夜未央"（其读基，孔颖达《毛诗正义》："其，语辞（即语
尾助词），言夜今早晚如何乎？"）的句子，同时暗用苏轼《后赤壁
赋》中"月白风清，如此良夜何"的句子。如此美好的夜晚不是用
来欢会，却是在此时送别分离，这该是多么让人惆怅难堪。同时这
句也是在暗问良夜已是什么时分。第三句是对这一问话的回答："斜
月远堕余辉"，"斜""远"二字都是写月亮已偏西隐去时的光景。将
坠的斜月只剩余光，已残的盘烛空堆红泪，足见离筵之久、絮语之
多。"斜月"是夜景，"烛泪"指离会。不说"铜盘蜡烛已燃尽"而说

"铜盘烛泪已流尽"，是借物来煊染衬托人的感情，它巧妙地化用杜牧的"蜡烛有心还惜别，替人垂泪到天明"（《赠别》）的诗句。"霏霏"写出夜中露气迷蒙晦暗，把人的衣服沾湿，也说明野外话别的眷恋徘徊之久。斜月、烛泪、凉露，都是一些带凄凉情调的景物，暗示了别人之间感伤抑郁的心情，这就是人们常说的情景交融，这三个意象都是一个感伤的人眼中的景象。酒阑、烛尽、夜深，其势已不可再留，其情又不忍遽别，双方希望能多留一会儿就多留一会儿，"相将"三句就是这一情景的写真。"相将"是当时的口语，即现在所说的"即将"或"行将"，"离会"即离别的宴会。离宴快散了还是恋恋不舍，不时暗暗用耳朵探听渡头报时的更鼓，用眼睛去探望树梢上星辰移动的位置，"参旗"是星辰名。"探"字领下两句，写出了双方依依不舍的情绪。"探"字有关心之意，关心津鼓的声音与星辰的位置，表明他们对别前短暂时光的珍惜。既是探听水边渡头的更鼓，别者自然是走水路了，如果柳永写此词必定要续写上船与开船，可周词却突然转到骑马的送者，说"花骢会意，纵扬鞭、亦自行迟"。这种承接使读者有突兀之感，陈廷焯《白雨斋词话》说："美成词有前后若不相蒙者。"这种前后似乎没有任何联系正是结构中的"断"——曲折、顿挫，即将正在叙述的东西突然中断，掉转笔头去写另一件事，这种跳脱的笔法与柳永直叙的笔法是不相同的。这三句是以物来写人，马犹如此，人何以堪？马且行迟，人意可想，通过移情的手法以物之有情映衬出人之深情。

过片的开端"迢递路回清野"，直承上片尾句"纵扬鞭、亦自行迟"来，写送者独自骑马归家走在清晨的旷野，觉得眼前的归路是这样漫长难走。其实归路正是来路，送时怕别者一下子就离开，觉得路特别短，归时一个人心情抑郁孤独，走起来路也就显得特别长。"人语渐无闻，空带愁归"语意十分沉痛厚重，"空"写送者回家时心里空荡荡的寂寥，而心里空荡荡的时候反而觉得特别沉重。从开头的"河桥送人处"到这里的"空带愁归"，整个送人的过程已完成了，还有什么可写的呢？想不到突然又以"何意重经前地"一句蓦地挺起，又从不同时间跳到送别的同一地点，以时间的变换来使空间重叠。词人善意地捉弄了我们，从"河桥送人处"到"空带愁归"并不是眼前发生的事情，而是回忆中发生的事情。这一句使前面所写的一切尽化云烟。接下来用两个对句写自己对别者的思念之深。不仅遗钿无处可寻，连送别时的道路也迷离不清，这说明他们相别很久了；而分别很久还来寻找别者的遗物和辨认当时送别的路径，又说明送者对别者感情的真挚深厚；同时又通过"遗钿"这一物品来暗示别者是一位姑娘，词人总是不断和我们卖关子。回头再看看，才明白前面何以写得那么缠绵了。

　　"兔葵"两句暗用刘禹锡《再游玄都观绝句》诗序"唯兔葵燕麦，动摇于春风耳"之意，表明景物人事的变迁，并补充"斜径都迷"的原因：草木长高了，完全覆盖了送行的道路。上片的"凉露"透露了送别的季节是秋天，此时兔葵燕麦影与人齐，时令已是春夏之交，野草在荒烟夕照中瑟瑟抖动，长长的影子在地上不断摇晃，夕日送别时缠绵的絮语、多情的眼泪、美丽的容颜，都像是记忆中的幻境。可以想见词人情感的苦涩凄凉。梁启超在《艺蘅馆词选》中说："'兔葵燕麦'二语，与柳屯田之'晓风残月'可称送别词中双绝。""但徘徊班草"三句，非常有力地抒写了送者痛苦、失望、深挚而又无可奈何的心情。在从前铺草饮酒话别的地方徘徊叹息，并又在这个地方苦闷地铺草饮酒，朝着情人西去的方向，以酒浇地来寄托相思，并向情人献上自己衷心的祝福，这一结尾凄婉深沉。

此词在结构上错综曲折、断续无痕，但是一旦我们认清了曲径的路线，读它时就会有"山重水复疑无路，柳暗花明又一村"的乐趣。它不是以情感的强度来迅速俘获人心，而是通过苦心的结构安排来使读者获得"曲径通幽"的快感。

再如《瑞龙吟》：

> 章台路。还见褪粉梅梢，试花桃树。愔愔坊陌人家，定巢燕子，归来旧处。　黯凝伫。因念个人痴小，乍窥门户。侵晨浅约宫黄，障风映袖，盈盈笑语。　前度刘郎重到，访邻寻里，同时歌舞。唯有旧家秋娘，声价如故。吟笺赋笔，犹记《燕台》句。知谁伴、名园露饮，东城闲步？事与孤鸿去。探春尽是，伤离意绪。官柳低金缕。归骑晚，纤纤池塘飞雨。断肠院落，一帘风絮。

此词的第一片写旧地重访，以"还见"逆入，以"归来旧处"平出。章台路本是西汉长安一条繁华热闹的大街，为妓女的聚居之地。

"愔愔"是悄无声息的意思。"定巢燕子"借用杜甫《堂成》"频来语燕定新巢"句意。燕子尚且归来旧处,人又哪能不怀念故人?这一片只写物不说人,物是人非之叹只暗写不明说,感情显得格外沉郁。"还见""旧处",见得一切景物依旧,可当年令人心醉的人儿呢?第二片因物及人,追忆情人旧日的风姿神采,"因念"是第一片与第二片的承接句。"个人"即那人。"痴小"写她当年的年幼天真。第三片又从第二片的回忆中跳接第一片续写旧地重访,"吟笺"两句再次折入昔日吟诗作赋打动芳心的往事,"知谁伴"则重又回到对她眼前的关切,既然她至今仍"声价如故",那谁现在伴她"名园露饮、东城闲步"呢?可见词人心情的难堪和笔头的沉重。

此词先写旧地重游的所见所感,再写当年的旧人旧事,最后写重游的抚今追昔之情,他完全打乱了时空顺序,结构上曲折盘旋。如第三片中"访邻寻里"是今,"同时歌舞"是昔,"吟笺赋笔"是昔,"知谁伴"是今,"唯有旧家秋娘,声价如故"是今犹昔,作者处处以今衬昔。周济在《宋四家词选》中说:"不过桃花人面旧曲翻新耳,看其由无情入,结归无情,层层脱换,笔笔往复处。"全词的主题不过唐诗人崔护《题都城南庄》的翻新:"去年今日此门中,人面桃花相映红。人面不知何处去,桃花依旧笑春风。"但词人的笔致跳脱,词的结构曲折。

再看一首《拜星月慢》:

　　　夜色催更,清尘收露,小曲幽坊月暗。竹槛灯窗,识

266

秋娘庭院。笑相遇，似觉琼枝玉树相倚，暖日明霞光烂。水眄兰情，总平生稀见。　画图中、旧识春风面。谁知道、自到瑶台畔。眷恋雨润云温，苦惊风吹散。念荒寒、寄宿无人馆。重门闭、败壁秋虫叹。怎奈向、一缕相思，隔溪山不断。

上片先交代与情人相遇的时间和环境。在一个月色朦胧的夜晚，更鼓催深了夜色，清露收尽了街尘，秋娘庭院既是那样幽静，秋娘其人就自然非常淡雅。交代了路途、居处和时间。接下来再写"笑相遇"，"似觉"以下四句正面写佳人的神采风韵，前二句乍见惊其光艳，第三句是细赏其神情，第四句是总赞。"琼枝玉树相倚，暖日明霞光烂"是初见美人的感觉，上句说像琼枝玉树交相辉映，是写其明洁耀眼；下句说看到她后像暖日与明霞那样光辉灿烂，是写其光彩夺目。"水眄"是说眼神明媚如水，"兰情"是说她性情幽静淡雅如兰花。

过片"画图中、旧识春风面"不仅是上片的延伸，而且从时间上追溯到了"笑相遇"以前，作者是先睹美人的画图，后识其真面，足见他对秋娘心仪已久。读到"谁知道"才恍然大悟，原来上面都是词人的追叙。过去的文人习惯以"云雨"写男女欢情，这里"雨"而说"润"，"云"而言"温"，不仅化滥熟为新奇，而且写出了他们过去感情的温馨美好。"念荒寒"以下才折入现在。周济在《宋四家词选》中说："全是追思，却纯用实写。但读前阕，几疑是赋也。换头再为加倍跌宕之。他人万万无此力量。"大家应该认真从此词体会周邦彦词曲折跌宕的特色。

三、语言：典雅浑成

柳永是一位没有获得社会地位的穷酸风流才子，他在烟花巷陌中偎红倚翠，自然会与许多修养不高的妓女打交道。作为这种生活的反映，他词中的语言俚俗直率，大量地采用当时的口语俗语入词，在封建士大夫的眼中，这种情调和语言自然是庸俗不堪。周邦彦则是一位有门面的渊博学者，下字遣词都讲究出处，尽量避免粗俗刺眼的字句，轻巧地将前人的警词秀句融入自己的词中，像是自己的独创一样不露任何痕迹。张炎在《词源》中说："美成词，只当看他浑成处，于软媚中有气魄，采唐诗融化如自己者，乃其所长。"陈振孙在《直斋书录解题》中也说："'美成词'多用唐人诗语隐栝入律，浑然天成。长调尤善铺叙，富艳精工，词人之甲乙也。"如《西河·金陵怀古》：

佳丽地。南朝盛事谁记？山围故国绕清江，髻鬟对起。怒涛寂寞打孤城，风樯遥度天际。　断崖树，犹倒倚。莫愁艇子曾系。空余旧迹郁苍苍，雾沉半垒。夜深月过女墙来，伤心东望淮水。　酒旗戏鼓甚处市？想依稀王谢邻里，燕子不知何世。向寻常巷陌人家，相对如说兴亡，斜阳里。

　　在金陵这个六朝相继建都的佳丽之地，曾发生过多少惊心动魄的历史事件，演出过多少兴衰存亡的历史悲剧和喜剧，产生过多少雄姿英发的政治家，多少才华横溢的文艺天才……然而这一切都已成为过眼云烟，"南朝盛事谁记"？哪里去了，周瑜的羽扇纶巾？哪里去了，王谢的风流遗韵？只有清清的江水绕着故国的青山，江中的怒涛依旧拍打着昔日的孤城，江中的帆船仍然遥度天际，清冷的月亮翻过女墙打量着秦淮水，旧时王谢堂前的燕子飞入普通的巷陌人家，多嘴多舌地叫个不停。沧海桑田如同梦幻，物换星移岁月无情，帝业、富贵、荣华、功名、才气有什么意思？人们的奋斗追求有什么价值？整个人生有什么目的和意义？这首词深刻的主题思想就在于通过对历史兴亡的感叹，表现出对人生深沉的空幻和感伤情绪。

　　此词语言上的特点是巧妙地融化前人的诗句，"佳丽地"来于谢朓《入城曲》中"江南佳丽地，金陵帝王州"。接着又揉进了刘禹锡《石头城》一诗中的诗句："山围故国周遭在，潮打空城寂寞回。淮水东边旧时月，夜深还过女墙来。""莫愁艇子曾系"来于乐府："莫愁在何处，住在石城西。艇子打两桨，催送莫愁来。"第三片檃栝刘禹锡《乌衣巷》一诗中的诗句："朱雀桥边野草花，乌衣巷口夕阳斜。旧时王谢堂前燕，飞入寻常百姓家。"作者融化前人的诗句不留一点痕迹，完全像是自己的独创，语言华丽、典雅、浑成。前人对这首词的评价很高，如陈廷焯在《云韶集》中说："此词纯用唐人成句融化入律，气韵沉雄，苍凉悲壮，直是压遍今古。金陵怀古词，古今不可胜数，要当以美成此词为绝唱。"唐圭璋《唐宋词简释》也盛赞此词："'山围'四句写山川形胜，气象巍峨。第二片，仍写莫愁与淮水之景象，一片空旷，令人生哀。第三片，借斜阳'燕子'写出古今兴亡之感。全篇疏荡而悲壮，足以方驾东坡。"

我认为这首词诚然美丽浑成，但是它的创作方法不值得过分称许。他对现实生活和自然山水缺乏诗情，却从前人的优秀作品中寻觅灵感，柳永词中那种生气勃勃的激情和创造在这里已变成了死气沉沉的书卷气息。词人对生活没有自己独特的感受，满脑袋只记着前人的清词丽句，排除了创作必不可少的天才的诗兴激情，代之以修养和学问的卖弄。词的意境、风格甚至语言都是刘禹锡等人的，他只是在此基础上作一些点缀和修饰，由于点缀修饰的功夫十分精巧，看不出是从前人那里借来的旧货，好像是作者新的创造一样。这是把祖传遗产说成是自己的工资，说得露骨一点，是把别人的珠宝偷来当作自己的财富。所谓"采唐诗融化如自己者"，充其量只是说偷窃的手段十分高明，偷后不留一丝痕迹，不露一点破绽，"浑然天成"只表明他是"剽窃之黠者耳"（王若虚《滹南遗老集》卷四十）。

再看看他的另一首代表作《风流子》：

> 枫林凋晚叶，关河迥，楚客惨将归。望一川暝霭，雁声哀怨；半规凉月，人影参差。酒醒后，泪花销凤蜡，

风幕卷金泥。砧杵韵高，唤回残梦；绮罗香减，牵起余悲。　　亭皋分襟地，难拚处、偏是掩面牵衣。何况怨怀长结，重见无期。想寄恨书中，银钩空满；断肠声里，玉箸还垂。多少暗愁密意，唯有天知。

"凤蜡"，《南史·王僧绰传》载，王少时与兄弟聚会，采蜡烛泪珠为凤凰。"金泥"，此处指销金的帷帐，李后主词："画帘珠箔，惆怅卷金泥。""分襟"是古人分别互赠礼物的动作。"难拚"即难堪、难耐。"银钩"是帘钩的美称。"空满"是说睡帘老是挂着，暗示一个人独宿，情人不在身边光寄书也不能慰别情。此词的语言精工典雅之致，整饬的对偶增加了它的富丽。全词几乎都用对偶句组成，但由于有许多领字，所以一点也不显得板重呆滞。夏敬观在《评清真集》中说："此词四句对偶凡三处，句调皆变换不同。通篇一气衔贯。"

四、"模写物态，曲尽其妙"

周邦彦对景物的体验细腻入微，描绘更为工巧细致，王国维在《人间词话》中评其词说"模写物态，曲尽其妙"。王世贞甚至认为他长于写景而短于言情："美成能作景语，不能作情语。"（《弇州山人词评》）

如《六丑·蔷薇谢后作》：

正单衣试酒，恨客里、光阴虚掷。愿春暂留，春归如过翼。一去无迹。为问花何在？夜来风雨，葬楚宫倾国。钗钿堕处遗香泽。乱点桃蹊，轻翻柳陌。多情为谁追惜？但蜂媒蝶使，时叩窗槅。　东园岑寂，渐蒙笼暗碧。静绕珍丛底，成叹息。长条故惹行客，似牵衣待话，别情无极。残英小，强簪巾帻。终不似、一朵钗头颤袅，向人欹侧。漂流处，莫趁潮汐。恐断红、尚有相思字，何由见得！

蒋敦复在《芬陀利室词话》中说："清真《六丑》一词，精深华妙，后来作者，罕能继踪。"什么是"精深华妙"呢？字字恰到好处谓之精，反复曲折谓之深，意象富丽谓之华，不落凡响谓之妙。此词的主题是借叹息蔷薇的凋谢抒发自己光阴虚逝而绮怀未尽有志不遂的感伤，表现了封建社会后期文人精神上的疲倦。笔致华丽而缠绵，体物更是细腻而微妙。"正单衣试酒"点明节令，吴自牧《梦粱录》卷二载：例于四月初开煮，试酒那天"官私妓女，新丽妆着，差肩社队鼓乐，以荣迎引……最是风流少年，沿途劝酒，或送点心"。周密《武林旧事》卷三也说："所经之地，高楼邃阁，绣幕如云，累足骈肩，真所谓'万人海'也。""单衣试酒"正是"当时年少春衫薄"的形象。这句说此时的节令正应是非常快乐的时刻，它给人造成的印象是本词可能写欢娱喜悦的感情，想不到第二句突然反跌："恨客里、光阴虚掷。"节令本该欢乐，现实反而伤心。它一方面打破了第一句引发的读者期待，另一方面又造成情感的落差。全词是写感伤的情怀，开头一句却用快乐的调子，前人把这种开头称为"逆入"，把第二句的承接方法叫"反接"。词人正在感叹光阴虚掷，想留住美好的春光："愿春暂留，春归如过翼，一去无迹。"越是想留它，它越是流逝得快，像鸟儿的翅膀一掠而过，而且连踪影也无从追寻。"愿春暂留"是不忍"虚掷"，"春归如过翼"则已成"虚掷"，怅惘惜春之情已曲折地抒写了出来。紧接"一去无迹"道："为问家何在？夜来风雨，葬楚宫倾国。"陈廷焯在《白雨斋词话》中评此三句说："'为问花何在'，上文有'怅客里光阴虚掷'之句，此处点醒题旨，既突兀又绵密，妙只五字束住。下文反复缠绵，更不纠缠一笔，却满纸是羁愁抑郁，且有许多不敢说处，言中有物，吞吐尽致。"这一问正式引写蔷薇的正题，"家"既指"春"的家，更指蔷薇的家，因为蔷薇花开，给我们把春天带来，花谢又把春天带走。这一句超出常情的设问，把一片惜别春花之情写得痴而且深。唐末诗人李商隐《梦泽》诗有"梦泽悲风动白茅，楚王葬尽满城娇"的诗句，韩偓《哭花》有"夜来风雨葬西施"句，词人可能糅合两人的诗句，将蔷薇拟为倾城倾国的美人，"葬"字下得十分沉重凄绝，美花被风雨摧残就像美人玉殒香消一样令人悲痛，《白雨斋词话》评这两句为"沉郁"。这两句的确写得沉痛有力。既被风雨摧残，蔷薇花难道什么也没遗留下来吗？这样又逗出了"钗钿堕处遗香泽。乱点桃蹊，轻翻柳陌"。满地狼藉的落花酷似惨死美人留下的钗钿，《长恨歌》写杨贵妃死时的惨景说："花钿委地无人收，翠翘金雀玉搔头。""香泽"之"遗"是从上文的"无迹"中想出，同时又引出下面的"追惜"。"乱点"和"轻翻"写出了落地蔷薇花的凄惨狼藉，也把飘附落地的蔷薇花写得十分逼真。"多情"三句词人不直说无人再惜落花，却用失望的问句来表示无可奈何的惆怅，一个"但"字写出了人们对花的冷漠。只有无知的蜂蝶来关心已落的蔷薇，使词人倍觉伤心，这种琐碎的闲笔把作者惜花之情写得更透。

过片换头处续写上片词意："东园岑寂，渐蒙笼暗碧。""东园"二句是"窗槅"外之景，也是落花"一去无迹"的实写。东园蔷薇盛开时的热闹气氛随着花谢而归于岑寂，剩下的只有暗绿的草树，使人黯然销魂，他以痛悼亡人的悲伤心情"静绕珍丛底，成叹息"。默默地围着已谢的落花打转，生动地传出了他对蔷薇花的一片深情。"成叹息"既是叹息"光阴虚掷"，也是叹息"春归如过翼"，前人说此句"包一切，扫一切"。人对花有情，花对人也有意："长条故惹行客，似牵衣待话，别情无极。"蔷薇树带刺的枝条扯住人的衣裳，似乎要跟词人伤心地道别，情调真是凄凉缠绵极了。花已"无迹"，但有"长条"，其"故惹行客"，其"牵衣待花"，无情之物反似有情，这是词人将惜春怅春之情移之于花，极尽无中生有之妙。花的多情更惹人倍加惜花："残英小，强簪巾帻。终不似、一朵钗头颤袅，向人欹侧。"强簪残英于巾帻只是因怜惜之情，下面又用盛开时的蔷薇花插在移动莲步的美人头钗上的形象，反衬出眼前花与人共同的迟暮感伤之情。最后词人对落地的蔷薇发出深情的寄语："漂流处，莫趁潮汐。恐断红、尚有相思字，何由见得！"面对无可挽回之事，抒写不能自已之情。周济在《宋四家词选》中评此词说："不说人惜花，却说花恋人；不从无花惜春，却从有花惜春；不惜已簪之残英，偏惜欲去之断红。"整首词的情调缠绵感伤，像是与一位即将离去的多情女郎话别，落花的形神气貌刻画得惟妙惟肖，抒情更是委婉曲折。

《苏幕遮》也是体物的名篇：

> 燎沉香，消溽暑。鸟雀呼晴，侵晓窥檐语。叶上初阳干宿雨。水面清圆，一一风荷举。 故乡遥，何日去？家住吴门，久作长安旅。五月渔郎相忆否？小楫轻舟，梦入芙蓉浦。

此词抒写了作者对故乡的怀念，对宦游的厌倦。全词的突出之处是写荷花的神态肖貌逼真。当宿雨初收，晓风吹过，圆润的荷叶在初阳的照耀下绿净如拭，亭亭玉立的荷花一一颤动起来，这真是写荷叶的一幅活泼逼真的素描。这首词与作者其他词刻玉镂金不同，能用朴素清淡的语言直接写出自己对生活的感受和对外物的体验，消除了读者在他词中常有的隔膜感，使形象、意境都鲜明可感。王国维在《人间词话》卷上说："'叶上初阳干宿雨。水面清圆，一一风荷举。'此真能得荷之神理者。觉白石《念奴娇》《惜红衣》二词，犹有隔雾看花之恨。"

原刊《文学教育》2007年第8期

后记

二十多年前，我与马承五教授合写了一本《唐宋诗词史》，唐诗和唐五代词由马教授执笔，全书绪论和两宋诗词则由我执笔，书的后记里还特地注明各自"文责自负"。为了与《唐宋诗词史》配套，马教授同时还主编了《唐宋名家诗词笺评》，《笺评》中我负责盛唐诗歌的笺注和评析。这两本书后来华中师范大学出版社三次重印。

年轻时我特别喜欢宋词，研究生攻读的方向是唐宋文学，回母校工作后却主要讲授六朝文学和唐代文学，因而在写两宋诗词史时格外认真，一是希望借此机会系统地阅读宋代的名家名作，二是希望完成自己未了的心愿。和马承五教授的那次合作十分愉快，我至今还怀念那个用钢笔写书的岁月。

不过，写作上我自己偏好"单干"，一向不乐意与人合著合编，买书时我也倾向于买独著的作品，只要是合编合著的东西我都不愿意掏钱。学术讨论应该"七嘴八舌"，学术著述最好由一人完成，成于众手就可能"乱七八糟"，成于一人才会有统一的风格与语言，成于一人才会有"独得之见"——不管是高见还是偏见。

从《唐宋诗词史》中抽离出自己执笔的部分，就是这本《两宋诗词简史》的初稿。几年前华中师范大学出版社的朋友邀我主编一套文学史，前年我便把这部分做了一次修改润色，并补写金元诗人元好问一节。最近教育部规定全国高校必须使用"马工教材"，正好我本人既没有能力也没有兴趣做主编，这次便将两宋诗词部分单独出版。付梓前我又匆忙将它修订了一遍，并请余祖坤副教授帮我审读一过，昨晚再看时仍然发现了个别错字，出版社催得人心急火燎，我只好惴惴不安地呈上书稿。感谢欧阳波、丁庆勇的细心审读，特别是欧阳波一一核对了版本和原文，避免了"定稿"中多处错误。

"流光容易把人抛"，2018年已是"一年将尽"，自己也伴随宋诗步入"老境"。

阿门！

戴建业

2018年12月16日

剑桥铭邸枫雅居

[全书完]

两宋诗词简史

作者 _ 戴建业

产品经理 _ 石祎睿　装帧设计 _ 陆震　产品监制 _ 贺彦军
技术编辑 _ 顾逸飞　责任印制 _ 梁拥军　出品人 _ 贺彦军

营销团队 _ 毛婷 孙烨 石敏　物料设计 _ 吴偲靓

鸣谢

汪超毅　施萍

果麦
www.guomai.cn

以 微 小 的 力 量 推 动 文 明

图书在版编目（CIP）数据

两宋诗词简史 / 戴建业著. — 广州：广东人民出
版社，2023.6（2025.1重印）
ISBN 978-7-218-16534-9

Ⅰ. ①两… Ⅱ. ①戴… Ⅲ. ①诗歌史—中国—宋代
Ⅳ. ①I207.209

中国国家版本馆CIP数据核字（2023）第073743号

LIANGSONG SHICI JIANSHI
两宋诗词简史

戴建业 著

出 版 人：肖风华

责任编辑：李 敏 罗 丹
装帧设计：陆 震
责任技编：吴彦斌 周星奎

出版发行：广东人民出版社
地　　址：广州市越秀区大沙头四马路 10 号（邮政编码：510199）
电　　话：（020）85716809（总编室）
传　　真：（020）83289585
网　　址：http://www.gdpph.com
印　　刷：河北鹏润印刷有限公司
开　　本：660 毫米 ×960 毫米　1/16
印　　张：18.25　**字　数：**185 千
版　　次：2023 年 6 月第 1 版
印　　次：2025 年 1 月第 3 次印刷
定　　价：58.00 元

如发现印装质量问题，影响阅读，请与出版社（020-85716849）联系调换。
售书热线：020-87716172